NO LIFE

노 라이프

알 코리아나 장편소설 | 임호경 옮김

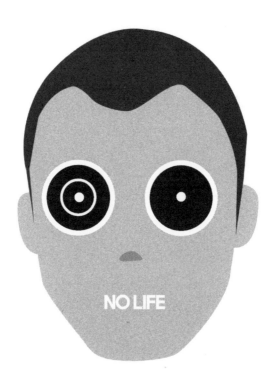

NO LIFE

다산
책방

내 어머니에게

1

이틀 전에 만 서른다섯 살이 된 나는 조금 전, 매우 심각한 일을 저질렀다. 적어도 이자들의 말에 따르면 그렇다. 그들은 그 사실을 내게 이해시키려 한다. 특히 땀을 뻘뻘 흘리고 있는 저 뚱보 대머리가. 그는 막대사탕 하나만 입에 물려주면 영락없는 형사 코잭이다.

내 흰 셔츠에는 아직 피가 조금 묻어 있다. 하지만 재미난 점은, 이게 텔레비전에서 보듯 새빨간 색이 아니라는 거다. 오히려 갈색에 가깝고, 그 위에 전분을 뿌린 것처럼 살짝 부풀어 있다. 양 겨드랑이에서 상당히 심한 냄새가 올라오는 걸 보면, 내가 땀깨나 흘린 모양이다. 내 아르마니 정장 윗도리는 의자 위에 걸쳐져 있고, 그 바로 앞 탁자에는 내 스미스&웨슨 매그넘44가 떡 하니 놓여 있다. 아까까지만 해도 이게 사방에다 불을 뿜었지. 아, 웨스턴 영화라면 자다가도 벌떡 일어나는 토마가 그 광경을 봤더라면……

이제 권총은 탄창이 비어 있다. 바로 그 옆에 뒹구는 내 약물 흡입기도 거의 다 비었다. 뚱보 대머리는 연신 삿대질을 해가며, 내가 무슨 꼬맹이라도 되는 듯 고래고래 소리친다. 하지만 꼬맹이가 아르마니 정장 재킷에 이런 번쩍거리는 권총을 차고 다니는 거 본 적 있나?

"너, 몇 살이야?"

"서른다섯."

"똥 무더기치고 이렇게 오래 묵은 건 처음 보는군!"

정신이 너무나 섬세해서 저렇게 땀을 줄줄 흘리는 모양이다. 진정한 시인이시다. 시를 입으로 부르짖는 게 아니라 밑구멍으로 뿡뿡 뀌어대는.

이봐 코잭! 내 비록 이 빌어먹을 수갑에 묶여 있는 신세지만, 조심하라고! 내가 토니 몬태너 흉내를 한번 내볼까? 당장에 바닥에 뒹굴면서 돼지 멱따는 소릴 낼 인간이……*

차라리 이쪽 형사가 좀 낫다.

그는 콜럼보 스타일이다. 원조 콜럼보보다 약간 더 지저분한 모습을 떠올리면 된다. 경찰은 모두 빈털터리라고들 하는데, 그건 틀린 말이 아니다. 하지만 그래도 비누 하나쯤은 살 수 있지 않나. 좀더 쓴다면 방취제도 하나…… 저 몸 전체에다 방취스프레이를 확 뿌렸으면 싶다. 지금 상태라면 입속에도 듬뿍 뿌려줘야 할 것 같다. 조금 아까 그가 바짝 다가와 입을 여는데, 난 그만 뒈져버리는 줄 알았다.

입안에 송장이라도 몇 구 든 냄새다.

어쨌든, 이들은 온갖 질문을 퍼부으며 사람 피곤하게 만들었다. 답변을 원하면 바깥에 있는 기자들에게 물어보면 된다. 그들은 알고 있다. 내가 다 얘기했으니까. 그게 싫으면 자기들이

---

* 갱스터 영화 〈스카페이스〉의 주인공 이름.

답변을 꾸며내면 된다. 그런 짓은 벌써 수없이 해봤을 테니까.

그리고 난 변호사 입회하에서나 입을 열 생각이다. 이 말을 벌써 세 번이나 했는데도, 이들은 무슨 뜻인지 당최 이해 못 하겠다는 듯한 표정이다. 대머리가 여기는 프랑스지, 미국이 아니라고 대답한다. 하하하! 불쌍한 친구야! 당신은 세상을 전혀 이해 못 하고 있어.

할 수 없지. 나는 잠시 눈을 감는다. 약간이라도 휴식이 필요하다. *그래, 잘했어, 친구! 눈을 감으라고. 그리고 안경케이스를 생각해!*

그런데 좀 불안한 건, 아까 바깥에서 카메라들이 보이지 않았다는 점이다. 제발 그들이 늦지 않아야 할 텐데. 다시금 한바탕 소동이 일어나기 전에 도착해야 할 텐데. 소동은 반드시 벌어질 테니까.

종말은 아마도 이미 시작되었을 것이다.

하지만 문제는 이렇게 수갑이 채워져 있으니, 내가 옴쭉달싹도 할 수 없다는 점이다.

2

이틀 전, 난 삶을 바꾸고 싶었다. 영화에서처럼 터널이라도 하나 파서 이 개똥 같은 삶에서 탈출하리라 결심했다. 그런데 문제는 우리의 삶에선 아무것도 파낼 수가 없다는 사실이다. 그 안에 영원히 갇혀버리겠다고 작정하지 않는 바에야 불가능한 일이다. 이게 아무리 개똥 같은 삶이라도.

그저께 아침, 난 잠에서 깨어났다. 진정으로 깨어났다. 사물들이 더 이상 똑같지 않았다. 내 방은 예전의 그 방이 아니었다. 커피도 이미 같은 커피가 아니었다. 파리의 하늘 색도 이미 이전의 회색빛이 아니었다. 같은 것은 오직 나뿐이었다. 이전과 같되 약간 더 좋아진 나였다. 기분이 나아진 게 느껴졌다. 마치 마약의 효능이 멈춘 듯이. 근데 마약이라니, 무슨 마약?

여러 해 전부터 날 멍청하게 만들어온 바로 그것 말이다.

매주 일곱 편의 영화, 매일 다섯 시간의 온라인게임. 그리고 모든 것 중에서도 최악, 즉 나의 헤로인이라 할 수 있는 텔레비전은 매일 저녁, 하루 최소한 여섯 시간씩 시청한다.

때로는 이 세 가지를 동시에 할 때도 있다. 화면에 창을 여러 개 띄워놓고, 그것들을 한꺼번에 살피면 된다. 이 모든 게 단 하나의 휴대용 복합기로 가능하다. 바로 내가 갖고 있는 트라스크 위니베르셀이다. 이거 하나로 컴퓨터, TV, 전화, 카메라, 팩스, DVD리코더…… 등등이 다 된다. 이 모든 건 와이맥스 위니베르셀이 관리하는 와이파이 인터넷으로 움직인다. 진보 만세! 나는 형편이 닿으면 최고 중의 최고 휴대용 복합기인 '엑신 위니베르셀 딜럭스*'를 살 생각이다. 하루 치의 픽셀을 투여하는 데는 더없이 이상적인 도구이다.

마약 만세! 이것 때문에 난 하루에 서너 시간밖에 자지 못한다. 하지만 그게 뭐 그리 중요한가? 나중에 죽으면 실컷 잘 수 있는데. 게다가 나를 살아 있게 해주는데.

마약이란 건 내게 꽤 유용하다. 그 덕분에 매일 같은 시간에 전철을 탈 수 있다. 또 회사 부장이 나를 제물 삼아 제 스트레스를 풀어도 입을 꾹 다물고 있을 수 있다. 자, 그는 오늘 아침에도 악을 쓸 거다. 내가 5분 늦었기 때문에. 도대체 5분 지각한 게 뭐 그리 중요한가? 그게 뭔 대수라고. 아, 맞아! 내게는 아무것도 아니지만, 그에겐 문제가 다르겠지. 섹스를 할 때 최고기록이 그쯤일 테니까. 그렇다면 5분은 중요하다. 그래, 사람마다 기준이 다르니 어쩔 수 없지.

여기까지가 그저께 아침의 일이었다. 한 사람의 인생에서 중요한 아침들 중 하나. 모든 게 엉망이지만, 왠지 모르게 사기만은 더없이 드높아 세상에서 못할 일이 없을 것 같은 느낌이

---

*위니베르셀(universel)은 영어의 'universal'에 해당하는 프랑스어로 '보편적인', '일반적인', '광범위한'이라는 의미를 담고 있다. 휴대전화의 광범위한 기능과 이런 기기들이 사용되는 시스템의 일반적인, 혹은 전체주의적인 성격을 암시한다.

드는 그런 아침.

삶을 바꾼다!…… 하지만 어떻게?

담배를 끊을 때와 마찬가지로 뭐든 가장 힘든 건 시작이다. 그 뒤엔 자신이 전에 어땠는지 기억조차 못 하게 되는 법이다.

나는 고통을 멀리할 생각이 없다. 그것을 해결하고, 뿌리 뽑아버리고 싶다. 왜냐면 내가 고통 받고 있는 게 사실이기 때문에. 고통은 변화의 유일한 열쇠다. 고통을 겪지 않는 사람은 영원히 변하지 못한다.

당신들이 원하는 건 무엇인가? 우리는 행동의 문명 가운데 태어났다. 이 문명은 우리에게 도달해야 할 목표를 가지고, 일직선으로 똑바로 달려야 한다고 가르쳤다. 하나의 커리어를 영위하듯, 자신의 삶을 이끌어가라는 거였다. 이는 결국 인생이 하나의 일이나 다름없다는 얘기다. 얼마나 끔찍한 이야기냐! 라틴어로 '일'이란 단어는 뭔가 고문기계 비슷한 걸 의미한다고 한다. 그렇다면 삶이 고문이란 말이냐? 아니, 난 그런 삶은 받아들일 수 없다.

토마는 사물을 다른 방식으로 보았다. 직선이 아니라 원으로. 어느 날 저녁, 내 기분이 한껏 바닥을 치고 있는데 그가 MSN 문자를 보내왔다. '중요한 것은 현재야. 네가 지금 걷고 있는 길을 그냥 받아들여! 이 길이 어디에 이르는지에 대해선 신경 쓸 필요 없어. 어디로 가든 넌 걸으면서 행복할 테니까! 너의 길, 그 자체를 받아들이라고. 그럼 모든 게 한결 쉬워질 거야.' 처음엔 그를 비웃었다. 하지만 고백하거니와, 그날 그의 문자를 받은 이후, 내게는 살고 싶은 욕구가 생겨났다.

변하기 위해 난 내 속을 파들어갈 것이다. 그 모든 걸 받아들일 수 있게 될 때까지. 그렇게 되는 순간, 나의 두 번째 삶은 시작되리라.

하지만 그러려면 도구가 필요하다. 그것은 삽도 아니요, 곡괭이도 아니다. 인간을 파들어간다는 건 좀더 복잡한 일이다.

3

이렇게 정신이 현실을 벗어나 있는 와중에, 누군가의 손이 내 정수리를 움켜쥐고 거칠게 흔들어댄다.

어이쿠, 코객이 드디어 성이 나신 모양이다! 그 꼴이 꼭 불이 켜졌다 꺼지기를 반복하는 전구 같다. 빨강, 하양, 빨강, 하양. 목에 뻗은 필라멘트가 한껏 팽창해 있다. 이 불쌍한 친구야, 그러다 터져버리겠어. 원하는 게 뭐야? 나보고 설명해달라고? 설명할 건 하나도 없는데.

"당신, 왜 그런 짓을 했지?"

이 친구를 좀더 약올려주고 싶어진다. 그가 크리스마스트리에 두른 깜박이 전구로 변하는 꼴을 보고 싶다.

"내가 아니라고요! 당신들이 아파트를 잘못 찾아온 거라고!"

"뭐야? 당신이 아니라고?"

성공했다. 그는 시뻘게졌다. 아니, 색다르게도 무설탕 맛이 나는 막대사탕처럼 거의 보랏빛이다. 이들은 나의 거침없는 대꾸에 기분이 나쁜 모양이다. 건방진 피의자와 열 받은 경찰관. 항상 그래왔던 장면, 거의 고전이라 할 만한 장면이다. 따라서 그다음 말들은 자동적으로 흘러나온다.

"말했잖아요, 내가 아니라고! 난 60호에 살아요. 그런데 당신들이 찾고 있는 사람은 80호의 내 이웃이고…… 경찰학교에선 숫자도 안 가르치나?"

자, 이 대목에서는 콜럼보의 반응에 주의해야 한다. 그가 코잭의 뒤를 이어 착한 경찰 역할을 할지 지켜본다. 못된 경찰과 착한 경찰. 세상에서 가장 오래된 레퍼토리 중 하나다. 흔히들 세상에서 가장 오래된 직업은 창녀라고 하지만, 난 그게 경찰이라고 생각한다. 창녀를 잡아 가두기 위해선 분명히 불쌍한 짭새 하나가 필요했을 테니까. 콜럼보는 고래고래 악을 쓰기 시작한다.

"지금 우리 가지고 장난치는 거야?"

"아야야! 지금 뭐하는 거요?"

그가 내 머리에서 머리칼 세 올을 뽑아 코잭에게 건넨다.

"이거 DNA 검사실에 맡겨!"

그는 내 눈을 똑바로 쳐다보면서 다시 심문을 시작한다.

"자, 왜 그랬지?"

"나는 습관성 결석 증상이 있어요."

"뭐야?"

"기억이 자주 결석해버린단 말입니다."

그가 헤라클레스 같은 괴력으로 탁자를 걷어찬다. 탁자는 붕 날아가더니 부서질 듯한 굉음과 함께 네 발로 다시 착지한다. 이럴 수가, 둘 다 못된 역할이었던 거군. 이렇게 완성도 높은 시나리오에 등장하게 되다니, 난 세상에서 가장 운 좋은 놈인 모양이다. 하지만 아쉬운 점이 하나 있다. 손에 수갑이 채워져 있어 움직일 수가 없다는 것. 이 둘 중 하나가 나에게 주먹을 날리면, 피할 방도가 없다. 게다가 이 강철 아가리들을 너무 세게 조여놔서 손목이 칼로 베인 것처럼 아려온다. 그렇다는 걸 고백하기에는 자존심 상하지만, 무지하게 아픈 건 사실이다.

"당신은 유대인이야, 이슬람교도야, 아님 가톨릭이야?" 코쟁이 내게 묻는다.

"텔레비전 교도요. 난 TV에서 보는 걸 믿걸랑요. 그런데 그게 당신들하고 무슨 상관이오?"

"그럼 평면화면이란 건 아나?"

그는 이렇게 말하면서 따귀 한 대를 날린다. 엄청난 소리가 작렬한다. 아니, 이 친구가 왜 이러지? 얼굴 좌측 반쪽이 무감각해진다.

고통은 위대한 스승이다. 그것은 우리에게 인내와 겸허함을 가르친다. 지금도 마찬가지다. 나는 곧바로 놀라울 정도로 비굴한 모습이 된다. 이런 순간, 우리는 일상의 자잘한 염려들이 얼마나 부질없는 것인가 깨닫게 된다. 나는 이들의 시선을 통해, 이들이 오래지 않아 이 고통의 시간을 끝내리라는 사실을 알아챈다. 여기서 빠져나가기 위해선 오직 하나의 해결책뿐이다. 적당한 때를 기다렸다가 안경케이스를 열어 그 안에 든 것을 사용하는 것이다. 지금으로선 상황이 썩 좋지 않다……

4

어제 아침, 흡입기를 두 차례 빨면서 나는 속으로 중얼거렸다. '만일 그에게 꺼져버리라고 한다면?' 사장에게 감히 내 인생에서 꺼져버리라고 소리친다는 건 영화에서나 가능한 일이다. 온갖 욕설을 쏟아붓는 그런 신나는 장면에서. 재미있는 건, 욕설이 난무함에도 불구하고 사람들이 그런 장면을 전혀 상스럽게 여기지 않는다는 점이다. 다시 말해, 감히 저지르지는 못해도 다들 그런 순간을 꿈꾸고 있는 게 아닐까? 그리고 인생이 바뀐다는 건 바로 이런 순간들을 통해 이뤄지는 것이라면?

하지만 다들 이런 순간을 열망한다면, 왜 아무도 꿈쩍도 하지 않는단 말인가? 그건 두렵기 때문이다. 사장을 내 인생에서 해고해버린다? 사물의 흐름을 거꾸로 돌린다? 정말이지 생각만 해도 겁나는 일 아닌가.

직장이 없으면 돈도 떨어진다. 현실에서는 돈 없이 살 수 없는 노릇이다. '컷!' 소리가 떨어지고 장면이 바뀌면, 캠핑카에 들어가 에이전트에게 전화를 한 다음, 따끈한 커피 한 잔을 끓여 마시며, TV에서 광고하는 푸짐한 토핑이 얹힌 피자를 시켜 먹는다? 천만에, 이런 일은 현실에서는 일어나지 않는다.

사장에게 시원하게 쏟아붓는다? 여러 날 동안 쫄쫄 굶게 될 줄 뻔히 알면서도? 이런 일은 영화에서나 가능할 뿐이다.

실제 삶에서 우리는 이를 악물고 내일은 더 나아질 거라며 스스로를 다독인다. 하지만 내일이 되면 다시 한번 확인하게 된다. 20년 동안 여전히 개똥 같은 일 속에서 허덕이고 있고, 이를 너무 악문 나머지 싯누레지고 완전히 망가져버렸다는 사실을. 그나마 그것도 운 좋게 직장이, 그리고 치아가 아직 남아 있는 사람들 이야기다. 그렇기 때문에 진정으로 삶을 바꾸기 위해서는 반드시 이 과정을 거쳐야 하는 것이다! 진짜 인생…… 난 이 말이 무슨 말인지조차 모르게 되었다. TV에서 나는 초인종 소리를 듣고 현관문을 열어주려 나간 적이 한두 번이 아니다. 문을 열면 복도에는 아무도 없고, 그제야 나는 깨닫는다. 머잖아 내가 아무것도 깨닫지 못하게 되는 날이 오리라는 걸. 현관에서 진짜로 초인종이 울려도 열어주려 하지 않게 될 것이다.

한번은 사장이 내 이름이 뭐냐고 물은 적이 있다. 난 잠시 머뭇거렸다. 하마터면 거의 반사적으로 인터넷에서 사용하는 가명 중 하나가 튀어나올 뻔했다. 내 이름이 뭐냐고요? 사장님, 당신이야 신나는 인생이 여러 개지. 하지만 나한텐 딱 하나뿐이기 때문에, 이름이라도 열 개쯤 가져야겠다 이 말이야.

사장은 말하자면 '미노년'이라 할 수 있는 사람이다. 그 양반 나이가 몇이더라? 이젠 생각도 안 난다. 토마는 이렇게 말했다. '잘 늙었다는 것은 한때 젊었다는 사실조차 잊게 만드는 것이다. 형편없이 늙는다는 건 한 번도 젊었던 적이 없었다고 믿게 만드는 것이다.' 사장은 늙어 보이지도, 젊어 보이지도 않는다. 얼굴을 하도 많이 뜯어고쳐서 더는 나이를 가늠할 수 없게 되었다. 난 그가 멋지게 늙긴 했지만, 아주 개떡같이 살아왔다고 생각한다. 때로는 양심이 수면을 방해하기도 하는 법이니까.

자, 이 모든 건 바뀌어야 한다! 그리고 이를 위해 사장을 해고해버려야 한다면, 그래야 한다!

하지만 잠깐. 왜 그에게 욕설을 퍼부어야 하지? 왜 고래고래 소리를 질러야 하지? 왜 그 작자의 서류함들을 바닥에 집어던져야 하지?

이 개자식이 토마가 요청한 휴가를 허락하기만 했어도……도대체 사흘 휴가가 뭐 그리 힘들단 말인가? 돈이 처치 곤란할 정도로 넘치는 이런 회사에서? 정말 그건 아무것도 아니지 않은가?

그랬담 토마는 결코 자살하지 않았을 테고, 우리도 그를 위해 뭔가 해볼 수 있었을 것이다. 그리고 오늘 난 곱게 사장실로 들어가 미소를 지으며 이렇게 말하고 끝냈을 것이다. '안녕하십니까, 사장님. 작별인사를 드리러 왔습니다. 왜냐면 제가 인생을 바꿨거든요.' 기껏해야 금세기 초의 그 코믹한 로또 광고처럼, 팬티 바람에 오리 마스크를 뒤집어쓰고는 '잘 있어, 사장! 바이, 바이!'라고 소리치는 걸로 만족할 것이다. 이 경우 어떤 폭력성이 있다면, 그건 팬티의 색깔 정도겠지.

하지마, 뭐 어쩔 수 없지! 그에게도, 그의 여비서들에게도 유감스러운 일이지만, 어쩔 수 없지! 계절에 따라 몸이 부풀었다 쪼그라들었다 하는, 고래처럼 못생기고 고래잡이 어부처럼 못돼 처먹은 갈색머리 비서와 반짝반짝하는 인어공주 같은 금발머리 비서……

도대체 뭣 때문에 이빨이 두 대씩이나 나가야 한단 말인가? 그 아무것도 아닌 사흘 휴가 때문이다. 그가 으레 그랬듯 허세를 부리기 시작하면, 그의 이빨 두 대가 나가게 될 것이다. 그리고 그의 여비서가, 갈색머리 말고 금발머리가, 언제나처럼 뭔가 끼적이는 척하면서 내 엉덩이를 훔쳐보고 있다면 그나마도 필요 없다. 그녀가 형식적인 미소나마 한 번 지어준다면, 난 그대로 그의 면상에 한 대 먹일 것이다. 퍽!

이 금발머리는 날 미치게 한다. 내 안에 있는 가장 마초적인 것, 가장 멍청한 것들을 몽땅 올라오게 한다. 한번은 이런 일이 있었다. 점심시간에 이 향수 냄새 진동하는 지옥을 빠져나가려고 좀비처럼 걷고 있었다. 건물 정문인 대형 유리문을 지나다가 나는 공주 및 그녀의 시녀들과 딱 마주쳤다. 그녀와 항상 붙어다니는 그 싱싱하고도 탐스러운 여자애 셋 말이다. 그녀는 미소 지으며 내게 물었다.

"혹시 이 동네에서 비싸지 않으면서도 괜찮게 먹을 수 있는 데가 어딘지 알고 계세요?"

"내 팬티 안이오!" 이게 내 대답이었다.

도대체 무슨 귀신이 씌었던 건지 모르겠다. 그녀의 친구들은 쿡쿡댔다. 금발머리는 놀라 입을 딱 벌렸다. 귀여운 처녀들은 저희들끼리 쑥덕대고 킥킥대면서 가던 길을 계속 갔다. 나도 다시 좀비처럼 걷기 시작했다. 자신에 대한 혐오와 낯뜨거움이 물밀듯 밀려들었다.

하지만 이건 그녀의 잘못이기도 하다…… 이상하게도 그녀만 보면 나 자신이 학교 운동장의 꼬마애처럼 느껴진다. 좋아하는 여자애의 머리카락을 잡아당기는 그런 꼬맹이처럼.

　삶이 바뀌고 나면 그녀를 어떻게 해보리라. 하지만 모든 일에는 순서가 있는 법, 우선은 사장의 강냉이부터 손봐야 한다.

5

그런저런 생각으로 머릿속이 복잡하기 이를 데 없는데, 전철 문이 덜컹 열린다. 열린 문으로 인간들이 양 떼같이 쏟아져 나온다. 나도 서로 밀쳐대는 양 떼에 휩쓸려 밖으로 나온다. 2, 3미터 앞쪽에 미니스커트 차림의 처녀 하나가 보인다. 아시는가? 파리에서는 여자 다리 좀 구경하려면 5월 말까지 기다려야 한다는 사실을! 그러니 이곳 사내들이 맛이 가버리는 건 조금도 놀라운 일이 아니다. 설상가상으로 창녀들의 사회적 역할을 이해하지 못하는 척하는 인간들이 도처에 수두룩하다. 한때 의사가 내게 매주 2회씩 창녀와 동침할 것을 처방해준 적이 있었다. 덕분에 난 우울증에서 벗어날 수 있었다. 의학 만세! 또 그는 대마초를 매달 4번 피우라고 처방해줬다. 일주일에 한 번씩, 가급적 주말에 피울 것이며, 오직 천연 마약만 애용하란다. 코카인? 고맙지만 사양하겠다. 의사 선생님 말씀에 따르면 난 그게 필요가 없단다. 나는 언제나 의사의 처방을 철저히 따른다. 그가 코카인을 처방하지 않는다면, 코카인은 아닌 것이다. 그런데 우리 할아버지들 시대에는 이 모든 게 금지였다니! 정말로 배꼽 잡을 일이 아닐 수 없다. 오늘날 이것들은 국가의 주요수입원이다. 아마도 마약 밀매상들은 우거지상을 짓고 있으리라. 하지만 모든 의사들이 내 의사처럼 쌈박한 건 아니다. 지난번 보러 갔을 때, 그는 내게 이렇게 물었다.

"담배는 피우세요?"

"아뇨."

"그게 좋죠. 자, 그리고 이건 마지막이자 가장 중요한 충고인데, 가슴이 답답할 때마다 흡입기를 꼭 사용하도록 해요."

"매번요?"

"그래요. 폐질환 때문에 당신의 허파꽈리가 이유 없이 닫히곤 하니까요. 하지만 너무 걱정할 필요는 없어요. 아직 완치는 불가능하지만, 잘 다스릴 수 있는 병이니까. 그리고 당신뿐 아니라, 프랑스 국민의 32퍼센트도 이 증상을 겪어요. 심지어는 다섯 살밖에 안 된 내 딸도 당신과 똑같지요. 이건 천식처럼 심각한 병이 아니에요……"

나는 굳은 얼굴로 그에게 물었다.

"근데 이것의 정체가 대체 뭐죠? 유전병인가요?"

"아직 밝혀지지 않았어요…… 어떤 이들은 공해와 기후변화 때문이라고도 하고, 또 어떤 이들은 활동부족으로 인한 일종의 심리적 증후라고 설명하기도 하죠."

"하지만 따님은 활동부족은 아니지 않습니까?"

"아니죠. 하지만 사실 그애는 컴퓨터 앞에서 꽤 많은 시간을 보내요. 아시겠지만 요즘 아이들은……"

"컴퓨터 앞에 있으면 오히려 활발해지지 않나요? 그게 이유일 리 있나요?"

"어쨌든 내가 권고한 것들을 잘 지키도록 해요. 그리고……

아, 그래! 무엇보다도 술은 마시지 말도록!"

"조금도요?"

"아니, 가끔씩 절제해서 마시는 건 괜찮아요. 하지만 알코올은 흡입기에서 분사되는 옥시파민의 효력을 없애버리는데, 당신의 허파꽈리를 반응하게 하는 게 바로 이 옥시파민이란 말이에요. 따라서 가슴이 답답할 때는 술은 절대로 마시면 안 됩니다. 알겠어요?"

그는 내 눈을 똑바로 들여다보았고, 난 그에게 미소 지었다.

"그럼 따님은 어떻게 하나요?"

그는 약 2초 동안 침묵을 지켰다.

"에, 그러니까, 그애도 위스키를 끊었고, 지금은 마약을 하고 있죠."

짧은 순간, 나는 멍해져 있었다. 이윽고 그가 웃기 시작했고, 나도 따라 웃었다. 정말이지 괜찮은 친구다. 이 동네로 이사 온 이후, 이 양반이 내게 얼마나 큰 도움이 되었는지 모른다. 특히 내가 우울증에 빠졌을 때. 꼭 돈을 벌기 위해서만 이일을 하지 않는 의사들에게 그저 감사할 뿐이다. 그리고 비록비용은 어마어마하게 들지만 의술 자체에 대해서도 감사하는마음이다.

나는 오른쪽으로 돌아 밖으로 나가는 에스컬레이터에 탄다. 시야에서 사라진 아까의 여자가 생각난다. 애석하게도 그녀의 향수 냄새를 맡지 못했다. 내가 삶을 바꿀 때까지만 기다려다오. 그땐 내가 어떤 남자인지 보여줄 테니! 일에는 늘 순서가있는 법이다.

햇빛은 잿빛 구름으로 가려져 흐릿하다. 수도의 공기를 오염시킨 이들의 목적이 기후 환경을 바꿔보려는 것이었다면, 그들은 실패한 셈이다. 지구는 더워졌지만 하늘 색은 조금도 변함이 없으니까. 결국 파리는 영원히 '낭만의' 도시인 걸까. 모두가 무책임하게 행동한 결과, 지금 우리는 산소보다 타르를 더 많이 들이마시고 있다. 여러분은 내 입에서 무슨 말이 나오길 기대했나? 자유의 여신상은 물이 치마까지 차올랐고, 이런 식으로 계속 가면 파리는 얼마 안 있어 바닷가에 위치하게 될 것이다.* 신나는 일 아닌가? 앞으로 몽파르나스 타워빌딩 꼭대기에서 삼각팬티 차림으로 맑지만 오염된 물에 다이빙할 수 있을 것이다. 파리는 축축한 곰팡이 냄새가 나기 시작한 후로 예전 같은 명성을 누리지 못한다. 높다란 둑을 쌓아봤지만 아무 소용이 없었다. 신화는 추락하기 시작한 것이다.

이런 회색빛 공기 속에서 나는 마침내 '상자'에 도착한다. 상자라니, 회사를 말하는 거냐고?**

아니, 여기 이건 정말로 상자나 다름없다. 우선 형태가 네모졌고, 곳곳에 텅 빈 공간들이 있으며, 또 역한 신발냄새까지 난다. 내 트라스크 배지를 스탠드 형의 마그네틱 인식기에 문지를 필요조차 없다. 두 손을 호주머니에 찌르고 있어도 문은 환영인사를 대신하는 삑 하는 유쾌한 소리를 내며 스르르 열린다. 아주 편리한 장치다. 배지에서 출발한 신원확인 신호는 사람의 몸통, 다리, 발을 거쳐 문 손잡이 혹은 바닥에 이른다. 신

---

* 1886년 프랑스는 미국독립기념일을 축하하여 뉴욕에 거대한 자유의 여신상을 선물했고, 그로부터 3년 후 미국이 그 답례로 뉴욕에 있는 것을 축소한 자유의 여신상을 에펠탑 앞의 센 강에 건립해주었다.

** 프랑스어 'boîte'에는 '상자'라는 뜻 외에 '회사'라는 뜻도 있다.

원이 확인되면 통과가 허용된다. 배지를 갖게 된 이후, 몸이 한결 가벼워진 느낌이다. 신용카드, 교통카드, 건강보험카드, 전화카드, 신분증 등, 배지는 세상의 모든 카드들을 대신해주고 있다. 한 가지 문제는 이걸 분실하는 순간, 내가 아무것도 아닌 존재가 되어버린다는 점이다. 내 삶 전체가 칩 하나에 담기다니, 좀 서글픈 일이긴 하다.

엘리베이터는 사람들로 꽉 차 있다. 상품관리과 직원들은 2층으로, 사무직은 3층으로, 영업사원들은 4층으로, 간부사원들은 5층으로, 그리고 경영진은 6층으로 간다. 당연하다. 자신을 최고 중의 최고라고 생각하는 인간들이니까. 내가 4층에서 내리지 않자 그들의 얼굴이 굳어간다. 불편해하는 기색이 역력하다. 그 꼴이 꽤 보기 좋다. 그들은 심지어 말도 건네지 않는다. 그들의 눈빛을 통해, 그들이 나를 뭔가 다른 존재로 느끼고 있다는 걸 감지할 수 있다. 삶을 바꾸기로 결심한 사람에게선 그런 냄새가 나는 법이다. 정장을 빼입은 인간 중에서 지금의 나 같은 모습을 한 인간은 단 한 명도 없다. 그래서 그들은 저마다 엑신 위니베르셀에 코를 박는다. 그 휴대전화에는 3D 플라스마 TV, 800기가 PC, 제6세대 비디오폰, HD 위성비디오, 적외선카메라, DVD, 라디오, 생체 GPS 등이 모두 포함돼있지만, 만일 여기에 어떤 '투명화 기능'까지 겸비되어 있다면 그들은 주저 없이 버튼을 눌러 나를 사라지게 하리라. 여기에 트라스크를 가지고 다니는 인간은 하나도 없다.

트라스크는 위니베르셀과 비슷한 기기이지만 가난한 놈들을 위한 것으로, 그것에 딸린 다목적 배지와 함께 주어진다.

'돈은 없어도, 트라스크 하나쯤은 있어야죠.'

상품 중의 상품! 소비사회의 일대 혁명!

다들 이거 하나 얻자고 피터지게 싸운다. 왜? 바로 공짜라는 엄청난 장점때문이다. 나는 그걸 갖지 않으면 안 된다는 의무감마저 느꼈다. 도저히 견디기 힘든 유혹이었다. 이틀 동안 버티다가 결국 다른 사람들처럼 나서고 말았다. 개장시간에 맞춰 달려나가, 다른 이들과 몸싸움을 벌였다. 겨우 그 물건을 하나 쥐고 혼란스러운 무리에서 빠져나왔을 때, 나는 나 자신이 너무도 자랑스러웠다. 하지만 이틀이 지나자 부끄러웠다. 상점 앞을 지나다가 짐승처럼 싸우는 인간들을 보았을 때, 기분이 살짝 우울해졌다. 구역질마저 느껴졌다. 설명할 수 없는 감정이었다. 집으로 돌아온 나는 내리 열 시간 동안 온라인게임에 몰두했다.

역설적인 얘기지만, 소비 행위는 행복과 슬픔을 동시에 안겨준다. 뭔가를 사면 행복하지만, 다음날이 되면 죽고 싶을 정도로 우울한 기분이 든다. 나는 감옥에 있는 셈이다. 자유롭지만 갇혀 있는. 뛰어넘을 수 없는 벽으로 둘러싸인 이 감옥은 우리의 머릿속에 존재한다. 이 철창 없는 감옥이야말로 가장 무시무시한 것이다. 거기서 탈출하기 위해 도면을 그릴 생각조차 하지 않기 때문이다. 우리의 머리통 속에 그 감옥을 만들어놓은 자들은 실로 무서운 인간들이다. 하지만 난 언젠가 탈출하여 그들의 얼굴에 대고 모든 걸 말할 거다! 그들로 하여금 마침내 두려움을 느끼게 해줄 거다!

6

나는 오전의 부산함으로 들끓고 있는 복도와 사무실들을 지
난다. 돈과 고급 향수 냄새가 느껴진다. 돈 냄새는 회장의 호
주머니에서, 고급 향수 냄새는 여직원들의 목덜미에서 풍겨난
다. 여직원들은 뼈 빠지게 일하며 땀을 흘려댄다. 그러니 한 시
간 후에는 다시 향수를 뿌려야 하리라. 그들은 향수를 어느 상
점에서 샀다. 그 상점은 그 향수를 가져오기 위해 어느 도매
상과 협상을 했으며, 또 도매상은 우리 회장의 공장과 흥정했
다. 공장은 아주 먼 곳에 있다. 무엇보다도 프랑스에는 있지 않
다. 다른 곳, 노예 생활인지 노동인지의 구분이 명확치 않은 어
딘가에 있다. 그리고 그 덕분에 사장의 호주머니는 갈수록 불
룩해진다. 재미있는 것은 여직원들의 향수 냄새가 짙어질수록
회장은 더욱 부자가 된다는 사실이다. 일을 그만두면 땀 흘릴
일이 없어 냄새도 안 날 테고, 그럼 더는 향수를 뿌릴 필요도
없다는 사실을 저들이 안다면…… 그리 되면 삐질삐질 진땀을
흘리게 되는 건 회장 쪽이겠지.

지금까지는 모든 게 잘 굴러가고 있다. 바글대는 개미들은
분주히 움직이고, 나는 망설임 없이 회장의 사무실로 들어간

다. 여비서가 보인다. 빌어먹을, 금발머리가 아니다! 다른 여자다. 그녀는 깜짝 놀란다. 그리고 훌륭한 비서답게 더는 못 들어가게 나를 붙잡는다.

"들어가면 안 돼요! 회장님은 지금 통화중……."

나는 문을 연다. 회장은 그의 엑신 딜럭스 수화기를 귀에 붙인 채, 놀란 눈으로 나를 바라본다. 자, 2분 후에 난 해고될 것이고, 이왕 할 것, 빨리 하는 편이 좋다. 나는 고래고래 소리치며 집어던질 서류함들을 미리 눈으로 확인해둔다. 그리고 두다리에 힘을 주고 버텨선 채 호흡을 가다듬는다. 마치 갈망하는 여자를 바라보듯 회장의 눈을 똑바로 쳐다본다. 머릿속으로는 해리 형사를 생각한다. 클린트 이스트우드 말이다! 그의 폼은 정말이지 그럴싸하다. 지금 내게 없는 것은 권총과 작은 여송연, 그리고 광고 끝자락을 장식하던 그 유명한 멜로디 뿐이다. 갑자기, 할 말이 저절로 터져 나온다.

"당신은 날 엿 먹이고 있어! 벌써 5년째 그러고 있다고! 여기선 일을 제대로 할 수 없어. 여긴 당신 같은 빌어먹을 인간들 뿐이니까! 그래서 난 꺼져버릴 거야. 내 가장 친한 친구는 사흘 휴가가 필요했는데, 당신은 그것도 주지 않았어! 오늘 아침, 난 자리에서 일어나 되뇌었지. 난 이제 꺼지겠다고, 그리고 당신은 가서 엿이나 처먹으라고 말이야!"

자, 이렇게 터져나왔다! 아, 속이 얼마나 시원한지!

이제는…… 그래, 서류함이다! 나는 방 안을 점령한 정적 속에서 앞으로 나아간다. 회장은 두 눈을 둥그렇게 뜨고 입을 딱 벌린다. 어항에서 끄집어낸 물고기 같은 꼴이다. 분명히 내게 덤벼들겠지. 그런데, 시체처럼 창백했던 그의 얼굴이 다시금 생기가 돌더니 미소를 짓는다. 그러고는 대형 화면 안에서 역시나 아연실색해 있는 통화 상대방에게 이렇게 말한다.

"일 분만 실례해도 괜찮겠지?"

그는 고개를 돌리고는, 실리콘을 주입한 입가의 미소 바로 위에서 빛나는 시선을 내게 꽂는다. 이번에는 내가 경악하여 얼어붙을 차례다.

"좋았어! 난 그런 게 필요해! 그래, 맘에 든다고! 바로 내가 찾던 거였어! 자넨 영업부에서 일하지, 그렇지? 내일 사무실을 바꾸게. 남성용 향수 파트에 자네 같은 입이 걸죽한 사내가 필요하다고. 그 인간들, 요새 영업실적이 떨어지고 있어. 오늘부터는 자네가 거기 판매담당이야. 그쪽 파트 책임자에게 얘기해놓을 테니까 가서 만나보라고."

그는 다시 수화기를 집어들고, 내게 미소를 짓더니 통화를 계속한다. 그리고 내가 마치 세계 챔피언이라도 되는 양 엄지를 추켜든다. 옛날, 투기장에서 최고의 검투사의 생명을 구해주었던 바로 그 손가락이다. 이어 그는 한쪽 눈을 찡긋하며 이제 나가도 좋다고 신호한다.

멍해져서 대체 무슨 말을 해야 할지 모르겠다. 내 발이 뒤돌아선다. 나는 여직원들이 꿀벌처럼 분주히 움직이고 있는 복도에 다시 선다.

상황을 당최 이해할 수 없어, 목구멍에 뭔가 걸린 듯 씁쓸하다. 난 그를 모욕했는데, 그는 날 승진시켰다. 이제, 그는 내가 필요하단다. 결국 나뿐 아니라 그 또한 거대한 시스템의 노예인지도 모른다. 노예의 법 앞에서는 만인이 평등한 걸까.

　정말 재미있다. 최악의 것을 각오했는데, 거기에 응당 따라야 할 것이 따르지 않다니.

7

　나는 남성 파트 책임자 앞에 서 있고, 그는 악녀처럼 미소 짓고 있다. 어쩌면 그 역겨운 미소 때문인지 모르겠지만, 문득 내가 삶을 바꾸려 했었다는 사실이 다시 떠오른다. 승진한다는 건 좋은 일이다. 하지만 이건 뭔가 텔레비전 연속극처럼 허전한 뒷맛이 느껴진다. 아니다. 내가 원한 건 진정한 변화, 정말로 해볼 만한 가치가 있는 무언가였다. 시네마스코프로 웅장하게 펼쳐지는 결말, 타이타닉 식의 화끈한 결말이었다. 게다가 나는 빨강머리 처녀를 죽이기 전의 장 바티스트 그루누이*처럼 비장한 심정이었다. 아니다. 내 비록 냄새에 좀 민감하긴 하지만, 이 향수의 제국에 계속 남아 있을 이유는 전혀 없다. 뭐? 그래 내 안에 남은 그 실낱만 한 반항 의지를 고작 승진하고 바꿔 먹겠다고? 하지만 월 6천 프랑이나 되잖아? 꽤 괜찮은 액수 아니야? 이 돈이면 제 엄마라도 죽일 사람이 꽤 될걸?…… 책임자는 흥분해 있다.

---

* 파트리크 쥐스킨트의 소설 『향수』의 주인공. 완벽한 향수를 제조하기 위해 사랑하는 빨강머리 처녀를 살해한다.

"회장이 나한테 전화했어. 자, 우리 예쁜이, 우리집에 가서 한번 질펀하게 놀아볼까?"

그는 이 방면에서는 전형적인 스타일로, 유행의 첨단에 서 있고, 섹시한데다, 게이이다. 그는 패션에는 빠삭할지 몰라도, 남자에 대해선 깡통이다. 그는 이성애자들이 모두 자기를 무서워한다고 믿으며, 그런 심리를 이용하려 든다. 과장된 언행으로 그들을 도발하는 것이다. 그들을 잔뜩 겁주면서 속으로 킬킬댄다. 나는 그의 얼굴을 똑바로 보고 미소 지으며 그의 불알을 부드럽게 어루만진다.

"그런데 말이야 자기, 내가 일반이 아닐지도 모르잖아? 만일 그렇다면 내 쪽에서 더 신나는 일 아니겠어?"

관능적인 목소리로, 귓가에 감미롭게 속삭여준다.

나는 놀라 멍한 얼굴이 된 그를 뒤로하고 그곳을 나온다. 5층으로 올라가, 곧바로 회장 사무실로 들어간다. 그리고 이번에는 성공했다. 왜였을까? 어쩌면 금발머리가 거기 있었기 때문인지도 모른다. 그녀의 눈길을 받으니 더 예민해지고, 더 흥분되고, 더 방방 뜨긴 했다. 어쨌든……

두 대가 아니라, 세 대였다. 내가 서류함들을 뒤엎어버리는 순간, 그는 격렬한 몸짓을 보였다. 그게 정확히 어떤 동작이었다고 꼬집어 말할 순 없지만, 어쨌든 그는 상당히 공격적인 기세로 내 쪽으로 움직였다. 그게 날 겨냥한 것이라고 간주하자, 주먹이 본능적으로 튀어나갔다. 그리고 강냉이 세 대! 난 아마도 이 일로 재판을 받게 될 것이다. 하지만 괜찮다. 삶을 바꾸자면 할 일을 해야 한다. 한편 금발머리 쪽 이야길 하자면, 그녀는 이제 더 이상 미소 짓지 않는다. 하지만 왠지 재미있어하는 표정이 어른거리는 듯하기도 하다. 약간은 앙큼하기도 한 표정이다. 그 꿰뚫어보는 듯한 시선이 나를 꿰뚫고 있다. 복도를 가로질러 걷기 시작하니, 아연실색한 사람들이 눈에 들어온다. '이건 말도 안 돼!' 하는 말들이 사방에서 튀어나온다. 아마도 그들의 머릿속에선 그다음에 다음과 같은 문장이 덧붙여질 것이다. '회장 사무실에서 직접 그 기막힌 장면을 볼 기회를 놓치다니!' 이런, 관음증 환자들 같으니! 그래, 사실 우린 모두 관음증 환자다. 자, 신사 숙녀 여러분, 모두 원 없이 즐겨보시길! 이런 사람을 날이면 날마다 볼 수 있는 게 아니니까! 아, 정말로 후련하다! 첫 곡괭이질은 이보다 훨씬 어려우리라 생각했었는데.

하지만 내가 만일 곧이어 몰아칠 후폭풍을 예감했더라면, 그저 가벼운 따귀 한 방으로 만족했을 것이다……

8

드디어 카메라들이 도착했다! 바깥에서 왁자지껄한 소리가 들려온다. 위기일발의 상황이었다. 코잭과 콜럼보가 마침내 냉정을 잃고 자기들 재량껏 나를 목 졸라 죽이는 게 아닌가 한순간이나마 공포에 휩싸였을 정도다. 밖에서는 정말이지 난리가 난 듯 엄청나게 시끄럽다. 기자들이 힘으로 밀고 들어올 모양이다. 얼굴이 사색이 된 껑다리 친구 하나가 뛰어들어온다.

"이자를 다른 데로 옮겨야겠어! 이거 완전히 개판이야! 사방이 기자 천지라고!"

세 경관은 열린 무덤 앞에 선 애송이들처럼 꽤나 당황한 표정으로 서로 얼굴만 쳐다고 있다.

"자, 스타 나리, 빨리 움직여!"

"그럼 날 죽이진 않을 겁니까?"

삼인조는 말없이 나를 쳐다본다. 나는 콜럼보에게 부탁한다.

"수갑이 너무 죄는데, 좀 풀어주시죠? 손목이 금방이라도 끊어져 그대로 바닥에 떨어져버릴 것 같다고요. (그는 주저한다.) 걱정 마요. 당신을 물어뜯진 않을 테니까. 난 개가 아니에요."

"하지만 네 상통은 꼭 멍멍이같이 생겼어."

"그럼 댁들은 어떤 동물이랑 닮았는지 혹시 알아요?"

"어디 한번 지껄여보시지. 그 주둥이를 바닥에 콱 처박고 싶다면."

"난 말이야, 내가 만일 동물이라면 말이야, 난 아마 거시기일 거야." 코잭이 헐떡거리며 끼어든다.

"거시기? 멍청한 놈! 거시기가 언제부터 동물이 됐냐?" 콜럼보가 쏘아붙인다.

"내 걸 못 봤으니까 그런 말이 나오지. 하하하!"

코잭은 얼굴이 시뻘게지도록 웃다가 하마터면 숨이 막힐 뻔했다. 그의 시詩는 늘 우리를 다른 차원으로 이끌어간다.

콜럼보가 상당히 짜증난 얼굴로 다가오더니, 내 손의 색깔을 보고 미간을 찌푸린다. 전압을 최대한 올린 코잭의 얼굴색보다도 더 시퍼런 보랏빛이다. 나에 대한 약간의 존경이 그의 눈에 어른거리는 것 같기도 하다. 내가 그 심한 고통 속에서도 입을 굳게 다물었고, 또 질문마다 멋진 대답으로 응수했기에 나한테서 아직 아무것도 알아내지 못했기 때문이다. 콜럼보는 상대가 만만치 않음을 느낀다. 약간이나마 인정을 받는 건 언제나 기분 좋은 일이다. 그가 좀더 호의적으로 변했음을 느끼고 나는 덧붙인다.

"난 흡입기가 필요해요."

그가 코잭에게 지시한다.

"그걸 챙겨! 그리고 이자의 재킷과 권총도. 어차피 이곳에는 아무것도 남기면 안 되니까."

오, 주여, 감사합니다! 이들이 내 소지품을 여기에 두고 가버리면 난 끝장이다. 게다가 잠시 이동한다 하니 마침 잘됐다. 아까부터 난 기회가 오기만을 기다리고 있었다. 위대한 탈주자들은 본래 어디론가 이감되는 틈을 타서 도망치는 법. 그런 여행은 때로 생각보다 길어지기도 하고, 죽어서 땅속에 묻히기도 하고, 그래서 지옥까지 이어지기도 한다. 하지만 문제는, 온라인에서 해본 것 말고는 지금까지 내가 탈출에 성공한 적이 없다는 점이다.

눈앞에서 털레털레 춤을 추며 앞으로 나아가는 내 재킷을 나는 멍하니 쳐다본다. 주둥이 앞에서 흔들리는 붉은 천조각에 홀린, 상처 입은 싸움소처럼.

9

같은 층에 사는 이웃 남자가 삶을 바꾸는 것과 관련하여 내
게 경고한 바 있다. 난 그에게 매혹되어 있었다. 그는 항상 바
꾼다. 일을, 옷을, 그리고 여자를. 그는 같은 일을 하는 법이 없
다. 아니면 동시에 여러 가지 일들을 하고 있는 건지도 모른다.
잘은 모르지만, 그에게 감히 물어보지도 못했다. 내가 아는 건,
아파트 문구멍으로 엿볼 때마다 그가 같은 옷차림이었던 적이
한 번도 없었다는 사실이다. 어느 날은 꽃 배달부 차림이더니,
그 다음 날은 면도한 민둥머리에 정장과 넥타이 차림이었다.
그리고 항상 눈부신 미녀들을 대동한다.

우린 그다지 친한 사이가 아니지만, 그가 날 괜찮게 보는 것
같기도 하다. 어쩌면 우리 둘의 외모가 약간 닮았기 때문인지
도 모르겠다. 못생긴 사람들은 피차 연대감을 느끼게 마련이
니까. 아침에 서로 마주칠 때면 그는 넌지시 대화를 시작하곤
한다. 하지만 날씨가 좋니, 나쁘니 하는 종류의 대화는 아니다.
오히려 이쪽에 가깝다. 댁은 죽는 게 두려워요? 프랑스는 좀
노인네 천국같지 않아요? 치매환자가 2천 5백만이라니, 이건
좀 많다고 생각하지 않아요? 어떻게 하는 게 좋을까요? 그들

을 안락사시킨다면…… 언젠가 우리도 그렇게 될까요?

그렇게 엘리베이터 안에서의 일 분 동안, 그는 아주 짤막한 철학적 이야기를 몇 마디 던지고 나간다. 어쩌면 그건 사람들이 자기 질문에 대답하지 않는 데 익숙해져 있기 때문인지도 모른다. 사람들은 그를 이상한 사람으로 여기고, 그냥 고개를 푹 숙여버릴 것이다. 혹은 그는 이런 종류의 질문을 아무에게나 하지는 않는지도 모른다. 사실 이런 타입은 그냥 피해가는 게 편하다. 그러면 안심이 되니까. 그는 사람들이 두려워하는 부류다. 그를 어떤 범주에 분류해 넣어야 할지 다들 잘 아는 것이다. 절대 건드려서는 안 되는 범주. 하지만 난 좀 다르다. 나는 그를 어떤 범주에 넣어야 할지 잘 모르겠다. 그리고 바로 그 점이 날 매혹시키는 것이다. 어느 날 아침, 우리 둘은 엘리베이터를 타고 아래로 내려가면서 아주 야한 대화를 나누고 있었다. 이때 문이 열리더니 6층에 사는 글래머가 들어왔다. 가슴이 불룩 튀어나온 금발머리였다. 금발도 가짜고, 가슴도 가짜였지만, 어쨌든 남자 잡아먹는 데는 선수인 타입이었다. 나는 그가 화제를 바꾸리라 생각했다. 하지만 아니었다. 그는 들으란 듯이 계속 입을 열었다.

"만일 여자를 떼버리고 싶다면, 그녀와 자되, 일을 아주 형편없이 해버려요. 그러면 여자들은 보통 제 발로 금방 사라져주지요."

"네, 생각해보지요." 나는 짐짓 차분한 표정을 유지하며 대꾸했다.

"문제는, 내 경우엔 그 방법이 영 통하질 않는단 말이야. 힘을 반만 썼는데도 여자들이 당최 떠나려 들지 않아요. 참 이해가 안 된단 말이야…… 다른 사람들은 어떻게 하는지 모르겠지만…… (여기서 그는 여자의 얼굴을 똑바로 쳐다보며 물었다.) 설거지 잘하는 남자가 애인으로 최고라는 사실, 아세요?"

"아, 그래요? 그럼 당신도 설거지를 하나요?" 그녀가 아주 도발적인 눈빛으로 되물었다.

그가 아주 관능적인 목소리로 나지막이 속삭였다.

"전 '레스토랑'에서 설거지 일을 하고 있어요."

이웃 여자는 얼굴이 새빨개졌다. 그녀는 엘리베이터 문이 열릴 때까지 숨도 제대로 못 쉬고 제 신발만 내려다보고 있었다. 나는 눈꼬리로 눈물이 흘러내리려는 걸 간신히 참았다. 미친 듯 터져나오려는 웃음을 참는 것처럼 힘든 일은 없다. 그녀가 나가자 나 역시 얼굴 시뻘게져서, 물개처럼 거센 숨을 몰아쉬며 그대로 바닥에 주저앉았다.

이웃 남자 나의 영웅이다. 그는 성인영화 신인 여배우를 단 몇 초 만에 빨간 두건 소녀로 뒤바꿔버리는 능력을 가지고 있는 것이다.

그가 나를 실망시킨 적은 딱 한 번으로, 내가 삶을 바꾸는 걸 생각해보고 있다고 털어놓았을 때였다. 그는 마치 나에 관련해 뭔가 나쁜 소식을 들었다는 듯이 얼굴을 찌푸렸다. 그는 잠시 뜸을 들이다가 이렇게 대꾸했다.

"그러다가 갖가지 문제가 생겨나곤 한답니다. 잘 생각해서 결정하세요."

"하지만 난 지금의 생활이 행복하지 않다고요."

"행복? 당신은 행복을 통제할 수 없어요. 행복이란 하나의 감정이고, 우리는 자신의 감정을 통제할 수 없지요. 다만 자신의 행동을 통제할 수 있을 뿐이에요."

"바로 그겁니다. 난 행동을 바꾸고 싶어요. 삶을 바꾸고 싶단 말입니다!"

"우리의 의지에 달리지 않은 것들을 바꾸려 하는 건 시간과 에너지 낭비일 뿐이에요. 자기 자신에 대한 진정한 존중만이 모든 것을 극복할 수 있게 할 수 있어요. 인생을 바꾸려면 먼저 자신에 대해 갖고 있는 생각을 바꿔야 해요. 그렇게만 할 수 있다면 모든 게 가능해지죠."

"자신에 대한 존중이요?"

"그래요. 한번 잘 생각해보세요……"

엘리베이터는 일층에 닿았다. 우리는 미소를 지으며 헤어졌다. '하지만 당신은 항상 바뀌잖아?' 난 그에게 이렇게 말하고 싶었다. 자신에 대한 존중? 대체 무슨 말을 하는 거야? 왜 갑자기 고리타분한 책 같은 얘길 하는 거냐고?

어쨌든 이 일로 인해 나는 그때까지의 생각에 대해 약간의 의혹을 품게 되었다. 그에게서 나온 말이니 가볍게 지나칠 수 없었던 것이다.

이유는 정확히 알 수 없지만, 살다보면 다른 사람들의 그것보다 훨씬 중요하게 느껴지는 의견을 내놓는 사람이 있는 법이다.

10

나는 내 능력으론 꿈도 꿀 수 없었던 아파트에 살고 있다. 다. 토마 덕분이다. 그는 햇살 없는 태양처럼 수줍고도 창백했다. 그는 내게 하나뿐인, 진정한 친구였다. 그는 해커였다.

오늘날, 예술가들이 일정한 법의 테두리를 넘어서려면 정보 기술을 지배할 수 있어야 한다. 그렇지 않으면 짐승처럼 쫓기게 된다. 그런 의미에서 해커들은 우리의 자유를 보장하는 마지막 예술가들이라 할 수 있다.

그날 토마는 오지 않았다. 대신 자기 친구 둘을 보냈다. 그들은 내 원룸에 쳐들어왔다. 낡은 PC 한 대를 들고 온 그들은 그걸 인터넷에 연결했다 끊었다 하기를 수십 차례 반복한 후에, 암癌처럼 사악한 해킹 프로그램 하나를 집어넣었다. 그러자 내 연봉이 열 배로 뛰었고, 아파트 한 채가 내 앞으로 굴러떨어졌다. 그들은 작업하는 내내 미친 듯이 웃어댔고, 각자 맥주를 여섯 병씩 마셔서 알딸딸해진 뒤에 모든 걸 제자리로 돌려놓았다. 그들 중 하나는 응접실 벽에다 해골이 들어간 시커먼 해적 깃발을 그려놓았다.

"자, 이게 우리들 출장 요금이야. 뭐, 문제 있어?"

"나한테요? 난 아무 상관 없어요. 하지만 집주인이 인상을 쓸 것 같은데……"

"걱정 마쇼. 이사 갈 때까지는 우리가 집주인 해줄 테니까."

그 이후로 나는 제5구역, 사르코지 가* 33번지, 80호 아파트에 살고 있다.

이 아파트 건물의 문들은 대개 비슷비슷하다. 어느 날, 나는 우편배달부가 쓰레기통들을 넣어두는 창고의 문을 열심히 두드리고 있는 걸 보았다. 나는 그에게 말해주었다.

"더 세게 두드려봐요! 걔들은 잘 듣질 못해요. 귀가 약간 먹었거든."

그러고 나서 나는 자리를 떴다. 우편배달부는 약 15분 후에야 사실을 알게 되었다. 그리고 이에 대한 보복으로 2주가 넘도록 내게 우편물을 배달해주지 않았다.

부자 동네에 살아서 괜찮은 점은 냄새가 좋은 부자들과 이웃할 수 있다는 것이다. 가끔씩 나는 회사 창고에서 향수를 슬쩍해와서 그것을 반값에 팔아먹는다. 우리집에 오면 일 년 내내 특별세일인 셈이다. 이건 부자라 해도 그냥 지나치기 어려운 기회다. 꼭 돈 때문만은 아니다. 좋은 건수 하나 올렸다는 만족감을 얻기 위해서다. 그런데 내게서 향수를 사지 않은 사람이 딱 하나 있으니, 바로 앞서 말한 이웃 사내다. 그에게 경의를 표하는 바이다. 어쨌든 내가 사는 아파트는 기똥차다. 엄청 크다. 지나칠 정도다. 시간이 없어서 제대로 가구를

---

* 니콜라 사르코지는 신자유주의 성향의 현 프랑스 대통령이며, 사르코지 가는 가상으로 설정한 거리 이름이다.

들여놓진 못했지만, 뭐, 푼돈이나 다름없는 예전 집세를 내고 있으니……

그 해커란 놈들, 정말이지 막강한 물건들이다.

그들은 이미 2010년부터 무시무시한 조직을 이뤄왔다. 스포츠 도박 사이트, 그리고 온라인 카지노와 온라인 포커 사이트들을 둘러싸고 일어난 수많은 사건들은 이들이 보통사람들의 머리 위에 있다는 사실을 분명히 증명해주었다. 인터넷에서는 무수한 사기가 행해지는데, 사람들은 즐거이 그 덫에 빠져든다. 나 자신도 온라인 포커에서 500유로를 사기 당한 적이 있다. 내게는 꽤 유익한 교훈이었는데, 나중에 복수할 수는 있었다. 토마 덕분에 배팅한 액수의 무려 열 배를 딴 것이다. 고마워, 토마! 이 평행세계에 대해 많은 걸 가르쳐줘서. 네가 특출한 해커였다는 사실이 정말로 고마워.

과연 사람들은 알까? 이 해커들이 유령처럼 마우스를 움직여 주인 대신 컴퓨터를 조종할 능력이 있다는 사실을? 어디에든 마음대로 침입해 들어가서는, 제대로 보호되지 않은 컴퓨터 속에 아무렇게나 굴러다니는 코드며 개인적 파일들을 집어갈 수 있다는 사실을? 그들은 제 집 의자에 앉아서 모든 것을 쓸어가버릴 수 있는 도둑들인 것이다.

사기의 세계에 뭐 새로울 게 있겠냐마는, 사기가 과학의 얼굴로 나타날 때는 정말이지 등골이 오싹해지지 않을 수 없다. 해커들이 그 어떤 스포츠경기에 배팅한다 해도, 상금을 분배하는 중앙컴퓨터들은 경기 결과에 상관없이 꼬박꼬박 그들에게 배당금을 지급하고 있다! 한마디로 그들은 '신세계'의 천재들이다.

토마는 내게 확신을 심어주었다. 그의 말이 맞다. 이 새로운 '파 웨스트Far West'에서 최고의 강자는 바로 이 해커들이다. 그리고 그들은 늙어가는 기존 강자들에 비해 몇 걸음 앞서 있다. 내 기억으로 어떤 변화가 시작된 것은 이들 중 몇몇이 매수되어 무시무시한 현상금 사냥꾼으로 전향했을 때부터였다. 이때부터 해커들의 목에 현상금이 걸렸다. '지명수배, 현상금 10만 유로'. 그 아래에는 수배자의 가명과, 사진을 대신하는 그의 아바타가 게시됐다. 웹의 주술사, 제임스본드700, 지단654, 요정의 손가락, 조로니크베르나르도, 졸랑브루유233 등등……

공식적으로는 모든 게 잘 굴러가고 있다. 노동의 세계가 움직이기 위해선 사이버 도구가 필요하며, 또한 그 도구가 아무 문제 없다는 사실을 보여줘야 하기 때문이다. 하지만 무대 뒤에서는 수없이 충돌이 일어나고 있다. 현상금 사냥꾼들, 용병들, 그리고 해커들은 무자비한 전쟁을 벌이고 있다. 현실은 가상현실에 맞서 싸우고 있으며, 오늘날에는 이 가상현실을 법정에 세우기도 한다.

토마가 나를 조금 웃기자고 기사 하나를 보낸 적이 있다. 2006년경에 네덜란드에서 큰 화제가 되었던 첫 번째 체포 이야기였다. 어느 날 한 젊은 해커의 집에 경찰이 들이닥쳤다. 그가 어느 사이버 세계의 사이버 아파트에 침입하여 사이버 가구들을 훔쳤기 때문이었다. 이제는 그의 이름을 아는 사람이 거의 없겠지만, 적어도 해커들은 모두 그 이야기를 알고 있다. 일테면 그는 새로운 종류의 전쟁에서 싸운 무명용사였던 셈이다. 토마는 이런 식으로 내게 여러 가지 이야기를 들려주는 걸 좋아했다. 그는 어휘를 세심하게 선택하여 이야기의 흥미를 돋웠고, 나는 영화 같은 그의 이야기들이 너무 좋았다.

"정치적 경화硬化가 진행되어온 지난 수십 년 동안, 해커들은 어마어마한 보물을 축적해왔어. 진짜 해적*들이 활약하던 시대처럼 말이야. 인터넷에 연결된 화면과 키보드가 그들의 해적선인 셈이지. 그중 어떤 이들은 '힘의 어두운 쪽'에 매혹되었고, 또 어떤 이들은 소박하고도 평화로운 삶을 이어가고 있지……"

"뭐야, 〈스타워즈〉야?"

"아니, 웹워즈.**"

"헤헤헤, 웃기고 있네!"

"어릴 때 함께 놀던 친구들이 인터넷에서 쫓고 쫓기게 되는 일이 종종 일어나지. 꼬마들이 어른이 되어 서로 반대진영에서 싸우는 거야."

"우리 같은 꼬마들 말이지? 섹스, 마약, 컴퓨터게임!"

"맞아, 그렇다고 할 수 있지. 하지만 이들은 학교 운동장에서 나누던 감정 같은 것들은 한쪽에 치워버렸어. 그리고 아주 안 좋게 끝나는 경우가 많아…… 우리 사이에선 절대로 이런 일이 일어나지 않기를 바랄 뿐이야."

"무슨 헛소리야? 우린 형제라고!"

"그걸 피하기 위해, 몇몇 해커들이 외부의 적대적 세력으로

---

* 프랑스어로 '해커'와 '해적'은 모두 'pirate'이다.
** '힘의 어두운 쪽'은 영화 〈스타워즈〉의 핵심개념 중 하나인 '포스'의 어두운 쪽(dark side of the force)'을 패러디한 것이다. '웹워즈'의 원문은 '라 게르 쉬르 라 투알(la querre sur la Toile)'로, 이는 〈스타워즈〉의 프랑스어인 '라 게르 데 제투왈(La querre des étoiles)'과의 발음상 유사성을 이용한 일종의 말장난이다.

부터 스스로를 보호할 공동체를 결성할 생각을 했지."

"공동체? '갱' 같은 건가?"

"아니. 그보다는 훨씬 잘 짜여 있고 훨씬 덜 폭력적이야. 인 터넷에는 폭력이 없잖아."

"폭력이 없어? 그건 네 생각이고! 내 컴 안에는 지독한 동영 상들이 산처럼 쌓여 있다고. 어디 한번 보고 싶어?"

"아니, 됐어. 내 말은 단지, 인터넷에선 고통을 느끼더라도 물리적 충격은 느낄 수 없다는 뜻이었어."

"그런 공동체가 많나?"

"수십 개의 해커 협회가 결성되어 있지. 전 세계적으로 말 이야."

"그럼, 영화로 치면 말이야, 이들이 '나쁜 놈'들인가?"

"꼭 그렇진 않아. 그들의 공통된 모토는 상호부조야. '나쁜 놈' 얘기를 하자면, 그보다 훨씬 형편없는 자들은 얼마든지 있 어. 옆에서 사람이 죽어나가는 데도 손끝 하나 까딱 않는 인간 들이 있다고."

"해커들은 서로 어떻게 알아보지?"

"그들은 자신도 가담했다는 표시로 해골 상징을 사용해. 이 상징은 은밀하지만 도처에 숨어 있지. 검정 바탕, 빨강 바탕, 녹색 바탕, 파랑 바탕 위에, 컴퓨터 칩이나 자동차 위에. 혹은 팔뚝에."

"그럼 너도 그런 문신이 있는 거야? 난 한 번도 못 봤는데."

"난 없어."

"왜?"

"왜냐면 난 해커들의 해커니까."

"하하하!"

"일정 수준에 이르면 더는 해골을 사용하지 않아. 다른 걸 쓰지."

"그게 뭔데?"

"언젠가 알게 될 거야."

그의 세계는 언제나 날 매혹시켰다.

그들의 해골 깃발은 고정돼 있기 때문에 나부끼지 않는다. 하지만 그것은 침몰을 거부하는 소비사회를 침몰시킬 꿈을 꾸고 있는 것이다.

진보 만세! 토마의 기억 만세!

스스로 모든 걸 통제하고 있다고 믿지만, 실은 해적들에게 먹혀 들어가고 있는 이 사회 만세!

11

공기가 향기롭다. 5월이다. 나는 무척이나 편안한 어느 조그만 카페의 테라스에 앉아 있다. 이런 카페를 파리에서 찾기는 쉽지 않다. 가운데에는 큰 테이블들이 놓였고, 그 옆으로는 작은 테이블들이 자리 잡고 있다. 테라스 지붕 아래로 커다란 당구대가 하나 보인다. 그리고 좀더 안쪽으로는 옛날 옛적에 유행하던 컴퓨터게임기 세 대가 있다. 일테면 키치를 흉내 낸 키치라 할 수 있다. 첫 번째 것에는 플라스틱 권총들이 달려 있다. 아가씨를 납치한 나쁜 놈들을 죽이는 게임이다. 두 번째 것은 핸들 두 개와 좌석 두 개가 달린 자동차경주 게임이다. 그리고 세 번째 게임기는 플라스틱 개머리판을 단 장총 두 개가 달려 있는 것이, 척 보기에도 꽤나 오래된 듯하다. 그 총으로 화면을 겨냥하고 있다가 원반이 날아오르면 쏘면 된다. 이렇게 앉아 봄의 첫 향기를 들이마시고 있으니 너무도 기분이 좋다. 이 도시에선 이런 향기마저 겨울의 냄새와 꽤 흡사하긴 하지만.

두 십대가 당구대 위에서 고투를 벌이고 있다. 한쪽 작은 테이블에 앉은 두 연인은 커피를 주문해놓고 열심히 입맞춤하는 중이다. 여자는 아주 예쁜 반면, 남자는 어떻게 저런 얼굴로 여자를 꾈 수 있었는지 불가사의할 정도다. 테라스 중앙에 놓인 커다란 테이블에는, 마흔 살가량의 아주 세련된 정장 차림을 한 사내가 누군가를 기다리는 듯한 얼굴로 앉아 있다. 웨이터가 이따금 멈춰 서서 그와 얘기를 나눈다. 유모차를 끌고 온 한 부부는 카페 안쪽, 컴퓨터게임기 근처의 테이블을 차지하고 있다.

한 남자가 아들로 보이는 꼬맹이와 함께 게임을 하고 있다. 생긴 게 우리 층 이웃 사내와 상당히 흡사하다. 남자는 키가 작은 꼬맹이가 소총으로 원반을 겨냥할 수 있게끔 두 팔로 들어올려주고 있다. 모든 게 조용하고 평화롭다.

갑자기 옷을 멋지게 빼입은 사내 하나가 나타난다. 날이 제법 따뜻한데도 정장 차림이다. 그가 다가가자 마흔 살 사내가 일어나 그를 맞는다. 둘은 악수를 나눈다.

그렇게 몇 마디를 나누고 주위를 휙 한 번 둘러본 다음, 새로 온 사내는 웨이터에게 어떤 신호를 보내고는 사라지더니, 곧바로 또 다른 사내 하나와 함께 돌아온다. 이번에 온 사내는 좀더 나이 들었고, 비대한 체구 탓인지 거동이 느릿느릿하다. 그는 미소 짓는다. 마흔 살 사내는 다시 일어나서 뚱보와 정중히 악수를 나누고, 뚱보는 약간 거만한 표정으로 의자에 앉는다.

웨이터가 황금빛의 큼직한 크루아상 몇 개, 커피 세 잔, 포도주 한 병, 샐러드 한 접시, 그리고 햄, 소시지 등속이 담긴 쟁반 하나를 받쳐 들고 온다.

그 모든 게 테이블 위에 놓였을 때, 한 사내가 의자에 몸을 살짝 기대고 보초처럼 주위를 살핀다. 그는 테라스 한가운데 우뚝 서서, 뛰어난 경호원다운 시선으로 천천히 주위를 훑는다.

몇 분 후, 유모차 부부가 자리에서 일어선다. 떠나기 전, 어머니는 장총을 쏘고 있는 꼬맹이를 부른다.

"얘야, 그만 이리 오렴! 아저씨 더 이상 귀찮게 하지 말고."

컴퓨터게임기 앞의 사내는 미소를 지으며 꼬맹이를 바닥에 내려놓는다. 꼬맹이는 자기 부모에게로 달려간다. 가족은 멀어져간다. 경호원은 뭔가 당황한 표정으로 게임기 쪽으로 몇 걸음 다가간다. 그러자 사내가 플라스틱 장총 하나를 케이스에 집어넣더니, 자기 앞에 놓인 두 번째 장총을 집어든다. 그 장난감은 첫 번째 것보다는 훨씬 더 진짜 총처럼 생겼다.

경호원이 소리친다.

"어이! 당신 지금 무슨……"

한 발의 총성에 말이 끊기고, 그는 바닥에 고꾸라진다. 사내는 엽총을 다시 장전하여, 총을 빼들려던 마흔 살 사내를 쓰러뜨린다. 마지막으로 뚱뚱한 VIP의 머리가 박살나는데, 산산이 튄 살점들이 샐러드와 적포도주에 섞여든다. 그는 장총을 바닥에 내려놓고는, 신속하지만 차분한 걸음으로 테라스를 떠난다.

모두 바닥에 납작 엎드려 있다. 젊은 애들은 당구대 밑에 숨었고.

나는 모든 걸 다 보았다. 내가 정확히 어느 지점에 있었는지는 도무지 생각이 안 나지만, 아무튼 거기 있었다.

총을 쏜 사내는 거리 모퉁이로 다가간다. 그를 자세히 살펴보고 있으니, 그가 이웃 사내와 비슷하다는 느낌이 점점 더

강해진다. 그러다 그가 마지막으로 뒤를 돌아보기 위해 고개를 휙 돌렸을 때, 나는 그의 얼굴을 또렷이 보게 된다. 심장이 쿵 하고 내려앉는다. 맞다, 바로 그 남자다! 그가 천천히 멀어져간다.

12

다음날 아침, 나는 숙취 상태로 깨어났다. 온갖 화면들이 다 켜져 있었다. 옷도 벗지 않은 상태였다. 샤워도 하지 않고, 취침용 티셔츠도 갈아입지 않은 채 그대로 쓰러져 잔 모양이다. 알람시계를 쳐다보았다. 채 두 시간도 못 잤다. 흡입기를 가져올 힘조차 없다. 옷장 깊숙한 곳에서 새 흡입기 하나를 꺼내 와야 하는데.

지금도 어제의 그 난사亂射 장면이 실제로 본 건지, 아니면 꿈을 꾼 건지 도무지 알 수가 없다.

피곤하다. 너무도 많은 이미지들이 망막을 스쳐간 탓에, 그것들이 현실인지, 아니면 화소畵素화된 것인지 더 이상 분간을 못 하겠다. 아무리 애써봐도 좀처럼 되질 않는다. 인터넷을 너무 많이 한 탓일까? TV를 너무 많이 본 탓일까?

이번만은 대충 지나쳐버리고 싶지 않다. 이웃 사내는 이 아파트 내에서 조금이나마 흥미가 느껴지는 유일한 인물 아니던가. 그는 내가 엘리베이터에서 맡은 향수의 이름을 알아맞히지 못한 유일한 사람이다. 내가 향수 이름을 알아맞히지 못하는 경우는 거의 없다. 그건 내가 여자들에게 접근할 때 사용하는 수법이기도 하다. 최고급 향수에서부터 최하급 오드콜로뉴까지 내가 귀신같이 알아맞히면 여자들은 눈이 똥그래진다. 하지만 그에게선 아무것도 알아낼 수가 없다. 불가능하다. 아니면 그가 두 가지 향수를 섞어 쓰는 것인지도…… 그가 풍기는 냄새에는 내 후각을 혼란스럽게 하는 뭔가가 있다. 뭔가 타는 듯한 역한 냄새가 희미하게 느껴진다. 만일 그게 화약 냄새라면, 그날 내가 꿈을 꾼 게 아니라 이웃 사내가 분명히 세 남자에게 총질을 한 거다. 그게 아니라면…… 그게 아니라면 내가 꿈을 꾼 거겠지…… 머리가 빙빙 돈다. 잠을 제대로 못 자서 그런 건지는 몰라도, 더는 아무것도 모르겠다. 내가 현실을 어떤 영화와, 혹은 컴퓨터게임과 뒤섞고 있는 건 아닐까?…… 혹은 둘 다인지도! 한 가지는 분명하게 말할 수 있다. 그 정장 사내의 양복이 아르마니였다는 사실이다. 그 카페 테라스, 거긴 내가 분명히 현실에서 본 장소다. 이 또한 확신할 수 있다. 빌어먹을! 혹시 이건 약물과용이나 그 비슷한 것 때문은 아닐까? 그런 게 아니기만을 간절히 빌 뿐이다. 난 아니다. 내게는 그런 일이 일어날 수 없다. 불쌍한 토마, 난 그를 이해한다. 그는 보름 만에 아버지와 장인을 한꺼번에 잃었다. 그리고 그의 마누라는, 도저히 제정신이라고는 할 수 없는 그 고약한 여편네는 돕기는커녕 결국 그를 구멍 밑바닥으로 밀어넣고야 말았다! 그 빌어먹을 노 라이프no life 우울증! 다른 사람들이라면, 그래, 다른 사람들이라면 이런 우울증에 휩쓸릴 수 있다. 하지만 난 아니다, 난 쓸려가지 않는다……

토마는 노 라이프였다. 노 라이프? 그게 뭔가? 그 자체만으로는 차갑고 별 의미 없는 이 단어는 그에게 인생이란 게 없었음을 말하고 있다…… 하지만, 오늘날 인생이 있다고 자부할 수 있는 사람이 과연 있기나 할까?

현실과 가상현실.

인터넷. 신세계로 열린 창문. 우리 모두를 더 나은 존재로 만들어주겠노라 약속했던 창문……

난 토마에게 여러 번 말했었다. 이제는 진정하라고, 가상현실에서 좀 떨어져 있으라고.

"너도 그들처럼 되고 싶진 않을 거 아냐."

이 미친 노 라이프들은 하루에 열 시간 이상을 컴퓨터 앞에서 보내며, 남을 통해 간접적인 삶을 살 뿐이다. 열 시간, 이 정도는 최소한이다. 토마는 숨이 끊어지지 않을 정도만 먹고 마셨다. 나는 이 문제를 가지고 토마와 수차례 격론을 벌였다. 그는 늘 이렇게 대답하곤 했다.

"너무 과장하진 말자고……"

"난 과장하고 있지 않아! 노 라이프들이 '세컨드 라이프' 같은 온라인게임에서 두 번째 삶을 갖는 이유는 실제 인생에서 그걸 얻을 수 없기 때문이야. 그들은 거기서 모든 것을 얻지. 거기서 그들은 잘생겼고 부자이고 똑똑해. 이런 건 죄다 꼬맹이 시절부터 조종당한 소비자가 꾸는 꿈일 뿐이야. 하지만 넌 그보다는 훨씬 더 괜찮은 놈이잖아, 안 그래?"

그는 내 말을 들으려 하지 않았지만, 나 역시 그를 그대로 내버려둘 수 없었다.

"이러다가 죽을 수도 있어. 너도 알지?"

"말도 안 되는 소리 그만해!"

"이봐 친구, 정말로 죽는다고! 인터넷으로 확인해봐. 제일 처음 죽은 건 어떤 한국인이었어. 11시간 동안 논스톱으로 온 라인게임을 했다지. 결국 탈수증으로 죽었다고. 아마 2006년 인가 몇 년인가의 얘기일 거야."

"그건 석기시대 얘기야. 그런 시대는 이제 끝났다고······"

그는 내 말에 귀를 기울이려 하지 않았고, 난 아무것도 할 수 없었다. 하지만 내 얘기는 분명 사실이었다.

한 노 라이프의 죽음. 그것은 긴 리스트의 첫 번째를 장식한 사건이었다······ 2012년, 그들은 전 세계 인구의 불과 1퍼센트 에 불과했다. 그러나 오늘날 노 라이프는 32퍼센트에 달한다. 물론 평가기관들은 제4세계를 고려의 범위에 포함시키지도 않 았다. 제 4세계는 굶주림으로 죽어가는, 전기가 뭔지도 모르는 인간들이다. 평가기관들은 진정한 인간들, 다시 말해서 소비 자들만을 계산한다.

토마와 나도 그 규칙에서 벗어나지 못했다. 우리는 길거리 의 선술집보다는 인터넷 카페에서 만나는 일이 많았다. 물론 우리 역시 대단한 소비자였음을 고백하지 않을 수 없다. 마약 과 술과 여자의. 이 무미건조한 삶을 잊게 해줄 모든 것들의 소비자였다. 산더미 같은 빚을 짊어졌지만, 바로 그렇기 때문 에 자신이 살아 있다고, 이 사회에 편입되어 있다고 믿는 진 짜 '소비자'들이었다. 만일 불행히도 당신이 과도하게 소비하 지 못한다면, 그날부터 당신은 아무것도 아니다. 하지만 뭔가 가 되기를 원하지 않는 사람은 없다. 나는 소비한다. 고로 나는 존재한다.

토마가 이런 상황에서 벗어날 수 있도록 돕기 위해, 나는 노 라이프들에 대한 통계에 빠삭해졌다. 할 수 있을 때마다, 그가 이해할 수 있도록 통계수치들을 들이댔다.

"너희는 양계장의 닭들처럼 집에서 한 발도 나가지 못하는 소비자일 뿐이야. 산업과 시장의 법에 매일의 양분을 공급하는 가련한 먹이일 뿐이지. 생각해봐. 지금 노 라이프는 35퍼센트 이상이라고! 무슨 말인지 알겠어? 한심한 닭들 같으니!"

노 라이프가 많을수록 시장의 법은 튼튼해진다. 공해가 심해질수록 그것을 근절시킨다는 제품을 많이 팔아먹을 수 있다. 해수면이 높아질수록 부동산 가격은 폭등한다. 투기꾼들은 우리에게 마른 땅을 팔아먹는다. 물론 그 땅도 얼마 후면 물에 잠기겠지만, 그때 가서는 다른 땅을 팔아먹으면 된다…… 거의 모든 노 라이프들이 자기 집에서 인터넷을 통해 일하며, 거실 소파에 앉아 가진 돈을 다 쓴다. 그들은 공공 인프라를 사용하지 않고, 교통체증을 감소시키며, 공동체에 재정 부담을 거의 주지 않는다. 얼마나 편리한 존재들인가?

빌 게이츠의 손자가 자살했다는 걸 생각하면 기분이 착잡하다. 28세…… 어디 이게 권총 자살할 나이인가? 그는 입안에 총알 한 발을 박아 자살했다. 정말이지 스펙터클한 걸 좋아하는 미국인들의 취향은 알아줘야 한다. 소변이 마렵다는 걸 표시하기 위해 손가락으로 요란스레 따옴표를 그리는 사람들이니까. 그래, 가서 실컷 오줌 싼 뒤, 당신네 따옴표를 챙겨가지고 우리에게선 좀 떠나주셨으면! 그들은 최초의 가상세계 창조자들이었으며, 또 그것으로 인한 최초의 희생자이기도 했다. 다른 사람도 아닌 빌 게이츠의 손자가 노 라이프였던 것이다! 기가 막힌 인과응보라고나 할까. 하지만 지금 이 일을 생각하니 마음이 아려오기까지 한다. 나 역시 누군가를 잃었기 때문이다.

토마가 죽고 나서, 나는 다시 혼자가 되었다. 그는 나의 유일한 친구였다. 피와 살을 가진 인간으로서의 친구 말이다. 다른 친구들은 인터넷으로만 봤을 뿐, 실제로는 한 번도 본 적이 없다. 정말이지 이해가 안 된다. 전에는 사람들이 어떻게 사람을 만났을까? 어떻게 친구를 사귈 수 있었을까? 내가 지금 바보 같은 질문을 하고 있는 걸까? '프렌즈북'이나 '오픈 소셜'을 통해서가 아니면 난 아무것도 할 수 없다. 지금은 아무도 길거리에서 낯선 이에게 말을 걸지 않는다. 만일 이 방법 말고 다른 방법이 있는 거라면, 누군가 내게 설명 좀 해주면 고맙겠다…… 지금 내 주위에선 모든 사람들이 인터넷에 달라붙고 있다. 우정을 위해, 사업을 위해, 혹은 섹스를 위해.

오늘날 구글과 마이크로소프트는 더는 치열한 경쟁을 벌이지 않지만, 우리는 여전히 돈을 내고 있다. 왜일까? 처음에 오픈 소셜은 구글이 마이스페이스와 제휴하여 만들어낸 거였다. 프렌즈북은 마이크로소프트의 작품이었다. 하지만 가계도를 내려보면, 구글과 마이크로소프트는 엑신 그룹의 구글소프트와 에두 그룹의 마이크로구글이 되었다. 우리는 여전히 거기서 벗어나지 못하고 있는 것이다. 이렇게 족보를 따라가다보면 우리는 항상 이 두 괴물에 이르게 된다. 에두와 엑신, 혹은 엑신과 에두…… 이름만 다를 뿐 사실은 동일한 괴물이다.

이 노예 시스템은 현대적이고도 교묘하다. 종교가 대중의 아편이라는 말은 오래전에 옛말이 되었다. 오늘날 트라스크나 엑신 위니베르셀을 통해 공급되는 인터넷은 아편이 아니다.

아편보다 훨씬 강력한 것, 헤로인을 섞은 크랙*이다. 사람들은 가족이나 친구보다도 자신의 엑신 위니베르셀과 더 많은 시간을 보낸다. 이 빌어먹을 기기가 모든 이의 가족이 된 것이다. 나는 마이크로소프트, 모토롤라, 소니가 애플과 IBM과 합병하여 엑신이 되었던 그날을 저주한다. 이 합병은 그다음으로 코카콜라, 디즈니제국, 그리고 군수복합산업체인 인사NSA도 삼켰다…… 이렇게 해서 탄생한 역사상 최대의 다국적 공룡은 식품, 가전, 하이테크놀로지, 정보, 에너지, 그리고 맞춤형 프로파간다를 판매하고 있다. 그들이 매일같이 때려대는 광고 문구는 이렇다. '엑신, 만인의 행복을 위하여!'

만인의 행복이라…… 맞아, 그렇지! 그들 때문에 나는 산업쓰레기를 먹고, 개똥 같은 것들을 호흡하고, 가끔 자유시간이 생기면 열려 있는 영화관을 찾기 위해 전철을 세 번이나 갈아타며 개고생을 하고 있지.

그런데 '자유'라고 했나? 난 그것이 무슨 뜻인지조차 모른다.

그래도 내게 한 가지 행운이 있다면, 그것은 향수업계에서 일한다는 사실이다. 향수는 아직 우리나라에 남아 있는, 의심의 여지가 없는 유일한 프랑스제이다. 우리에겐 최소한 파리를 좋아하고, 여기에 머물 권리가 있지 않은가? 예전 같았으면, 여기에 살기 위해 그 어떤 희생이라도 치렀을 것이다. 파리가 세상에서 가장 아름다운 도시였다는 사실을 절대로 잊지 말자! 파리는 세상에서 가장 아름다운 도시였단 말이다!

---

* 코카인을 주성분으로 한 강력한 마약의 일종.

13

나의 토마, 그의 운명은 너무도 부당했다! 그는 고결한 마음의 소유자였고, 진정 순수하고 민감한 영혼이었다. 자살하기 보름 전에는 그의 장인이, 그리고 그 다음 주에는 그의 생물학적 부친이 죽었다. 그의 아버지는 사기꾼이었고, 제 아들의 돈까지 주저 없이 훔칠 정도의 못된 인간이었지만, 이 비극적인 15일은 토마의 정신적 균형을 흔들어놓았다. 그는 숨 좀 돌릴 필요가 있었기 때문에 회사에 사흘의 휴가를 요청했다. 그럼 우린 만나볼 수도 있었을 거였다. 함께 시간을 보내면서 어두운 생각들을 털어버릴 수 있었을 텐데……

그런데 회장은 거부했다!

우울증에 빠진 토마는 미친놈처럼 일을 했다. 하지만 심신이 피폐해져 '메디카망제드로그*' 닷컴'의 제품에 의존하지 않으면 안 되었다. 결국 그는 더 이상 견뎌내지 못했다. 회장의 개인 소장품 보관실로 쳐들어가, 상당한 액수로 추산되는 샤넬 진열장 하나를 박살내버린 것이다. 그러자 그들은 그를 해

---

* 프랑스어로 '의약품과 마약'이라는 뜻.

고 했다. 그는 앙갚음으로, 박살나버린 향수병들 중에서 살아 남은 것들을 몇 개 추려왔다. 이틀 후, 나는 샤넬 넘버5 한 병을 우편으로 받았나. 지금은 너무도 귀한 물건이 된 이 2008년 도 제품에는 이렇게 쓰여 있었다. '형제, 이건 노획품 중 너의 몫이야!' 그 밑에는 토마의 서명과 함께, 해골 무늬가 있는 검은 깃발이 그려져 있었다.

나는 웃음을 터뜨렸다. 바로 이 때문에 나는 크게 경계하지 않았다. 이렇듯 훌륭한 사업 감각을 간직하고 있다는 건 그의 상태가 아직 괜찮다는 증거라고 생각했던 것이다. 그리고 그 뒤로 그를 며칠 동안 보지 못했다…… 그동안 그는 완전한 노 라이프의 늪 속으로 빠져들었다. 지난 3주 동안, 나는 화면을 통해서만 그의 소식을 접할 수 있었을 뿐이었다.

자살 전 날, 나는 그와 전화 통화를 했다. 그는 주말에 이미 두 차례나 자살을 기도했다. 사람들은 그를 강제로 병원에 입 원시켰다. 나는 그와 얘기를 나눴다. 그의 사기를 북돋워주려 고 애썼다. 가장 힘든 시간은 지나갔다고. 내일 내가 널 보러 갈게…… 그는 의사가 오고 있다는 핑계를 대며 전화를 끊었 다. 우리는 작별인사조차 나누지 못했다.

그리고 그 다음 날, 나를 사로잡은 그 격렬한 분노라니! 한 친구가 내게 전화를 걸어와 흐느끼며 말했다. 이젠 다 끝났다 고. 도무지 이해가 안 갔다. 다 끝나다니, 뭐가? 어제 저녁, 불 과 몇 시간 전에 그와 얘기를 나눴지 않은가. 그는 자기 신발 끈으로, 병실 옷장 속에서 목을 매었다고 했다.

이런 개 같은! 대체 의사들은 뭘 하고 있었단 말인가? 또 간 호사들은? 얼마 전에 자살을 기도한 사람을 그렇게 혼자 내버려둬도 된단 말인가? 아무도 감시하지 못하는 닫힌 병실에, 신발 끈과 함께 혼자 내버려두어도 된단 말인가?

그가 어떻게 되든 말든 관심 갖는 놈이 하나도 없단 말인가? 그래, 그가 옳은 건지도 모른다. 사람이 죽든 말든 상관하는 인간이 하나도 없는 이런 세상은 미련 없이 떠나버리는 게 현명한지도 모른다.

하지만 나는 그들처럼 무심할 수 없었다. 나 역시 이 개 같은 삶에 갇혀 있기 때문이다. 떠나버려야겠다고 맹세한 이 빌어먹을 삶에. 화면 앞에서 수십 시간을 보내봐도 잊을 수가 없었다. 그래, 떠나자! 죽지 않고서 자기 삶을 떠난다는 것. 그야말로 '미션 임파서블' 아닌가?

죽어간 토마를 위해서라도 이뤄야 할 임무였다. 그와의 추억이 떠올라서 나는 죄책감에 시달렸다. 아주 많이. 지금 내가 뭘 하고 있는 거지? 완전히 컴퓨터에만 빠져 살고 있다. 사랑하는 사람들을 위해서 보내는 시간이 전혀 없는 것이다! 대체 우리는 시간을 가지고 뭘 하고 있단 말인가? 돈과 마찬가지로, 우리는 항상 시간이 부족하다고 한탄하면서, 그것을 다른 사람들이 지시하는 방식대로만 소비하고 있을 뿐이다.

아픈 추억들은 나이가 듦에 따라 다시 수면에 떠오르는 것 같다. 학대, 성폭행, 혹은 어느 가까운 이의 죽음…… 사람들은 말한다. 다시 떠오를 때 그것들은 아주 난폭하다고. 또 불안한 사람들, 침울한 사람들은 결국 그것을 불쾌한 기억으로 간직하게 된다고……

추억이 과거를 부활시키는 건 아니다. 그것은 공동묘지에서의 긴 산책과도 같다. 우리 각자의 마음속에는 각자의 십자가

가 있다. 우리의 영혼에 깊은 낙인을 남기는 십자가가.

그렇다. 추억이 우리 정신의 창문을 두드리는 이유는 우리를 덜 나쁜 존재로 만들기 위해서다.

새로운 삶에서도 난 여전히 추억들을 간직하고 있게 될까?

14

2008년 10월.

일단의 사기범들이 니콜라 사르코지 대통령의 은행 정보를 입수하여, 그의 개인계좌에서 돈을 빼내는 데 성공한 후, 이에 대한 사법수사가 시작되었다. 일요일, 소비담당 정무차관은 이 정보가 사실임을 확인했다. '이 사건은 인터넷에 의한 소비 시스템이 완벽하지 않다는 사실을 증명하고 있습니다'라고 그는 밝혔다. 낭테르 검사청은 사법수사대와 금융수사대에 이 사건을 제소했다. 현재 '약간의 금액'을 지니고 있는 사기범들은 종적을 감춘 상태이다.

"자, 빨리 가라고. 이 짜증나는 놈아!"

코잭은 버럭 성질을 내며, 시비 거는 꼬맹이처럼 거칠게 나를 떠민다. 콜럼보는 마침내 '착한 경찰' 역을 받아들이기로 한 듯, 코잭의 소매를 붙잡으며 자기가 확실하게 손봐줬으니 당장은 됐다는 의미의 눈짓을 보낸다. 맞는 말이다. 기자들이 아니었다면 난 이미 저세상으로 갔을지도 모른다.

코잭은 그의 머리통 전구를 절전 모드로 바꾼다. 내 권총을 제 허리춤에 꽂고, 내 재킷을 팔뚝에 걸쳐들고 있다. 정말이지 짜증나는 일이 아닐 수 없다. 나는 껑다리 형사가 지켜보는 가운데 다른 곳으로 도망치듯 장소를 옮기는 그들 뒤를 따른다. 키 큰 형사는 창문 블라인드 틈을 벌려 바깥을 살피면서 콜럼보를 부른다.

"저것 좀 봐, 지금 길거리가 난리도 아니야! 끝없이 몰려드는군!"

그의 동료가 다가가서 기자들의 침공을 확인한다. 그의 입에서 저도 모르게 욕설이 튀어나온다.

"우라질! 저 인간들 할 일이 그렇게들 없나? 그런데 대체 누가 쟤들에게 알린 거야?"

"내가 그랬다고 벌써 말했잖아요! 하지만 내 얘기가 당신들 뇌에 제대로 전달되기 전에, 바깥에 3천 명 정도는 너끈히 모여들겠네요."

"시끄러!" 콜럼보는 거리에서 시선을 떼지 않은 채 대꾸한다.

"보안테이프가 찢어지기 전에 서둘러야겠어." 비쩍 마른 키다리 형사가 결론을 내린다. "자, 대장의 사무실로 가자고. 거기까지 우릴 찾으러 오진 않을 테니까."

우리는 계단을 내려간다. 그렇게 움직이니까, 비로소 몽둥이찜질을 당한 것처럼 온몸이 욱신거리는 게 느껴진다. 지난 24시간이 평생 살아온 시간보다도 길게 느껴진다. 콜럼보가 코잭에게 지시한다.

"우릴 따라오는 놈이 없는지, 가서 보라고!"

코잭은 숨이 차 헐떡거리면서도 지시에 따른다. 우리가 구

르듯이 층계를 뛰어내려간 끝에 들어간 방은 그렇게 형편없어 보이진 않는다. 떡하니 가운데 놓인 안락의자를 본 나의 궁둥이가 헤벌쭉 웃기까지 한다. 내가 저걸 차지할 수만 있다면, 장관들이나 누리는 안락함을 만끽할 수 있으리라. 그런데 콜럼보는 날 거기에 앉히기 전에 꽉 붙든다.

"잠깐!"

등 뒤로 꽉 쥔 수갑을 조금 느슨하게 해주는 그의 손길이 느껴진다. 이제야 상황을 제대로 이해한 모양이다. 착한 경찰의 역할을 갈수록 열심히 수행하고 있는 걸 보면 말이다. 잘하면 그의 입안에 든 송장들까지도 용서해줄 수 있을 것 같다. 한 가지 불안한 점이 있다면, 콜럼보의 이런 변화가 대머리로 하여금 역겨운 뚱보로서 제 역할의 강도를 한층 높여야 한다는 의무감을 느끼게 하지나 않을까 하는 점이다.

후딱 둘러보고 돌아온 코잭은 내 재킷과 권총을 바로 앞 데스크 위에 올려놓는다. 이렇게 손이 묶여 있지만 않다면, 벌떡 일어나 총을 집어들어 이들을 겨눌 수 있을 텐데!

피로감에 생각이 흐릿해진다. 그러면서도 내 입가에는 엷은 미소가 떠오른다. 저 권총에는 총알이 없지만, 이 멍청이들이 날 몸수색하는 걸 깜박했기 때문이다.

'총알은 없어도 스미스&웨슨 하나쯤은 있어야죠!'

인간 심리에 정통했던 이웃 사내는 내게 이렇게 말하곤 했다.

'경찰에게 몸수색 당하는 걸 피하고 싶으면, 그에게 시비를 걸어요! 그가 죽을 정도로 화가 날 때까지 도발하는 거요! 원초적인 본능을 건들면, 형사는 프로정신을 잊어버리고 몇 개의 절차를 빼먹게 될 거요. 경찰도 보통사람과 다를 바 없으니까. 만일 그의 어머니를 모욕하거나 그의 인생에 침을 뱉으면, 그는 자신이 '사회희극*'의 한 역할을 맡는 대가로 월급을 받고 있다는 사실을 잊어버리게 되죠.'

약간이나마 몸을 추스를 필요가 느껴진다. 이들도 나를 좀 더 인간답게 대우해줄 때가 되지 않았나. 하여 나는 불쑥 말을 꺼낸다.

"이 집에선 분위기 좀 풀어볼 순 없는 겁니까? 난 목도 마르고 배도 고파요."

하지만 뭔가 다른 말을 꺼내보기도 전에 코잭의 커다란 머리통이 위협적으로 내 얼굴 가까이로 다가온다. 클로즈업된 이 흉측한 얼굴을 감당하려면 심장이 꽤나 튼튼해야 할 것 같다. 이 친구는 또 왜 이러는 건가?

---

* 희극의 한 종류로 사회적 가치와 표준을 옹호하며, 행동과 사상의 교화를 목적으로 한다. '교도희극'이라고도 한다.

15

어제 오전, 좀더 정확히는 정오 무렵에 나는 아파트의 엘리베이터에 올랐다. 아니, 엘리베이터의 거대한 아가리가 날 삼켜버렸다는 게 더 정확한 표현이다. 나는 위층으로 올라갔다. 엘리베이터 안에서 향수 냄새가 느껴졌다. 나로서도 좀처럼 정체를 파악하기 힘든 그 냄새가. 그것은 엘리베이터의 카펫에 배어 있었다. 이 시간에 이 냄새가 나다니…… 정말이지 이상한 일이었다. 엘리베이터의 아가리가 열리는 순간, 이웃 사내의 몸이 말 그대로 내 위로 떨어지듯 쓰러져왔다. 마치 조각난 꼭두각시 같았다. 그는 엘리베이터 문 바깥쪽에 몸을 기대고 있었던 모양이다. 나는 순간적으로 조금 물러서며 간신히 충격을 완화했다.

"아니, 무슨 일이죠? 몸이 안 좋으세요?"

나는 바닥에 널브러지지 않도록 그를 부축해준다. 그는 의식은 있지만 말하는 것은 몹시 힘겨워한다. 땀을 흘리고 있고, 화약 냄새가 코를 찌른다. 그의 벌어진 재킷 옷섶 안에 크롬 도금한 권총손잡이가 번쩍이는 게 보인다. 그는 말을 더듬는다.

"미안해요……"

"내가 도와드리죠."

나는 그의 아파트 문까지 그를 부축해간다. 제길, 꽤나 무겁다. 다행스럽게도 그는 열심히 협조한다. 나는 그를 문 옆의 벽에 기대게 한다.

"열쇠는 어디 있죠?"

그는 자기 호주머니 중 하나를 가리킨다. 그의 권총이 신경쓰인다. 나는 본능적으로 그것을 뽑아 내 등 뒤에 꽂아 넣는다. 총은 아직도 따끈따끈하다. 평생 이런 일을 해온 사람처럼 내 동작은 자연스럽다. 자, 이래도 갱영화를 보는 게 아무짝에도 쓸모없다고 말할 텐가? 열쇠 한두 개를 시도해본 끝에 문을 여는 데 성공한다. 그런 다음, 바닥에 주저앉은 그를 부축해 일으켜서는 내 어깨에 몸을 걸치게 한다. 우리는 들어간다. 굉장한 아파트다. 목재 마루가 깔린 바닥, 현대적인 가구들, 그리고 심플하면서도 우아한 장식. 어마어마한 사치로 뒤덮인 큼직한 공간들. 나는 그의 침실이 어딘지 짐작해낸다. 나 역시 약간 녹초가 된 상태이지만, 어쨌든 그를 침대 위에 내려놓는 데 성공한다. 그가 중얼거리듯 말한다.

"고마워요…… 이젠 가보세요! 그들이 올 거예요…… 자, 가라고요!"

그의 오른쪽 옆구리, 갈비뼈 바로 아래로 피가 흐르는 게 보인다.

내 호흡이 불규칙해진다. 공포가 밀려든다. 나는 오른쪽을 살펴본 다음, 왼쪽도 살핀다. 막연한 행동이다. 습관성 안면경련 비슷한. 여기서 곧, 아니 당장 발작을 일으켜 쓰러지는 일만 남은 것 같다. 내가 이해한 게 맞다면 잠시 후, 아주 사나운 친

69

구들이 이곳에 들이닥칠 것이다. 지금 내가 할 수 있는 일은 뭘까? 전혀 모르겠다. 나는 덜덜 떨기 시작한다. 그가 나를 바라본다.

"자, 반反세계에 온 걸 환영해요!"

그는 미소 짓고, 그와 동시에 얼굴이 새하얘지면서 의식을 잃는다.

나는 다시 해체된 꼭두각시 같은 춤을 추기 시작한다. 앞으로 한 걸음을 내딛었다가 뒤로 두 걸음 물러서고, 손을 입에 가져다댔다가 이어 머리통을 움켜잡다가 다시 입으로 가져간다. 숨조차 제대로 쉴 수 없다.

그리고 갑자기, 마치 계시를 받은 사람처럼 침실을 뛰쳐나간다. 주방을 찾아내서 문을 열고 들어가 아무 서랍이나 열어보다가 칼 하나를 집어든다. 그리고 복도로 나가서 내 아파트 문 앞으로 달려간다. '80호'라고 쓰인 번호판을 고정시키는 나사 두 개에 달려든다. 두 손이 허둥대고, 그 불안한 움직임을 좀처럼 제어하기 힘들다.

이 아파트에 산 지 벌써 5년째다. 시간이 어찌나 빨리 흐르는지! 5년 동안, 나는 문구멍을 통해 이웃 사내를 훔쳐봤다. 그렇게 5년 동안 모든 것이 평온하기만 했는데, 오늘 엘리베이터에서 복부에 총알이 박힌 그를 발견한 것이다. 내 평생 이렇게 나사를 빨리 돌린 적은 아마도 없을 거다. 하지만 손이 왜 이리도 서투른 건지!…… 아, 됐다! 메달처럼 둥그런 금속판을 마침내 떼어냈다. 나는 이번에는 내 아파트 바로 맞은편의 60호, 다시 말해 이웃 사내의 아파트 문에 달려든다. 이번에는 번호판이 훨씬 빨리 떼어진다. 작업이 끝나자 선탠한 피부에 옷 자국이 남듯, 문 위에 동그란 번호판 자국이 선명하다.

이제 나는 60호 번호판을 내 아파트 문 위에 올려놓는다. 그러고는 당장은 나사 한 개만으로 만족해야 하기 때문에 있는 힘을 다해 나사를 조인다. 시간이 없다. 어쩌면 난 벌써 죽은 목숨인지도 모르는데, 아직은 아닌 듯하다. 지금 몸을 돌리면 권총 하나가 불쑥 튀어나와 내 목덜미를 찌를지도…… 아, 좋은 생각이 있다! 그래, 시간을 벌자! 엘리베이터 문이 안 열리게 해놓는 거다! 나는 내달린다. 그런데, 빌어먹을! 누군가가 타고 있다. 누군가가 올라오고 있다. 나는 다시 반대 방향으로 맹렬히 달린다. 80호는 어쩔 수 없다. 최소한의 조치로 만족하자. 60호 번호판의 나사 하나는 딱 한 번 돌렸지만, 있는 힘껏 누르며 돌렸기 때문에 못 박은 것처럼 단단히 고정시켜 놓았다. 나는 이웃 사내의 아파트에 들어와 문을 닫는다. 숨이 턱 끝까지 차오른다. 땀이 줄줄 흐른다.

나는 문구멍에 눈을 바짝 붙인다. 심장이 초당 180회씩 쿵쾅댄다. 내 아파트 문을 바라보고 있으려니 기분이 참 묘하다. 나 자신을 훔쳐보고 있는 기분이다. 누군가가 도착한다. 두 놈이다. 그들은 내 집 앞에 있다. 다시 말해 이웃 사내 집 앞이다. 그들은 초인종을 누른다. 그래도 썩 고약하진 않은 친구들이다. 죽이기 전에 초인종을 누르는 예의쯤은 갖추는 걸 보면 말이다. 문구멍 렌즈로 변형된 탓인지는 모르겠으나, 그들이 꺼내든 권총이 엄청나게 커 보인다. 정숙한 작업을 위해 총신에 붙인 소음기 때문에 총은 더욱 거대해 보인다.

그들은 거칠게 문을 열고 들어가, 닥치는 대로 총을 쏘아댄다. 이런 제장, 정말이지 들어가 살고 싶지 않은 꼴이 돼버렸다! 하지만 불과 30초 전만 해도 난 원래 저 안에서 살고 있지 않았던가. 제발 저들이 아무것도 눈치 채지 못하고 꺼져줬으면 좋으련만. 만일 자기들이 집을 잘못 찾아왔다는 사실을 알게 되면 끝장이다. 나는 기계적으로 내 오른손을 내려다본다.

그런데 참 신기한 일이다. 누구도 말해주지 않았음에도 불구하고, 내 오른손은 벌써 등 뒤에 꽂힌 권총을 빼들고 있었다.

16

그들은 가버렸다. 나는 비로소 숨을 내쉰다. 나는 문에 등을 기대고 선다. 목덜미에 문구멍이 스치는 게 느껴진다. 몸이 땀에 흠뻑 젖어 있다. 나는 마음을 진정시키려 애쓴다. 눈길이 열린 침실 문으로 향한다. 그때서야 이웃 사내가 생각난다. 그가 바로 저기에서 죽어가고 있지 않은가. 순간, 나는 화들짝 놀란다. 뭔가 진동이 일어나 몸이 살짝 흔들린 것이다. 초인종 소리가 요란하게 울리며 문이 흔들리고 있다. 나는 한쪽 눈을 문구멍에 대본다. 맙소사! 그 두 녀석이다! 그들이 다시 돌아왔다. 내 손이 잠시 허둥댄다. 그런데 나도 모르게 내 손은 권총을 등 가운데 움푹한 곳에 다시 꽂아넣고 있다. 그런 다음 티셔츠를 벗어던지고는, 크게 숨을 들이마신 후 문을 연다. 그렇게 내 벌거벗은 상반신이 열린 문 한가운데 쏟아지는 빛 사이로 적나라하게 드러난다. 두 친구는 내 다리 사이에 AK소총이 달려 있기라도 한 듯, 흠칫 뒤로 물러선다. 그러면서 각자 권총을 등 뒤에 숨긴다. 둘 다 뚱뚱한데, 그중 더 뚱뚱한 쪽은 얼굴이 흡사 멧돼지 같다. 그가 꿀꿀거리듯 내뱉는다.

"안녕하십니까!"

"안녕하세요? 내가 우리 멋진 친구들을 위해 해줄 일이라도 있나요?"

내 목소리가 묘하게 변조되어 나온다.

"엑신 회사경찰에서 나왔습니다. 선생님 댁 앞집에서 강도 사건이 있었습니다."

"오, 맙소사!"

몇 분 전까지만 해도 그토록 용맹무쌍했던 내 손이 이제는 오두방정을 떠는 댄서처럼 입을 가린다. 그가 말을 잇는다.

"혹시 이웃 분을 보지 못했습니까?"

"오, 아니에요! 오늘은 못 봤어요. 하지만 그렇게 서 있지 말고 어서 들어와요. 필경 내게 물어볼 게 아주 많을 테니까. 내가 도움 줄 수 있는 일이라도 있다면…… 그런데 강도 사건이라고 했나요? 오, 맙소사! 난 이렇게 아무 방어수단도 없이 혼자 있는데……"

두 번째 멧돼지는 입을 삐쭉 내밀면서 몸을 돌려 엘리베이터 쪽으로 향한다. 뚱보가 내게 명함을 내민다.

"이웃 분을 보거든 이 번호로 전화주세요. 아시겠어요?"

"물론이죠. 근데 정말로 들어와서 한잔하지 않으시려우?"

"아뇨…… 자, 고맙습니다."

그도 가버린다. 나는 다시 문을 닫는다. 내가 왜 그런 행동을 했는지, 스스로도 모르겠다. 생존본능이란 게 우리로 하여금 괴상한 짓들을 하게 만드는 모양이다. 나는 뒤통수를 문구멍에 기댄다. 심장이 여전히 가슴을 태워버릴 듯 맹렬히 뛰고 있다. 내 머리칼이 문을 축축하게 적신다.

갑자기, 나는 또다시 화들짝 놀란다! 따르릉 하고 다시 초인종이 울린 것이다! 이러다간 심장마비로 쓰러지고 말리라. 아까 같은 순발력은 더 이상 발휘되지 않는다. 이번에는 문짝에 몸을 나른하게 기대며 문을 연다. 맨살에 닿는 반들거리는 목재의 차가운 촉감을 즐기는 음탕한 역할을 계속 연기해야 하므로.

"네? 자, 우리 귀여운 친구들⋯⋯"

내가 마지막으로 들은 것은 쌕 하고 옆을 스쳐가는 총알 소리다.

17

미국 플로리다 주 브로워드 카운티.

한 열아홉 살 청년이 한 인터넷 사이트에서 생중계되는 가운데 웹캠 앞에서 자살을 했다. 이 광경을 수많은 네티즌이 지켜봤으며, 그중 몇 명은 자살을 부추기기까지 했다. 이 사건은 미국 내에서 큰 파장을 불러일으켰다. 에이브러햄 K. 빅스라는 이름의 이 대학생은 justin.tv 사이트에서 약물 과다복용으로 스스로 목숨을 끊었다. 그가 죽는 광경을 생중계로 지켜본 사람은 1,500여 명에 달했다.

잠시 멍한 상태에 잠겨 있던 나는 갑자기 깨어난다. 볼륨을 순식간에 0에서 9로 올리듯, 두 형사의 목소리가 내 안으로 거세게 밀려 들어온다. 해골처럼 바짝 마르고 과묵한 세 번째 형사는 눈 하나 깜짝하지 않고 이 광경을 지켜보고 있다. 나는 거친 폭력으로부터 나 자신을 방어하기 위해 머릿속에 떠오르는 생각을 아무거나 내뱉고 본다.

"그래서요, 코잭. 지금 당신들은 엑신 회사경찰을 대신해 일하고 있는 건가요?"

"한 번만 더 나를 코잭이라고 부르면 그 주둥이를 주먹으로 뭉개버리겠어!"

"우리가 공무원이란 건 당신도 잘 알잖아? 여긴 국가경찰이라고! 우린 PPN 따위가 아니라, 거기에서 한 글자가 없는 PN*이란 말이야!" 콜럼보도 발끈하며 쏘아붙인다.

"당신들에게 없는 건 글자 한 개뿐만이 아니죠."

"아, 그래? 그럼 왜 우리에게 PPN 얘기를 하는 거지?" 콜럼보는 상당히 불쾌한 표정으로 되묻는다.

"왜냐면 그들은 당신들과 똑같은 일을 하면서 봉급은 세 배나 많이 받으니까."

"그래서?"

"그러니까, 당신들은 성인聖人이든가, 그게 아니라면 썩어빠진 부패 경찰이란 거죠."

"참, 세상을 비딱하게만 보는군."

콜럼보는 전구불만 깜박이고 있을 뿐 아무 말도 않는 코잭을 돌아본다.

"세상이 비딱하기 때문에 비딱하게 보는 겁니다. 요 며칠 동안 난 많은 걸 알게 됐어요."

"뭘 알게 됐는데?"

"몇 가지 것들…… 저 밖에 있는 기자들이 알고 싶어하는 것들. 코잭, 당신도 그게 궁금하지 않나요?"

대머리는 링 위에 풀어놓은 권투선수처럼 나를 무섭게 노려

---

* '엑신 회사경찰'은 원문으로 'police privée nationale'이다. 직역하자면 '국가(프랑스) 사립경찰'로, '엑신 회사경찰 프랑스 지부' 정도의 뜻이다. 이것의 이니셜이 PPN이고, '(프랑스) 국가경찰'의 이니셜은 PN(Police Nationale)이다.

보지만, 약간 침울해진 듯 입을 꾹 다물고 있다.

"그래서? 당신은 뭘 알게 됐지?" 콜럼보가 되묻는다.

코잭은 얼굴이 시커메져서 고래고래 악을 쓰기 시작한다.

"저 친구는 우릴 성질나게 하는 법을 알게 된 거야! 맞아, 확실하게 알고 있다고!"

비쩍 마른 사내는 과도하게 달아오르는 열기를 식히려 한다.

"자, 자, 진정하자고!"

나는 그에게 말없이 미소 짓는다. 그러고는 계속한다.

"난 정말 궁금한 게 있어요. 시장市場의 법이 승리한 지 벌써 한참 됐죠. 모든 게 사유화됐어요. 그런데 이런 세상에서 브론토사우르스* 같은 당신들이 아직도 뭘 하고 있는 건지 참 궁금하네요! 대체 당신들의 존재이유가 뭡니까? 무슨 눈속임을 위해 이용되는 게 아니라면……"

어라, 저 뚱보 대머리가 새파래졌다. 저 친구에게서 처음 보는 색깔이다. 콜럼보가 발끈하며 맞받는다.

"우린 과부와 고아를 보호하기 위해 존재하는 거야!"

"대가도, 뒷돈도 없이? 한번 빨아주는 것도 없이?"

"아니, 과부는 내 취향이 아냐."

"아니, 과부 얘기가 아니고……"

코잭은 더는 참지 못하고 문을 부서질 듯 닫으며 나가버린다. 그가 복도에서 울부짖는 소리가 여기까지 들린다.

콜럼보는 계속 자신을 정당화하려 애쓴다.

"PPN과 다른 사설경찰들은 시장을 감시해. 우리는 일반 범

---

* 쥐라기에 존재했던 거대한 초식공룡의 일종.

죄자들을 단속하고. 우린 모든 사람들의 행복을 신경 쓴다고! 심지어는 가난한 사람들의 행복까지도 말이야."

"그렇다면 어디 박물관에 가서 일하셔야 할 것 같은데요?"

"예를 들어, 만일 우리가 여기 없었다면, 당신은 벌써 죽었을지도 몰라." 좀더 노련한 껑다리 사내가 끼어든다.

"하지만 당신들도 만약의 경우에는 날 고문하고, 그다음엔 죽일 거잖아……"

나는 몸을 뒤로 젖히고 껄껄 웃어댄다.

그는 그다지 개의치 않는다.

"당신, 아이가 있소?" 키가 무지하게 큰 사내가 묻는다.

"몰라요…… 어쩌면 있을지도. 사이버호텔들을 꽤나 들락거리는 편이니까."

"사이버 뭐라고?"

"당신도 잘 알잖아요. 상대가 어떤 사람인지 전혀 모르는 상태에서 데이트할 수 있는 호텔들. 그렇게 순진한 척하지 말아요! 속으로는 그런 델 가고 싶어 죽겠으면서 말이야. 아니면 마누라한테 들킬까봐 겁이 납니까? 그냥 인터넷에 들어가서 연결되기만 하면 돼요."

"난 말이오, 애가 셋이나 된다오! 그리고 난 학교가 공립이고 무상에다, 비종교적이었을 때가 훨씬 좋았지. 요즘은 어떤지 아시오? 교육비 때문에 기둥뿌리가 뽑혀나갈 지경이고, 학교는 무슨 신흥종파들 같다니까."

"당신 아이들이 다른 아이들과 섞이길 원한다고요? 호오, 천연기념물이시네!"

콜럼보도 끼어든다.

"전에 이런 일을 본 적이 있어. 어떤 노부인이 거리에서 폭행을 당했는데, PPN 경관들은 개입하기 전에 그녀에게 먼저 신용카드를 내놓으라고 하더군…… 그게 대체 무슨 말이야? 돈을 낼 능력이 없으면, 그대로 얻어맞도록 놔두겠다는 건가? 그런 건가?"

그가 잠시 숨을 고르는 틈을 타서 내가 말한다.

"신용카드라고요? 아니, 아직도 그런 게 존재합니까? 아, 불쌍한 노인네……"

콜럼보가 말을 잇는다.

"자, 그러니 어쩔 거야? 그럼 해커들이나 조폭들을 믿어야 할까? 그럴 순 없지! 만일 당신 어머니에게 이런 일이 일어난다면, 그녀를 도울 수 있는 나 같은 사람이 있다는 게 당신도 눈물 나게 고마울 것 아냐."

"엑신, 에두, 이들은 돈이 있어요. 즉 권력이 있죠. 심지어 그들은 자체의 사이버경찰까지 거느리고 있어요. 그런데 당신 같은 조랑말들이 이 경기장에 언제까지 붙어 있을 수 있다고 생각하죠? 불가능한 일이에요! 오늘날, 세상을 쥐고 흔드는 건 그들이라고요! 그들이 당신에게 한 달에 얼마나 집어주죠?"

"그래, 건초 다발 두 개하고, 지푸라기 세 개다. 왜!"

그는 잠시 입을 다물고 있다가, 다시 소리쳤다.

"당신, 이름이 뭐야?"

"이제는 생각도 안나요. 그런데 당신은요? 콜럼보 말고 진짜 이름은 뭐죠?"

그는 숨을 깊게 들이마시고는 이를 악문다.

"당신, 노 라이프야?"

80

"난 지금 약물 흡입기가 필요해요."

"내 질문에 대답하고 나면 주겠어."

그는 또 한 번 숨을 깊이 들이마신 다음 물었다.

"당신 이름이 뭐냐고?"

"나도 콜럼보죠."

나는 짐짓 미소 지으며 대답하지만, 그의 손바닥이 내 뺨따귀로 날아오지 않을까 겁이 나서 심장이 콩닥콩닥 뛴다. 그는 두 주먹을 꽉 쥐고는 무시무시한 힘으로 탁자를 걷어찬다. 탁자가 떼굴떼굴 굴러간다. 내가 좀 심하긴 했다. 거의 후회될 정도다. 그래, 따귀를 맞아도 싸다. 그는 애꿎은 문고리를 우그러뜨릴 듯 움켜쥐고 거세게 문을 열더니, 코잭과 마찬가지로 문이 부서져라 쾅 닫고는 나가버린다. 이제 남은 것은 저 비쩍 마른 사내뿐이다. 이자는 보통 경찰, 다시 말해서 뼛속까지 썩어빠진 경찰임이 틀림없다. 그렇지 않고서야 겁 대가리 없이 떠들어대는 나를 이렇듯 보고만 있을 리 없다. 10초 후에 그는 권총을 빼어들리라. 그리고 내 머리통에 총알 한 발을 박고는 내 수갑을 풀어놓을 것이다. 증인은 없다.

그러고는 자기 사무실로 가서 키보드 앞에 앉아 보고서를 작성하리라. '피의자가 본 경관을 목 조르려 했으므로, 본인은 정당방어를 위해 어쩔 수 없이……'

18

내 심장은 얼어붙어 더는 뛰지 않았다.

서늘하면서도 섬뜩한 바람이 오른쪽 귀 위의 머리칼을 휙 흩날리는 게 느껴진다. 문이 아까와 같은 방식으로 열렸다면 총알은 아마도 내 이마 한가운데 박혔을 것이다. 총알이 거실 안쪽 어딘가에 박혀 무언가를 박살내는 소리가 들린다. 나는 멧돼지와 정면으로 시선을 교환한다. 그의 차디찬 눈은 일을 빨리 마치고 귀가하고 싶은 마음뿐인 프로의 그것이다. 잠깐의 놀람에서 깨어나면 이자는 날 없애버릴 것이다. 그리하여 나의 새로운 인생은 그리 오래가지 못하고 마감되리라. 이런 생각을 하고 있는데, 다시금 쌕 하는 소리가 두 차례 귓전을 스친다.

멧돼지가 고꾸라진다. 한 발의 총알이 그의 주둥이를 박살 낸 것이다. 바로 그 옆에 서 있던 야만인은 탄환이 대체 어디서 튀어나온 것인지 몰라 멍청하니 서 있다가, 곧이어 가슴팍에서 선혈을 분출하며 픽 쓰러진다. 나는 고개를 뒤로 돌린다. 열린 침실 문틀 안에 이웃 사내의 모습이 보인다.

벽에 기대고 선 그는 팔을 축 늘어뜨리고 있는데, 손에는 거대한 권총이 쥐여져 있다. 담배를 첫 모금 빨아들일 때 나는, 그 종이 타는 냄새를 풍기는 연기 한 줄기가 소음기에서 피어오르고 있다. 내가 꼬마 때부터 너무나도 좋아하던 냄새다. 두 번째 모금부터는 냄새가 전혀 다르기 때문에 서둘러 맡아둬야 하는 냄새. 바로 그 향기가 방금 내 생명을 구한 것이다.

나는 화들짝 정신을 차리며 다시 몸을 움직이기 시작한다. 뚱보 멧돼지의 두 팔을 잡고, 고개를 좌우로 돌려 복도에 아무도 없음을 확인한 뒤, 그를 집 안으로 끌어온다. 이어 두 번째 친구도 소매를 붙잡아 잡아당긴다.

그러고는 새 번호를 자랑스레 내보이고 있는 이 낡고 친근한 문을 다시 닫는다.

19

피곤하다. 목이 뻣뻣하고 눈에도 문제가 있다. 사물이 약간 흐릿하게 보인다. 이웃 사내는 자기 침대로 돌아갔다. 나는 웃통을 드러낸 채, 등 뒤에는 권총을 꽂고 있다. 발아래에는 시체 두 구가 뒹굴고 있고. 컴퓨터게임을 하다보면 늘 부딪히는 상황이다. 나는 다시 티셔츠를 주워 입는다. 세수를 한다. 허기를 느끼고 사과를 하나 집어든다. 침실로 돌아간다. 이웃 사내는 상태가 그다지 좋지 않다. 뭔가로 대충 붕대 같은 것을 만들어 상처를 꾹 누르고 있다. 그는 숨이 차올라서 나직하면서 헐떡이는 목소리로 내게 부탁한다.

"욕실! 거울 밑에 가구가 있어요. 두 번째 서랍을 열면 초록별 하나가 그려진 커다란 흰 상자가 있을 거예요. 그걸 좀 가져다줘요!"

나는 즉각 지시에 따른다. 잠시 후, 침실로 돌아온다. 그가 소매를 걷어 올린다.

"상자를 열어요. 그 고무줄을 내게 주고, 주사기를 들어요."

그는 스스로 지혈을 한 뒤, 덧붙인다.

"당신이 주사 좀 놔줘요."

"하지만 한 번도 해본 적이 없어요! 난 주사라면 끔찍하다고요……"

"피차 마찬가지. 나도 사람 죽이는 게 끔찍하답니다."

나는 용기를 내기 위해 맹렬히 호흡한다.

"어디다 주사를 놔야 하죠? 벌써 주사자국이 많네요……"

"여기, 이 정맥 위에. 제품이 상당히 강력해서 정확히 찌르지 않아도 괜찮아요. 모르핀과 도파민을 혼합한 거예요."

"도파…… 뭐라고요?"

"1950년대에 미국이 개발한 물질이에요. 공포와 고통을 치료해주죠. 이 액체를 성장호르몬과 섞어서 사용하면 쥐의 경우 현기증을 잊게 할 수 있고, 병사에게 투여하면 자기가 젖먹이를 목 졸라 죽이고 있다는 사실마저 잊게 되지요."

그는 숨을 고르기 위해 잠시 중단했다가, 다시 말을 잇는다.

"심지어는 폭탄 설치자들을 마음대로 조종할 수도 있죠. 한마디로 기똥찬 일이에요. 인체에 돼지 간을 이식하는 일만큼이나 기똥찬 거죠. 당신도 벌써 봤겠지만……"

나는 마치 살인자처럼 주사기를 푹 찌른 다음, 그의 입을 막기 위해 다짜고짜 밀대를 누른다. 그는 눈 하나 까딱 않지만, 내가 그의 혈관을 엉망으로 만든 게 분명하다. 내가 더 아픈 기분이다. 나는 눈을 돌리지 않으려고 애쓰며 집중한다. 아, 난 왜 이리 예민한지! 새 인생에서는 이런 점도 바꾸어야 하리라. 피나 주사기를 볼 때면 항상 이랬다. 또 유전공학의 미친 짓거리들을 볼 때도 나는 심한 구역질을 느꼈다. 동물의 기관을 변조하는 방법을 알게 된 이후로, 그들은 우리의 몸에 모든 것을, 그리고 아무것이나 이식해댔다. 심장, 간, 허파…… 물론 그렇

85

게 해서 생명을 구하는 건 좋은 일이다. 하지만 돈 많고 변덕스러운 늙은이들이 원래의 것은 하나도 남지 않은 몸뚱이를 달고 돌아다니는 걸 보면, 죽음을 두려워하는 옛날 고급차를 보는 느낌이다. 이 빌어먹을 인간아! 그래, 돈이 당신을 영원히 살게 해줄 것 같아? 하긴, 브라질 빈민가 아이들을 희생시킬 때에 비하면 그래도 지금이 나은 게 사실이다…… 어쨌든 나는 수술이나 그 비슷한 모든 것에 대해 언제나 혐오감을 느껴왔다. 어쩌면 꼬마였을 때 노상 병원을 들락거렸기 때문인지도 모른다. 내 얼굴 여기저기에 나 있는 자잘한 흉터들도 다 그 때문이다. 다행히도 흉터들의 위치가 그리 나쁘지 않아서, 여자들에게는 오히려 매력 포인트로 작용해온 것 같다…… 갑자기 이웃 사내가 팔을 구부린다. 나는 퍼뜩 현실로 돌아온다. 그가 말한다.

"잠시 후면 좀 괜찮아질 거예요."

"괜찮아진다고요? 하지만 당신은 지금 배에 총알이 박혀 있어요. 뭔가 조치를 취해야 한다고요! 계속 이런 식으로 있으면……"

"총알은 빠져나갔어요. 별거 아니에요."

"별거 아니라고요? 아니, 당신이 의사예요?"

"물 좀 주세……"

그의 얼굴이 극도로 창백해진다. 나는 침실을 나온다. 냉장고가 눈에 띈다. 권총처럼 크롬 도금이 되어 번쩍거리고 얼음까지 쏟아내는 냉장고다. 나는 내가 마실 보드카 한 병과 그를 위한 물 한 병을 찾아들고 침실로 돌아와서는, 병들을 침대 머리맡 탁자 위에 올려놓는다.

"아참, 잔을 깜박했네요!"

그는 대답이 없고, 나는 다시 방을 나온다. 잔을 얼음공급기 아래에 올려놓자, 곱게 갈린 얼음이 크리스털 잔을 가득 채운다. 나는 다시 침실로 향한다.

이웃 사내도 알코올이 더 좋은 모양이다. 물병은 방바닥에 팽개치고, 보드카를 병째 들고 꿀꺽꿀꺽 들이켜고 있다. 주량이 상당하다. 나는 빈 잔 두 개를 들고 멍한 눈으로 그를 쳐다본다. 그는 꿀꺽대며 들이켜던 걸 잠시 멈추더니, 내게 가까이 오라고 손짓한다. 그리고 잔 두 개를 가득 채운 뒤, 다시 병목을 움켜쥔다.

그렇게 10분도 안 되는 사이에 병을 채웠던 보드카의 3분의 2가 사라져버렸다. 나머지는 상처 위에 한 방울도 남김없이 붓는다. 그러면서 오만상을 찌푸린다. 나는 한 마디 던진다.

"당신이 무슨 클린트 이스트우드인 줄 알아요?"

"맞아요…… 난 웨스턴이라면 자다가도 벌떡 깨죠."

그는 어린아이 같은 눈망울로 나를 쳐다본다. 그러다 별안간 눈빛이 바뀐다.

"이런! 다른 놈들이 들이닥치기 전에 시체들을 당신 집으로 옮겨놓읍시다!"

"아니죠! 구급차부터 불러야죠!" 나는 이의를 제기한다.

"빨리 시체부터 처리해요! 우선 그들의 호주머니를 싹 비워요. 몸에 아무것도 남지 않은 상태로 만들어 맞은편 당신 아파트에다 옮겨놓으라고요."

이 사내는 죽어가면서도 머리는 나보다 민첩하게 돌아간다. 그의 말이 맞다. 시체들을 여기다 두고서 어쩌겠다는 말인가? 썩은 냄새가 진동할 때까지 기다리겠다는 건가? 그런데 맞은편 80호에서는 강도사건이나 복수극, 혹은 피해자가 정당방어를 행사한 듯 보일 수 있는 사건이 일어났다. 경찰은 내가 그들을 죽였다고 생각하리라…… 근데 잠깐, 그게 80호던가, 60호던가? 의혹이 스친다. 생각이 잘 안 난다. 헷갈린다. 경찰이 아파트를 수색할 테고, 그러면…… 아, 그렇지! 번호판을 원위치로 돌려놓아야 한다. 그래야 모든 게 정말로 끝나는 거다!

이건 내 삶을 바꿀 절호의 기회이다. 다시 돌아오지 않을 유일한 기회. 아파트를 바꿈으로써 자신을 바꾸는 것, 일종의 내면의 이사랄까.

20

나는 복도로 나온다. 무슨 의식을 거행하듯 충분히 시간을 들인다. 번호판을, 다시 말해 아파트 호수를 제자리로 돌려놓는다. 그 일을 끝낸 후, 두 아파트의 문을 열어놓는다. 두 개의 문이 서로 대화를 나누듯 입을 딱 벌리고 마주 본다. 나는 주위에 아무도 없는지 확인한다. 정말이지, 이런 건물에서는 누가 죽어나가도 아무도 상관하지 않을 거다. 나는 첫 번째 시체의 팔을 잡아 질질 끌고 간다. 어휴휴휴휴…… 아파트 바닥재를 타일로 선택한 실내장식업자가 그렇게 고마울 수가 없다. 카펫이 깔려 있었다면 단 1센티미터도 못 움직였을 거다. 나는 내 옛 집 주방으로 간다. 옛 거실에는 바로 그 문제의 카펫이 깔려 있어, 거기로 시체를 끌고 가는 건 불가능하다. 반면 곧바로 오른쪽으로 돌면 매끌매끌한 타일바닥이 펼쳐져 있다. 그 오른쪽이 바로 주방이다. 몸이 흠뻑 땀에 젖는다. 나는 두 번째 시체를 처리하러 돌아간다. 그리하여 약 15분 후, 그것을 제 친구 옆에 끌어다놓는다.

죽은 사람을 뒤지고 있으니 기분이 참 묘하다. 숨 쉬는 소리만 없을 뿐, 자고 있는 사람의 호주머니를 터는 기분이다. 나는 방 가구 뒤에 넣어둔 카르푸 비닐봉지 하나를 꺼낸다. 지갑, 권총, 배지, 그리고 엑신 딜럭스 휴대폰…… 그들의 몸에 아무것도 남겨놓지 않는다. 다음 해야 할 일은 청소다. 싱크대 밑에서 꺼낸 양동이에 자벨 표백제를 한 잔 듬뿍 붓고 그 위에 온수를 트니, 수도꼭지 밑으로 거품이 인다. 나는 이마에 땀을 뻘뻘 흘리며 호텔 청소부처럼 바닥을 박박 문지른다. 양동이의 물이 시뻘게지고, 복도의 타일 바닥은 마치 새로 깐 것처럼 반짝이기 시작한다. 핏자국은 흔적도 보이지 않는다. 물을 싱크대에 버리고, 양동이를 제자리에 두고, 수세미는 냄비 속에 넣고 태워버린다. 수세미가 완전히 연소된 것을 확인하고 떠나려는 순간, 나중에 발작이 일어날 경우를 대비해 흡입기를 가져가는 게 좋겠다는 생각이 든다. 카르푸 비닐봉지를 흡입기 상자들로 꽉 채우고, 모든 호주머니에도 쑤셔넣는다. 또 바지춤에다도 두 개 찔러넣고, 휴대폰 위로도 열 개를 포개어 든다. 나는 문을 닫는다. 새로운 '내 집'으로 돌아온 두 손에는 과거의 흔적인 양 뭔가가 잔뜩 들려 있다. 하지만 내게 과거란 텅 빈 것으로 느껴질 뿐이다.

사람들은 종종 이런 멍청한 질문을 던지곤 한다.

'무인도에 가게 된다면, 당신은 무엇을 가져가겠습니까?'

하지만 내가 대체 무엇을 가져갈 수 있단 말인가? 나의 삶 자체가 벌써 '무인도'다. 부모님은 이젠 세상에 계시지 않고, 친구들은 인터넷 공간 속에만 있으며, 여자친구라고 해봤자 내 신용카드…… 다시 말해 내 트라스크 배지로 계산하는 관계들일 뿐이다.

나는 두 뚱보의 호주머니에서 꺼내온 휴대용 컴퓨터에 눈길을 던진다. 만일 그들이 날 죽였다면, 난 아무런 자취도 남기지 못했으리라. 내 삶은 그 누구에게 아무런 기억도 남기지 못했으리라. 마치 살았던 적이 없는 것처럼! 정말이지 끔찍한 일이다…… 하지만 더 나은 미래를 갖기 위한 유일한 해결책은 자신의 과거를 있는 그대로 받아들이는 것이다. 그렇기 때문에 나는 내가 배운 모든 것을 잊어버리고, 내 안에 새겨진 프로그램을 지워버리고 싶다. 나를 더 잘 '리포맷'하기 위해 기존의 프로그램을 깨끗이 삭제해버리고 싶다. 사람들은 나를 궤변 속에서 키워왔지만, 그들의 궤변을 더는 견딜 수가 없다. 사람들은 내게 복종하라고 가르쳤지만, 앞으로 나아가기 위해서는 끊임없이 거역해야 한다. 사람들은 자신을 사랑하면 안 된다고 가르쳤지만, 모든 것은 바로 거기서부터 시작되어야 하는 것이다. 또 사람들은 과거에 매달리라고 가르쳤지만, 사실은 거기서 벗어나기만 하면 모든 게 가능하다…… 왜 지금껏 이런 생각을 못 했을까! 나는 웃기 시작한다. 바로 이 순간, 나는 진실을 명료하게 의식하게 된다. 모든 게 한눈에 수정처럼 투명하게 들어온다. 이 모든 게 바뀔 수 있도록, 어떤 짓이라도 할 것이다. 앞으로 나를 이끌어줄 것은 증오나 원망이 아니요, 어떤 내적인 힘일 것이다. 어떤 놀라운 힘이 새로운 삶을 환히 밝혀줄 것이다. 이건 하늘의 선물이다. 나는 이웃 사내가 엘리베이터 안에서 내게 무슨 말을 하려 했던 것인지 이제야 비로소 깨닫는다. 그렇다! 이런 힘이 바로 '자신에 대한 존중'이었던 것이다!

너무도 큰 행복감이 밀려와, 나는 하마터면 울음을 터뜨릴 뻔했다.

21

한 이탈리아 소년이 플레이스테이션 의존증으로 인해 입원했다. 의사들은 이 13세 소년에게서 컴퓨터게임 의존증이 관찰된다고 진단했다. 로렌초 아마토라는 이름의 소년을 진찰한 첫 번째 의사는 그에게 어떤 발작증, 혹은 심각한 뇌 장애가 있다고 짐작했다. 소년은 말도 제대로 하지 못했고, 주위에서 무슨 일이 일어나는지도 이해하지 못했다. 의사들은 뒤늦게야 소년이 컴퓨터게임에 빠져 있었다는 사실을 알게 되었다. 그들은 이것이 일종의 정신적 유리증遊離症이라는 사실을 깨달았고, 그제야 소년을 치료할 수 있었다. 그의 정신은 현실세계를 떠나 플레이스테이션에 연결되어 있었던 것이다.

갑자기 문이 왈칵 열린다. 코잭과 콜럼보가 들어온다. 그들 뒤로 대형장롱만큼이나 덩치 큰 두 사내가 따라 들어온다. '클래스'가 느껴지는 최고급 정장 차림이다. 둘 중 하나가 껑다리 형사에게 가보라고 손짓한다. 껑다리는 군소리 없이 즉각 지시에 따른다. 콜럼보는 눈에 약간 거북한 빛을 띠며 이렇게 설명한다.

"이분들은 엑신 회사경찰에서 나오셨어. 당신 사건 수사를 지휘하러 왔지. 위쪽에서 내려온 지시야. 엑신 TV에서 이분들에게 수사권을 위임했지."

나는 빙그레 웃는다.

"그렇다고 잘난 척할 필요는 없어!" 코잭이 씩씩대며 내뱉는다.

대꾸하지 않았지만, 내가 생각하기에도 무당이 따로 없다.

조금 전에 난 이 빌어먹을 놈들에 대해 언급했었다. 그랬더니 단 10분 만에 문이 열리면서 이렇게 들이닥친 것이다. 그렇다면 반라의 금발 미인을 골똘히 생각하고 있으면, 그녀가 금방 달려오진 않을까? 콜럼보는 자기 자리에 앉는다. 새로 온 두 친구 중에 키 큰 쪽이 내게 고개를 돌린다.

"자, 이제부터 우리가 당신을 맡게 됐으니까, 모든 걸 자세하게 얘기해봐요."

그는 내 쪽으로 몸을 지그시 기울이면서 통나무 같은 두 팔뚝을 탁자 위에 올려놓는다. 은근한 위협의 몸짓이다. 그의 손가락은 톱니바퀴같이 홈이 파인 반지들로 뒤덮여 있다. 검지는 사파이어, 중지는 다이아몬드, 그리고 약지는 루비다. 파랑, 하양, 빨강이다. 한마디로 나는 블링블링한 속물에게 걸린 것이다. 나는 향수 냄새에 집중한다. 가까이 있기 때문에 금방 감별할 수 있다. 장 폴 고티에의 르 말.* 그렇다면 내보이려는 모습과는 달리, 그는 남성성이 꽤나 빈약한 친구일 수도 있겠다. 그의 동료는 캘빈 클라인 쪽인 것 같다. 한편, 저쪽

---

* 르 말(Le Mâle)은 프랑스어로 '수컷'이라는 뜻이다.

구석에 어색한 얼굴로 앉아 있는 나의 두 친구로 말하면, 굳이 알아내려 애쓸 필요도 없다. 보나마나 카르푸의 샤칼과 모노프리*의 제퓌트로 같은 싸구려 향수 아니겠는가. 장룽은 마치 내가 귀머거리인 양 목소리를 높여 다시 말한다.

"DNA가 다 불었어! 당신의 신원번호는 300330035야. 당신은 제5구역의 사르코지 가, 33번지에 살고 있지. 당신 아파트는 60호이고. 자, 우리에겐 아무것도 숨길 수가 없다고!"

나는 깊은 안도의 한숨이 터져 나오려는 걸 간신히 참는다. '60호'라는 말을 듣자 크나큰 기쁨이 차오른다. 입가에 미소가 새어나오는 걸 어쩔 수가 없다. 이웃 사내가 생각난다. 정말이지 그 친구는 천재였다! 그래 친구, 당신 계획이 성공했어! 성공했다고!

나는 덩치의 눈을 똑바로 쳐다보면서 대답한다.

"맞아요. 당신들에겐 아무것도 숨길 수 없죠."

이제 남은 일은 계획의 나머지 부분을 따르는 것뿐이고, 어쩌면 내 목숨을 구할 수 있을지도 모른다.

죽은 사람의 지시를 따르고 있자니 기분이 정말로 묘하다.

---

* 카르푸와 모노프리는 프랑스의 대표적인 슈퍼마켓 체인이다.

22

이웃 사내가 침대에서 죽어가고 있는데 아무것도 안하고 멍하니 보고 있을 수만은 없지 않은가. 하지만 그는 구급차 부르는 걸 원치 않는다. 도무지 이해가 안 된다. 나는 휴대폰의 화면을 건드려 '전화' 아이콘을 클릭한다. 목소리가 사방에서 돌비스테레오 사운드로 울려나온다. '여기는 앙브루아즈 파레 병원입니다. 잠시만 기다려주세요……' 나는 생각을 바꿔 '창닫기' 아이콘을 클릭한다. 통화 종료를 알리는 신호음이 들린다. 그런데 문득, 내가 아는 몇 안 되는 괜찮은 친구 중 하나가 떠오른다. 내 주치의. 그래, 맞아! 우리에게 필요한 사람은 바로 그 사람이야! 그라면 분명히 우릴 도와줄 수 있다! 나는 다시 '전화' 아이콘을 클릭한다. 신호음이 몇 번 울린 후, 그가 화면에 나타난다.

"오, 어떻게 지내세요?"

나는 옅은 미소로 대답한다.

"아주 잘 지냅니다."

"흡입기가 필요해요? 그래, 몇 개나 처방해드릴까?"

"보통 때처럼 열 개 정도요."

"알았어요."

"그런데 말이죠, 사실 전화 드린 건 어떤 친구 때문인데……"

갑자기 화면이 꺼지면서 통화가 끊겨버린다. 그와 동시에 침실에서 소리가 난다. 유리로 된 뭔가가 바닥에 떨어지고, 이웃 사내가 콜록대기 시작하는 것 같다. 나는 고양이과 동물처럼 날쌔게 일어나 침실로 향한다.

"괜찮아요?"

"괜찮아요." 그는 차분하게 대답한다. "내가 통화를 끊었어요. 앞으로는 내 동의 없이는 병원이나 의사에게 전화하는 일이 없도록 해요! 알았소?"

"이건 전혀 위험하지 않아요. 어떤 개인병원이라고요. 경찰들은 그런 데가 있는지조차 모를 거예요. 돈만 내면 누구든 몰래 치료받을 수 있다고요."

바닥을 내려다보니 깨진 유리조각들이 널려 있다. 그는 다시 콜록거리더니, 허허 웃는다.

"여봐요, 지금 세상에 '누구든 몰래'라는 건 존재하지 않아요. 그들은 모든 걸 알고 있어요. 그걸 위해 엄청난 돈을 쓰고 있고."

"누가요? 정부가요?"

"정부가 이미 오래전부터 통치하지 못하고 있다는 건 만인이 아는 사실 아닌가요?"

그는 미소 짓는다.

"지금 무슨 얘기를 하는 거죠?"

"구시대의 사회적 코미디가 남긴 역사적 유산 이야기죠. 시나리오 제목은 '시장의 진화'. 그리고 오늘날, 그 연출가는 엑신이죠."

"하지만……"

"시장의 법은 모든 것 위에 군림하고 있어요. 정부는 아무 것도 결정하지 못하고, 오직 강자들에게 봉사할 뿐이죠."

그는 열이 심해지는지 말을 중단한다. 그가 잠시 입을 다문 틈을 타서 나는 술을 가져오려고 주방으로 달려간다. 침실로 돌아와서는 그의 목덜미를 받쳐올리고 한 모금을, 그리고 다시 한 모금을 마시게 한다. 그의 얼굴에 다시 핏기가 돈다. 그는 길게 한숨을 내쉰다. 나도 안도의 한숨을 쉰다. 얼마간의 시간이 흐른 후, 그가 내게 묻는다.

"여보쇼, 이웃 양반! 인터넷에 왜 그렇게 많은 시간을 보내는 거요?"

"그게 댁하고 무슨 상관이죠? 난 내가 하고 싶은 걸 할 뿐이에요."

"아니죠. 당신은 자신이 하고 싶은 걸 하는 게 아니라, 다른 사람이 당신이 하기 원하는 걸 하고 있을 뿐이에요."

"이것 봐요!"

"당신은 시간만 나면 메일을 확인하죠. 아침에 일어나자마자 8시. 12시 반에. 퇴근해서. 또 새벽 1시. 그리고 새벽 5시에 또 한 번 확인하고 컴퓨터를 끄고 잠자리에 들어요. 즉 하루에 세 시간밖에 안 자는 거예요. 이봐요, 그건 건강에 별로 좋지 않다고요. (잠시 침묵.) 다행히도 메디카망제드로그 닷컴이 있어서 그럭저럭 견뎌내고 있긴 하겠지만."

나는 놀라 입이 딱 벌어진다.

"아니, 그럼 날 염탐해왔던 겁니까?"

그는 고개를 가로젓는다. 세상에! 문구멍을 통해 그를 관찰하면서 항상 나 자신이 점잖지 못한 인간이라고 생각해왔는데……

"당신, 정신이상자입니까, 뭡니까?"

"그게 내 직업이에요."

그는 다시 미소 짓는다.

"미치겠네! 뭐라고요? 그게 직업이라고요?"

"그래요. 감시하는 게 내 직업이죠."

정적이 내려앉는다.

"그럼 나 말고 같은 층의 또 누구를 감시하는데요?"

"같은 층?"

"뭐요? 그럼 건물 전체를 감시한다는 겁니까?"

"아니. 난 이 동네 전체를 모니터링하고 있어요."

나는 숨이 탁 막힌다. 그는 말을 잇는다.

"당신의 웹캠. 그건 하나의 눈이에요."

"그 유명한 빅브라더 얘깁니까? 그만두시죠." 나는 빈정댄다.

"오늘날 이루어지고 있는 일에 비하면 빅브라더는 순진한 장님에 불과해요…… 당신이 차고 다니는 엑신 위니베르셀 배지는 지불하고, 먹고, 마시고, 호텔 방을 얻는 데 사용되죠. 당신의 휴대폰은 전화, TV, 카메라 등등의 기능을 하고요. 그런데 사실 이 기기들은 그보다 훨씬 많은 일을 하고 있어요. 그들의 진정한 역할은 당신에 관련된 정보들을 모으는 거예요. 이 모든 정보들은 어떤 데이터베이스로 보내지고, 그 데이터베이스는 엑신 중앙기지를 경유하여 우리집으로 오게 되죠."

"틀렸어요!" 나는 소리치며 의기양양한 표정으로 그를 쳐다본다. "난 슈퍼마켓에서는 엄지를 스캔해서 지불해요. 내 배지는 트라스크고요. 그런데 뭐라고요? 당신은 그게 뭐라고 했죠?"

"트라스크는 에두 사 제품이죠. 그리고 에두는 엑신의 자회사고요. 그들의 경쟁은 눈가림에 불과하답니다." 잠시 침묵이 흐른다. 그는 나를 쳐다보면서 다시 말을 잇는다. "그리고 당신 엄지로 지불한다고요? 그럼 지불승인은 뭘로 하죠?"

"내 배지로요."

"자, 보라고요. 세상은 그렇게 짜여 있는 거예요. 제 꼬리를 문 뱀처럼 빙빙 돌고 있죠."

"그 뱀이 내 꼬리*나 물지 않았으면 좋겠네요!"

"자, 그런 식으로 나도 먹고살고 있는 거예요."

"사람을 죽여서 먹고사는 걸로 알고 있었는데요?"

"아니. 그건 재미 삼아 하는 거고."

"그럼 그게 정말로 댁이었던 겁니까? 카페 테라스에서 그 친구들에게 총질했던 사람이?"

"그런 종류의 정리 작업은 하청업자들에게 맡기는 게 보통이죠. 하지만 그건 내부적 사안이었고, 그런 경우엔 내가 직접 처리해야 해요. 당신이 죽인 그 두 친구처럼 말이에요. 그들은 내부적인 문제로 날 제거하려 찾아왔던 거예요. 다시 말해 그들은 우리 조직에서 나온 친구들이죠."

"뭐라고요? 내가 죽였다고요?"

---

* '꼬리'를 뜻하는 프랑스어 'queue'는 '남성 성기'를 뜻하기도 한다.

"모든 사람이 그렇게 생각하게 될 거예요. 또 당신 자신도 그걸 원했잖아요, 안 그래요?"

"피 웅덩이가 고인 형태를 보고 사람 마음을 읽는 재주라도 있으신가요?"

"난 쓸 만한 인재를 알아보는 눈은 있어요. 당신을 스카우트 할 생각을 가진 적도 있었죠."

"스카우트요?"

"그래요. 난 당신이 생각하고 있는 것보다 당신을 훨씬 잘 알아요…… 우리가 엘리베이터에서 만날 때마다 내가 우스갯소리처럼 던지던 질문들, 그건 우리가 스카우트할 때 사용하는 설문의 일부죠. 난 당신을 신뢰하고 있어요. 당신은 내가 그 친구들을 제거하는 걸 보고도 아무 말도 하지 않았죠. 아무에게도 말이에요. 난 여러 달 동안 당신을 도청해왔어요."

"도청이라고?"

"당신의 휴대폰 트라스크 말이에요. 사실 그건 많은 일을 하죠."

나는 꿈에서 깨어난 듯한 기분으로 그를 본다. 이 사람은 뭔가 다르다고 느꼈었다. 비범한 사람은 눈만 봐도 알 수 있는 법이다. 심지어는 문구멍을 통해 봐도 느낄 수 있다. 그는 덧붙인다.

"그 때문에 이 휴대폰은 배지가 그렇듯이 공짜인 거예요."

나는 중얼거리듯 되묻는다.

"내 휴대폰이요? 정말인가요?"

"네. 그래서 공짜죠……"

그의 손가락이 그것을 가리켜 보이더니, 창문을 향한다.

"자, 저기로 던져버려요!"

나는 일어서서 휴대폰을 집어든다.

"이건 내게 남은 것의 전부예요. 이 안에 내 삶 전체가 들어 있다고요."

"이 방에서 당장 추방해버려요!"

"전원이 꺼져 있어요."

"꺼져 있는 상태로도 공짜로 정보를 보내주고 있죠."

"창문으로 던지면 위험할 텐데요."

나는 창문을 열기는 했지만 망설인다. 그런데 갑자기, 총알이 슉 하는 소리를 내며 날아와서 내 다리에서 몇 센티미터 떨어진 곳에 박힌다. 나는 황급히 몸을 돌린다.

"아니, 왜 그래요? 정신 나갔어요? 그래, 알았어요! 할 게요! 한다고!"

그가 미소 짓는다. 그의 소음기에서 연기가 피어오른다. 화약 타는 냄새가 난다. 나는 그 감미로운 냄새를 허파 가득히 들이마신다. 그 냄새가 내게 용기를 준다. 나는 벼락같이 소리를 지르면서, 내 인생에서 마지막으로 남은 부분을 창밖으로 던져버린다. 그것이 누군가의 머리통에 떨어지지 않기만을 바랄 뿐이다. 나는 가쁜 숨을 몰아쉬며 돌아와 자리에 앉는다. 제대로 걷기조차 힘들고, 다리는 후들거린다. 삶을 바꾸는 게 이렇게나 힘들 줄은 몰랐다.

"내 배지는요?"

"그건 그냥 가지고 있어요. 필요하게 될 테니까."

그는 나를 쳐다보며 다시 씩 웃는다. 웃어야 할지, 울어야 할지 도무지 알 수가 없다.

23

"자, 내가 말한 대로 그놈들 물건을 다 가져왔나요?"

"네."

"자, 여기 바닥에 모두 쏟아놔봐요."

"거실에 있어요."

그는 가져오라고 고개를 까닥한다. 나는 옆방으로 사라진다. 이 집은 정말이지 기분이 좋다. 내게 진짜 인생이 있다면 바로 이런 아파트를 갖고 싶다. '세컨드 라이프'에서 토마도 이런 멋진 실내를 가지고 있었다. 이 집과 똑같은 스타일이었다. 화소라도 수백만 개가 모이면 그렇게 싸구려 같기만 한 건 아니다. 그런데 나도 이제는 기진맥진이다. 힘을 좀 내야 하는데…… 나는 시선을 돌려 술병을 찾는다. 상표야 무엇이든 상관없다. 힘이 나게 해줄 수만 있다면 뭐라도 좋다! 아, 빨리! 알코올중독자들이 그렇듯, 오드콜로뉴라도 마실 준비가 되어 있다. 좋은 냄새를 풍기기 위해서가 아니라, 뱃속을 향기롭게 하기 위한 하루 1리터의 향수.

그런데 아무것도 보이지 않는다. 냉장고는 더 이상 내게 그 우월한 액체를 제공할 마음이 없는 것 같다. 우유와 물과 케첩은 있어도, 술은 한 방울도 없다. 나는 거실의 벽장들도 살핀다. 벽장문을 열어젖히는 손길이 사뭇 불안하게 떨린다. 그런데 갑자기 목소리가 들려와 화들짝 놀라지 않을 수 없다.

"대형화면 아래의 가구 안에 있어요!"

정말이지 할 말을 잊게 만드는 사내다! 배에 총알을 맞은 건 분명 저쪽인데, 죽어가는 놈은 따로 있으니…… 나는 가구의 문을 열어본다. 알리바바의 동굴이 따로 없다. 위스키, 보드카, 럼…… 나는 보드카 병을 집어들어 병나발을 분다. 술이 목구멍을 타고 꿀꺽꿀꺽 내려가자 눈에서 눈물이 솟구친다. 가슴에서 억눌렸던 트림이 올라오려 용을 쓴다. 눈시울이 절로 붉어진다. 나지막한 탁자에 은쟁반이 놓여 있고, 그 위엔 재떨이 하나와 리모컨 하나가 담겨 있다. 나는 그것들을 치워버리고, 대신 술병과 잔 두 개, 그리고 멧돼지들에게서 털어온 것들을 모두 담는다. 권총 두 정, 엑신 딜럭스 휴대폰 하나, 명함들, 배지 두 개, 지갑 두 개, 그리고 제16구역의 어느 약국의 로고를 자랑스레 과시하는 조그만 흰 봉투 하나. 나는 웨이트리스처럼 쟁반을 정성껏 받쳐 들고 침실로 가 침대 위에 내려놓는다.

"내 술 창고를 거덜 내고 계시구먼!"

"어, 그러니까……"

"자, 나도 한 잔 따라줘요! 우리, 둘이서 함께 거덜 내봅시다."

내가 그의 잔에 술을 따르는 동안, 그는 쟁반에 담긴 엑신 위니베르셀을 집어든다. 두 멧돼지 중 더 뚱뚱한 친구의 재킷에서 꺼내온 이 장난감은 반짝반짝 빛나는 새것이다. 이웃 사내가 그걸 내게 내밀고, 나는 받아든다. 그리고 너무도 슬픈 마음으로 창가로 다가가 창문을 연다. 갑자기 그의 음성이 귓전을 때린다.

"아니, 지금 무슨 짓을 하려고?"

"그러니까, 이걸 던져버리려고요."

"그건 스파이가 아녜요! 창문을 닫아요!"

나는 당황하며 다시 창문을 닫는다. 그러고는 침대 모서리에 궁둥이를 내려놓는다.

"그건 감시 장치가 해제되어 있어요. 탐지될 위험이 전혀 없죠. 오히려 우리가 아주 유용하게 쓸 수 있는 물건이에요."

"뭘 하려고요?"

"내가 죽은 놈들 중 하나인 척하면서 메일 한두 통을 보내야 해요. 그래야 엑신에서 떼거리로 몰려오지 않을 테니까. 그들이 다시 오게 되면 이번에는 로켓포로 문을 부숴버릴 거예요. 자, 그걸 한번 켜봐요."

휴대폰 화면이 깜박이기 시작한다. 파란 바탕에 검은 글씨로 날짜가 나타난다. 5월 18일 금요일. 그는 미소를 짓는다.

"어, 그러고 보니 오늘이 당신 생일이네?"

나는 그의 얼굴을 쳐다본다.

"내 삶에 대해 댁이 나보다도 더 많이 알고 있다는 느낌이 드네요."

"서른다섯 살이라…… 그럼, 당연히 축하해야죠! 조촐한 파티라도 열어야 하지 않겠어요?"

이 사내는 정말 못 말린다. 그는 희고 조그만 약봉투를 가리킨다. 그 초대에 나는 대답한다.

"고맙지만 사양하겠습니다. 코카인은 안 돼요."

"왜죠?"

"내 주치의가 말했어요. 술도 안 되고, 코카인도 안 되고, 가끔 흡입기로 옥시파민이나 복용하라고요."

"하하하! 그러니까 암페타민이나 마리화나로 헤롱거리는 건 되지만, 코카인은 별 볼 일 없는 당신에겐 너무 부르주아적이다?"

"좋을 대로 생각해요! 그런데 암페파민이라고 했나요? 아니, 그건 또 어떻게 알았죠?"

"메디카망제드로그 닷컴. 당신이 주문하면, 우린 기록하죠."

"아, 그랬었지! 정말로 대단하네요! 그렇다면 말이죠, 내가 일전에 두루마리 휴지 한 통을 잃어버렸는데, 그건 어디 있는지 혹시 아나요?"

"원한다면 조사해볼 수 있어요."

"됐습니다, 됐어요! 그보다는 이 궁지에서 벗어날 방법이나 찾아보는 게 좋을 것 같네요."

나는 내 생일을 잊고 있었다. 늙는 게 두려워서일까?

대체 몇 살부터 나는 생일이 재밌는 게 아니라 두려운 것이라고 느끼기 시작했던 걸까?

24

"그런데 대체 왜 그들은 당신을 죽이려 하는 거죠?"

"내가 절차를 따르지 않았거든요. 특정 프로토콜을 무시하고 자유롭게 행동했어요."

"자유롭게요?"

"그래요, 자유롭게. 엑신에선 그런 걸 별로 좋아하지 않아요. 사업상 좋지 않거든요."

"왜 당신에게 총을 쐈나요?"

"내가 지시에 따르지 않았으니까."

"누구의 지시를 말이죠?"

"내 위에 있는 사람들. 지금 당신 집에 누워 있는 두 친구는 엑신 회사경찰 소속이에요."

"그럼 당신은요?"

"난 엑신 정보국 프랑스 지부 부장이에요. 아주 가까운 사람들은 날 '정보 대장'이라고 부르기도 하죠. 대인감시는 이 회사에서 최우선 업무 중 하나죠."

"다시 말해 거물이란 얘기군요. 그런데 이 조직 안에는 구체적으로 뭐가 있는 겁니까?"

"난 엑신 전체에서 서열 6위에요. 내가 직접 관리하는 구역은 파리 지역이죠. 파리 시 안에서 나를 위해 일하는 10여 명의 간부들을 지휘하고 있어요. 파리를 제외한 프랑스 전체에는 20여 명의 간부가 있고요. 모든 건 고도로 조직화되어 있고, 매우 치밀한 정보수집 작업을 벌이고 있죠. 각 팀에는 엑신 회사경찰에서 파견된 요원이 다섯씩 있어요. 당신 아파트에 옮겨놓은 뚱보들은 바로 우리 구역 소속으로, 내가 잘 알던 친구들이죠. 내가 특별히 관심을 갖는 건 제5구역이에요.* 그건 내 것이기 때문에, 아무도 건드려선 안 돼요. 이 구역에서 작업하는 팀은 인원이 아주 많아요. 거의 50여 명이나 되죠."

"한마디로 거물이군요…… 그런데도 당신을 죽이려 하다뇨? 대체 무슨 짓을 했기에?"

"정보를 훔치고 지워버렸어요."

"그걸 팔아먹으려고?"

"아니."

"아니라고요? 그렇다면……"

그는 잠시 침묵을 지키다가 다시 입을 열었다.

"모든 게 마음에 들지 않기 시작했어요. 지겨워진 거예요. 무슨 말인지 이해하겠어요?"

"하지만 왜 그 좋은 지위를 망치려는 거죠? 누가 그런 짓을 하겠어요!"

"맞아요. 하지만 말이죠, 만일 내가 자신이 누구인지조차 모

---

* 이 작품에서 언급되는 '구역(secteur)'은 가상의 행정단위로, 파리의 현 행정단위인 구(arrondissement)과는 다르다.

르는 노 라이프라면, 난 누가 그런 사실을 내게 알려줬으면 좋겠어요. 만일 내가 자신이 살고 있는 세계가 어떻게 작동하고 있는지조차 모르는 노예라면, 누군가가 날 해방시켜줬으면 한다고요. 아니, 우리가 대체 뭐기에 다른 사람들을 대신해서 결정을 내린단 거요? 우리 시스템은 너무 큰 힘을 지니게 됐어요. 하지만 과연 무엇을 위해서? 이윤을, 더 많은 이윤을 위해서죠. 그 누구에게도 진정한 이익이 되지 못하는 무의미하고도 맹목적인 이윤을 위해서란 말이에요."

"당신은 공산주의자인가요? 그런 건가요?"

그는 너털웃음을 터뜨린다.

"하하하, 정말로 재미있으시군! 아니에요. 난 단지 아침에 일어날 때마다 삶에서 아무런 의미도 발견하지 못하는 나날이 지긋지긋해졌을 뿐이에요. 뭔가 자연적, 산업적, 혹은 기후적 재앙이 일어나면, 그때마다 똑같은 소수의 몇 사람만 이득을 보게 되는 상황이 지겨워진 거죠. 그래요, 나도 혜택을 누려왔어요. 하지만 그게 과연 무슨 의미가 있죠?"

"잘 살기 위해서죠. 이 세상엔 형편없이 사는 사람들이 너무도 많잖아요?"

"만일 당신이 패를 나누는 위치에 있다면, 돈 따기는 아주 쉬워져요. 그리고 오늘날 돈을 번다는 건 바로 이런 거예요. 이쪽에 소규모 테러사건 하나, 저쪽에 대기오염 경보 하나 터뜨리고…… 만일 내가 당신에게 비밀정보를 하나 흘려준다고 칩시다. 여기서, 지금 당장 말이에요. 그럼 당신은 증시가 개장하자마자 주식을 거래하고, 바로 내일부터 당신 삶의 수준은 변하게 되는 거예요."

"신나는 일 아닙니까? 더 이상 무얼 바라죠?"

그는 낄낄댄다.

"정말 계속 그렇게 날 웃겨대면, 난 예상보다 더 빨리 죽을지도 몰라요…… 어느 날 아침, 난 잠에서 깨어나 바꾸기로 결심했어요. 모든 것을 바꾸기로! 하지만 그러기 위해서는, 때로 과거에 등을 돌려야 하는 법이죠."

"어느 날 난 한 친구에게 삶을 바꾸고 싶다고 말했죠. 그랬더니 그가 이렇게 대답하더군요. '그러다가 갖가지 문제가 생겨나곤 합니다. 잘 생각해서 결정하세요…… 우선 자신을 존중할 수 있어야 해요.'"

"아? 그래서요?"

"그래서 난 정말로 곰곰이 생각해봤어요. 내 장점들과 결점들이 뭔지 생각해봤지요. 그리고 그것들을 있는 그대로 받아들이려 해봤어요. 그러자 사물이 명확히 보이더군요. 만일 그 친구가 이 앞에 있다면 난 그에게 묻고 싶어요. '자신을 존중한다는 게, 바로 이런 걸 말하는 건가요?'"

"그는 아마도 그걸 발견하는 건 당신 몫이라고 대답할 겁니다. 진정한 자신이 누군지 발견하는 게 당신 몫이듯 말이에요. 그럴 때 당신은 비로소 인생을 바꿀 수 있을 거예요."

"하지만 아쉽게도 그 친구는 여기 없네요. 친구란 도움을 주는 사람이지, 총질을 해대는 사람은 아니니까요."

"이웃 양반, 당신은 운이 좋아요. 왜냐면 당신에겐 아직 친구들이 남아 있잖소."

"친구라고 해봐야 딱 하나뿐이죠."

"그럼 문제는?" 이웃 사내가 묻는다.

"무수히 많고요."

"마침 잘됐네요. 난 문제를 해결하는 기계니까."

25

"아까 액신에서 어떤 비밀임무를 맡았는데 지시대로 하지 않았다고 했죠. 대체 무슨 일이 있었던 겁니까?"

이웃 사내의 시선은 내 쪽을 향해 있지만, 날 보고 있지는 않다. 무언가 깊은 상념에 빠져 있는 모양이다. 이윽고 그는 벽에서 시선을 떼지 않은 채 속삭이듯 말한다.

"모든 길 지워버리고 원점에서 다시 시작하기……"

"그게 무슨 말이에요?"

그는 몽상에서 깨어나 나를 쳐다보면서 대답한다.

"쓰고 있는 게 마음에 안 들면 어떻게 하겠어요?"

"네?"

"그러니까, 당신이 뭔가를 쓰고 있는데, 그게 더는 당신 마음에 들지 않으면 어떻게 하겠냐는 겁니다."

"음…… 다시 쓰겠죠."

"어떻게?"

"커서를 앞으로 되돌리는 거죠."

그는 다른 대답을 찾아보라고 격려하듯, 말없이 나를 바라본다. 그러고 있으니 내가 마치 선생님 앞에 선 여덟 살배기 꼬마가 된 기분이다.

"지워버리죠."

"그래요, 지워야죠……"

그는 미소 짓는다. 잠시 침묵이 흐른다. 그가 다시 말을 잇는다.

"다국적기업들의 힘은 통제할 수 없을 정도가 됐어요. 제가 앉은 가지를 톱으로 잘라버리는 건 부자연스러운 짓이죠. 그런데 이제, 그들이 추구하는 이윤이 이젠 누구에게도 이득이 되지 못하는 상황이 되었어요. 다시 말해 이윤 추구가 한계에 이른 거죠."

"그럼 어떻게 하고 싶어요? 그들을 다 지워버려요? 좋아요, 그렇게 한번 해보시죠. 시간을 거슬러 올라가는 기계를 타고 가서, 그들을 깨끗이 삭제해버리자고요."

나는 낄낄댄다.

그는 심각한 표정을 유지한 채 말을 잇는다.

"더 좋은 방법이 있죠."

"더 좋은 방법?"

"당신을 당신이게 하고, 나를 나이게 하는 방법이 무엇이죠?"

"여봐요, 지금 댁은 좀 무리하는 것 같아요. 중상을 입은 몸인데다 피까지 엄청 흘렸어요. 그러니 이제는……"

"한 개인은 그의 기억으로만 존재할 뿐이에요. 만일 당신이 매일 아침 아기처럼 깨끗한 기억을 가지고 태어난다면, 당신은 매번 다른 사람이 될 수 있어요. 기억이야말로 당신을 당신이게 하고, 나를 나이게 하는 것이죠……"

나는 대충 이해한 듯한 표정을 지어 보인다.

"그래서요?"

"그래서, 만일 내가 당신의 기억을 지워버리면, 당신은 내가 될 수 있고, 난 당신 자리를 차지할 수 있죠."

"그럼 세상 꼴이 바뀌겠네요."

"그런 일은 일어나기 힘들겠죠. 하지만 만일 다국적기업들이 기억을 잃게 된다면?"

"대체 무슨 말을 하는 거죠?"

"난 모든 걸 원점에서 시작할 수 있는 유일한 방법에 대해 얘기하는 거예요."

"원점에서요?"

"컴퓨터에도 기억이 있으니까."

"자, 본론을 말씀해보실래요?"

"내가 당신에게 언급했던 비밀 임무는 지금으로부터 약 15년 전에 시작됐어요. 그 근본적인 목적은 네티즌들의 기억에 영향을 주는 거였죠."

"어떻게요?"

"가짜 기억들을 만듦으로써."

나는 이해가 잘 안 된다는 표정으로 머리를 설레설레 흔든다. 그가 참을성 있게 말을 잇는다.

"기억에는 두 종류가 있어요. 즉 고백과 이식이죠. 고백은 진짜 기억으로, 당신이 인터넷에서 친구나 가까운 사람, 혹은 모르는 사람에게 털어놓는 것들이죠. 이식은 당신들에 영향을 주기 위해 우리가 당신들에게 부여하는 기억이고요. 때로는 단순한 세부적 사실들이 이식되기도 해요. 우리가 부여하는 기억을 사람들이 잘 받아들이는지 알아보기 위한 테스트용인 거죠. 하지만 때로는 훨씬 본격적으로 이뤄지기도 해요. 엑신 요원들은 아주 오랜 기간 동안—특히 일생 중 아주 미묘한 시기에—노 라이프들과 교신을 해와요. 그런 식으로 세월이 흘러가면 현실과 가상현실 사이의 경계는 흐릿해지고, 결국 노 라이프는 자신의 실제 기억과 인터넷에서 흡수한 기억을 구별하지 못하게 되죠."

그는 잠시 말을 끊더니, 다시 말을 잇는다.

"정보국 팀들은 주로 유년기와 청소년기를 작업하고 있어요. 그리고 작업 대상이 스무 살이 넘어가면 관리 단계로 들어가죠. 그게 바로 내가 맡은 업무였고요. 이를 위해 내 밑에는 50명으로 이루어진 팀이 있죠. 당신이 둘을 죽인 탓에 지금은 48명이 남았지만…… 그리고 우리가 관리하는 영역은 파리 구역이에요……"

그는 담배를 몇 번 뻐끔거린 후, 독백하듯 설명을 이어간다.

"우리 팀은 꽤 전략적인 위치에 있어요. 유년기와 청소년기 팀들이 자기네가 작업한 모든 파일을 사본 하나 남김없이 우리에게 넘기니까. 우리 팀은 회사가 보유한 정보의 대부분을 관리하고 있어요. 좀더 자세히 말하자면, 엑신TV 본부에 있는 중앙 데이터뱅크에 모든 정보가 보관되어 있죠."

"믿기지 않는 얘기네요."

"자, 이런 시스템을 통해 어떤 결과를 얻을 수 있는지 알면 아마 놀라자빠질 거예요. 예를 하나 들어보죠. 당신은 매일 아침, 거리나 지하철이나 버스에서 어떤 사람과 마주칩니다. 항상 똑같은 사람을 3, 4년 동안 매일 아침 보게 되는 거예요. 그런 다음, 1년 동안은 아무 일 없이 가만히 놔두죠. 그리고 나서 어느 날 아침, 과거에 마주쳤던 그 사람이 거리에서 당신에게 다가와서 말하는 거예요. 자기는 당신을 알고 있다고. 당신과 여러 차례 대화를 나눈 사이라고. 그러면서 당신과 관련된, 하지만 극히 소수만이 알고 있는 사실들을 몇 가지 던지는 거죠. 그러면 내 장담하거니와, 당신은 처음엔 약간 의심하다가, 결국에는 그가 말하는 것을 몽땅 믿게 될 겁니다."

"예를 들면?"

"평생 담배를 만져보지도 않은 어떤 친구에게 그가 여섯 살에 담배를 시작했다고 믿게 만드는 거죠. 정말 기가 막힌 얘기 아닌가요? 그 친구는 자기 아내에게 말하죠. 자기가 담배 피우기 시작했다고. 그럼 그녀는 눈이 휘둥그레져서 그를 쳐다볼 거예요. 그가 담배를 피워 무는 모습을 처음 보니까⋯⋯ 자, 이런 것들을 담배 산업 쪽에서 보면 너무도 흥미로운 일이 아니겠어요?"

그는 담배 연기를 깊이 빨아들인다.

"당신은 몇 살 때 시작했죠? 어쩌면 이게 당신의 첫 번째 담배인지도 모르겠네요."

나는 말없이 씁쓸하게 미소만 짓는다. 그는 다시 말을 잇는다.

"자, 이제는 이런 걸 한번 상상해봅시다. 당신은 여러 해 전부터 어떤 미지의 인물과 오직 인터넷을 통해서만 접촉해왔어요. 그 미지의 인물은 모든 걸 꾸며냈죠. 그의 이름, 신분, 사진, 친구 등등⋯⋯ 다시 말해 그 미지인의 삶 전체가 거짓인 거예요. 만일 당신이 10년이 넘게 그 사람과 교류한다면, 당신이 갖게 되는 그에 대한 모든 기억은 아무런 근거가 없는 가짜 기억들이죠. TV에서 얻은 기억만큼이나 거짓된 기억들인 거예요. 하지만 당신의 뇌는 그것을 여느 기억들과 똑같은 방식으로 처리해요…… 혹시 이런 경험 있어요? 어떤 사건, 장소, 혹은 이미지가 떠오르는데, 그게 대체 어디서 온 건지 몰라 기분이 이상해지는 경험 말이에요. 다시 말해 데자뷔 같은 거. 어떤 장소에 벌써 와봤던 것 같은 느낌, 어떤 장면을 이미 봤던 것 같은 느낌……"

"네, 있습니다……"

"그건 우리 모두에게 일어나는 일이죠…… 자, 바로 그런 거예요. 기억은 선택적이죠. 영향 받기 쉬운 것이기도 하고. 기억을 지배하는 자는 세계를 지배할 수 있어요!"

그는 잠시 말을 멈췄다가, 나직한 목소리로 말한다.

"메모리가 내장된 전자기기가 고장 나면 어떻게 하죠? 그 기계가 문제해결을 위한 모든 개입을 거부한다면? 더는 아무런 대안도 남지 않게 된다면?"

"그걸 누르죠…… 뭐라고 하더라? 그 움푹 들어간 버튼 말이에요. 맞아, '리셋' 버튼."

"그래서, 이 문제의 임무에 붙여진 이름이 바로…… '리셋'이랍니다!"

26

그들은 한 시간 전부터 숨 돌릴 틈도 주지 않고 나를 심문하고 있지만, 나는 일을 그르칠 만한 말은 한마디도 내뱉지 않았다. 콜럼보와 코잭은 4분 전에 방을 나갔다. 인정하기가 쉽진 않지만, 그들이 그리워지고 있다. 새로 온 친구들은 깔끔하기는 하지만, 재미가 없다. 무엇보다도 내가 상황을 장악하지 못한다는 느낌 때문이리라. 그들은 나를 잠시 쉬게 해준다. 따끈한 커피 한 잔이 내 앞에 놓여 있다. 그들은 친구끼리의 친밀한 의식을 시작한다. 내가 거기에 익숙해지면, 다시 말해 내가 기댈 수 있는 어떤 준거점이 생기면, 그들은 나를 좀더 쉽게 박살내기 위해 그것을 부숴버리리라. 나는 빈틈을 찾는 권투선수처럼 그들을 관찰한다. 그들은 내게는 눈길 한 번 주지 않고 자기들끼리만 잡담을 나눈다. 할 얘기, 못 할 얘기, 별 얘기를 다 한다.

"그래서, 그 사람 마누라가 널 보러 왔다고?"

"응."

"인상이 어땠어?"

"몰라."

"몰라? 예뻐? 똑똑해? 호감형이야?"

"모른다고 했잖아."

"그걸 대답하는 게 뭐가 그리 어려워? 그 여자 인상이 어땠 냐고 물은 건데."

"인상은 잘 모르겠고, 내 침대 위에 올라와 있더라! 자, 이제 됐냐?"

"뭐라고?"

그는 입이 딱 벌어진다.

"그래! 차를 들여 넣으려고 5분 동안 혼자 남겨두고 나갔다 가, 다시 들어와봤더니만……"

"그래서, 아무 짓도 안 했어?"

"무슨 말이야? 내가 어떤 놈인지 잘 알면서."

"그러니까 하는 말이지."

"딱 세 번밖에 안 했다고. 그 여잔 이렇게 말하더라고. '난 가엾은 창녀 같은 여자니까 여왕처럼 소중하게 안아줬으면 해요……' 너도 잘 알다시피 내가 마음이 지독하게 여리잖 아…… 어쨌든 일이 끝나고 나서, 다시는 당신을 우리집에서 보고 싶지 않다고 말했어. 여자는 떠났지."

다른 사내는 두 눈이 뚱그레진 채 듣고 있다.

"그래서 그 다음 주에는 둘이서 호텔로 갔지."

"세상에! 대장 마누라하고! 지금 제정신이야?"

"사돈 남 말 하네! 넌 왜 그 여자를 우리집에 보냈어?"

"이 짐승아, 네가 권총을 놓고 가서 그런 거 아냐."

"됐어! 넌 그런 적 한 번도 없냐?"

"있지! 하지만 넌 그걸 화장실에다 놓고 갔잖아. 난 오줌 누러 갔다가 졸지에 쌍권총을 차게 된 거야. 대관절 화장실에서 권총을 가지고 무슨 짓거리를 한 건지! 어쨌든 탈의실에서 나오다가 대장 부부하고 딱 마주친 거야. 그는 내가 권총이 두 개 있는 걸 보고 놀라더군. 난 거짓말을 했지. 네가 나한테 권총을 맡겼다고. 그러니까 그 여자가 자기가 너네 근처에 산다고 가져다주겠다고 자청하는 거야. 대장 앞이라 거절할 수 없었지. 그는 뭐라고 농담하면서 낄낄댔고. 그 병신이 그렇게 웃었기 때문에 넌 혼나지 않고 넘어간 거야. 그런데 난 네가 그 여자를 덮칠 줄은 상상도 못 했어. 그 벌건 대낮에 맛있게 잡아먹을 줄은……"

"말했잖아! 내가 덮친 게 아니라고!"

정말로 불안한 건, 이들이 내 앞에서 아무 거리낌 없이 이런 대화를 나누고 있다는 사실이다. 걱정하는 구석이라곤 털끝만큼도 없다. 내가 이 상황을 이용할 수 있지 않을까? 내가 들은 내용으로 자기들을 협박할 수도 있지 않을까?…… 하지만 그들은 전혀 개의치 않는다.

마치 내가 벌써 죽은 사람인 양 굴고 있다.

27

"'노 라이프'라고 쳐봐요!"

나는 모욕당한 사람처럼 약간 찌푸린 얼굴로 그를 쳐다본다.

"왜요?"

"아, 쳐보란 말이오!"

노. 라. 이. 프. 구글소프트는 여러 개의 항목을 제시하고, 나는 그중 첫 번째 것을 클릭한다.

'노no와 라이프life라는 두 영어 단어를 합친 용어인 '노라이프'(혹은 '노 라이프'라고도 쓰며, 말 그대로 '생명이 없는'이라는 뜻이다)는 자신이 열정을 느끼는 일에 대부분의 시간을 보내느라 다른 활동을 희생시키는 사람이다. 이러한 몰두로 인해 사회적 관계에 지장을 초래하는데, 가장 흔한 예로는 컴퓨터게임 중독자가 있다.'

그가 내게 묻는다.

"이 정의에 대해 어떻게 생각해요?"

"정확하지 않아요!"

"왜죠?"

"왜냐면 이 정의에 따르면 나뿐만 아니라, 열정적인 사람들이 전부 포함되니까요."

"그래서? 왜, 그게 잘못됐소?"

"첫째, 난 노 라이프가 아니기 때문이죠. 둘째, '열정적인 사람'은 정의상 자신의 열정에 엄청난 시간을 쏟아붓는 사람이기 때문에 필연적으로 사회생활을 희생시킬 수밖에 없어요. 따라서 노 라이프가 되지 않으려면, 그 무엇에 대해서도 열정을 품지 말아야 하고, 오로지 규범만을 따르는 착한 양이 되어야 한다는 얘긴데……"

"계속해봐요."

"에…… 그게 다예요."

그러자 그가 대신 말을 잇는다.

"모든 혁명가, 모든 해커, 모든 예술가는 정의상 잠재적인 노 라이프라고 할 수 있어요. 따라서 노 라이프들을 소외시키고 그들을 통제할 수 있다면, 모든 통제 불가능한 요소들을 통제할 수 있게 되는 거죠. 때문에 여러 해 전부터 엑신 정보국은 이 문제에 큰 관심을 기울여왔어요. (그는 담배 한 대를 꺼내어 불을 붙인다.) 엑신의 천재성은 사람들로 하여금 인터넷을 사용하여 그들의 열정을 충족시키도록 하고, 나아가 새로운 열정의 대상을 만들도록 격려한 데 있었어요. 그래서 새로운 종류의 열정가들, 반항아들, 노 라이프들이 생겨났어요! 또 엑신은 마음만 먹으면 언제든 이들을 찾아낼 수 있죠. 클릭 한 번이면 모두 탐색해낼 수 있어요. 또 이들을 친구로 만들 수도 있고, 이들 속으로 침투해 들어갈 수도 있으며, 마지막으로는 영향을 미칠 수도 있어요. 이들은 나이가 어릴수록 포맷하기가 쉽죠. 이들은 이 세상 최고의 소비자들이에요! 이들은 미키마우스와 함께 읽기를, 스크루지 맥덕과* 함께 셈하기를, 맥도날드와 함께 먹기를 배우면서 자라니까. 훌륭한 노 라이프가 뭔지 알아요? 그건 동네 슈퍼마켓에 코카콜라가 없으면, 다른 걸 마시느니 차라리 목말라 죽겠다는 사람이에요. 물론 그렇게 되기 전에 클릭하고 또 클릭해서 코카콜라가 배달되도록 하겠지만……"

"세상에! 그런 엉터리 같은 말이 어디 있어요? 난 못 믿겠어요!"

"하지만 이건 진실이에요."

"그만해요! 짜증나니까!"

"당신네 노 라이프들은 모든 종류의 상품들을 위한 모르모트라 할 수 있어요. 마케팅, 광고, 그리고 제약회사 실험실들은 당신들을 대상으로 삼고 있고, 당신들이 방 안에 갇혀 개고생을 하는 동안 막대한 재산을 쌓아가고 있어요. 당신들은 옛날 미국 서부의 가축 떼나 다름없는 존재들이죠!"

"아하, 우리가 양이나 소다?"

나는 그의 얼굴을 똑바로 쳐다본다.

"농담하고 싶으면 해요. 하지만 현실이 뭔지는 똑바로 알아야죠. 노 라이프들이 자신의 혈액과 모발과 장기, 그리고 줄기세포, 자궁, 정자, DNA를 팔고 있는 게 작금의 현실이에요. 처음에 황금이 있었고, 그다음에 검은 황금이 있었다면, 이제는 최고의 황금, 즉 '살과 피'라는 황금의 시대가 온 거죠. 트래킹 쿠키들은 이들을 추적하고 찾아내 항상 감시하며, 새로운 정

---

* 디즈니의 만화 주인공. 도날드덕의 삼촌으로 구두쇠 백만장자이다.

보가 포착되면, 번창하는 마케팅 회사들에게 즉각 올려줘요."

그는 입을 다물고 얼굴을 잔뜩 찡그린다. 하지만 상처를 대충 덮은 붕대를 꾹 누르며 다시 입을 연다.

"21세기 초, 그들은 교활하게도 전 세계로 하여금 믿게 만들었어요. 인터넷은 통제 불가능한 것이라고! 인터넷이야말로 아직도 자유가 존재하는 유일한 공간이라고! 시간이 흐름에 따라 모든 사람들이, 그리고 모든 기관들이 인터넷에 전적으로 의존하게 되자, 그것이 필요불가결한 도구가 되었다고 믿게 만들었어요…… 그리고 어느 날 갑자기, 인터넷을 기술적으로 통제할 수 있는 유일한 존재인 엑신이 등장했죠. 빙고! 엑신은 정보 통제를 독점하게 되었어요! 더불어 반체제인사 통제도 독점하게 되었고! 결국 모든 걸 독점적으로 통제하게 되었죠!"

그는 반론을 제기할 틈도 주지 않고 이어간다.

"인터넷은 세상을 바꿔놨어요. 하지만 인터넷 서핑은 세상을 바꾸지 못하죠. 따라서 세상을 바꾸기 위해서는 다른 방법을 사용해야 해요…… 그리고 내 생각엔 그걸 찾아낸 것 같아요!"

마치 무슨 제다이 학교의 교실에 앉아 있는 기분이다. 어두운 삶에 대해서라면 모르는 게 없다고 생각하고 있던 나에게, 마스터가 '힘의 어두운 쪽'을, 어둠에 가려져 부분을 가리켜 보여준다. 그것은 바로 내 눈 앞에 있었지만, 나는 그것이 존재한다는 사실조차 모르고 있었다.

어쩌면 그는 다스베이더를 죽이는 법까지 가르쳐줄지도 모른다.

28

그는 잠들어 있다. 자기를 혼자 있게 해달라고 부탁한 채.
나는 응접실 탁자에 앉아 있다. 이 방을 꾸미고 있는 목재가구
들에서는 어떤 기분 좋은 온기가 느껴진다. 내가 끌어다놓고
앉은 안락의자는 황송할 정도로 푹신하다. 사치가 내 몸을 기
분 좋게 감싸오는 동안, 나는 우리가 사치에 매우 빨리 익숙해
진다는 사실을 깨닫는다. 그 반대 방향으로 가는 건 훨씬 어렵
다. 나는 항상 엑신 위니베르셀을 갖기를 꿈꿔왔다. 그런데 오
늘 웬 복이 터졌는지, 이 응접실과 어울리는 최고의 버전, 즉
딜럭스를 얻게 되었다. 그것도 내 생일날에! 그야말로 하늘의
선물이다.

지금 나는 화면 앞에 앉아 있다. 그가 접속코드를 건네준 어
느 사이트에 방문하기 위해서다. 그는 매우 명확하게 규정된
몇 가지 작업을 지시했다. 나는 그것을 나에 대한 일종의 테스
트로 받아들였다. 하지만 워낙 종잡을 수 없는 사람이기 때문
에, 솔직히 뭐가 뭔지는 잘 모르겠다. 나는 지금 정신이 약간
몽롱한 상태이다. 아마도 술 때문이리라. 나는 토마처럼 재주
가 많지는 않지만, 서당 개 삼 년이면 풍월을 읊는다고, 그와

가까이 지내다보니 이제는 키보드 다루는 솜씨가 썩 나쁜 편은 아니다.

엑신TV 본부는 여기서 전철 세 정거장 떨어진 곳에 있다. 나는 안락의자에 앉은 채로 거기까지 날아간다. 인터넷에서 나를 항상 매혹시켜온 부분이 있다면, 그것은 바로 이 마법과도 같은 순간이동 능력이다. 메인페이지는 블루마린에서부터 하늘색까지의 그러데이션으로 꾸며져 있다. 예쁘긴 한데, 무슨 정치 캠페인 같은 느낌이 난다. 사이트에서는 환대의 분위기가 넘치는데, 내가 입구마다 열쇠를 갖고 있으니 더욱 그렇다. 그가 준 코드들 덕분에 난 어디든 들어갈 수 있다. 유럽에서 가장 돈 많은 텔레비전 방송국의 핵심부를 내 집 안방처럼 드나들 수 있다. 심지어 방송국 직원들의 사진을 가지고 놀 수도 있다. 나는 건물 내부구조를 시각화해놓은 페이지에 이른다. 그는 내게 지시하기를, 방송국의 C섹터 전체를 잘 살펴보고, 잘 기억해두라고 했다. 정말이지 이상한 사람이다. 아무튼 먼저 그 C섹터부터 찾아야 한다. 온라인 게이머로서의 내 재능이 처음으로 쓸모 있게 느껴진다. 자랑은 아니지만, 나는 엄청나게 빠른 속도로 장소들을 파악해간다. 조그만 아바타는 꽤 편리하다. 움직임은 그냥 기본적인 수준이지만, 아케이드 게임이 아닌 프로그램에 든 것치고는 제법 훌륭하다고 할 수 있다. 그걸 사용하니 너무너무 쉽다. 한 가지 유감스러운 것은, 여기에 제거해가야 할 적이 하나도 없다는 점이다. 저 살짝 맛이 간 양반의 의도가 그들을 죽여버릴 목적으로 현장으로 달려가는 게 아니기만을 바랄 뿐이다. 충분히 그럴 수 있는 사람이니까……

내가 새 인생을 얻을지라도, 그 사용법이 없다면 대체 뭘 할 수 있단 말인가? 그것도 시체 두 구까지 짊어진 이런 상태로. 그런데 저 사람이 바로 그 사용법이 아니던가. 우리나라 말로 된 완벽한 설명서인 셈이다. 그러니 나는 더 이상 쓸데없는 질문으로 시간을 허비하지 않고, C섹터를 10여 차례 더 돌아본 후에 그에게 작업 결과를 보고하러 간다. 그가 깨어 있으면 좋겠다. 혼자 있는 게 두려워서가 아니다. 아니, 그런 건 결코 아니다. 단지 그가 너무 깊이 잠들었다가 다시는 깨어나지 못하게 될까봐 겁날 뿐이다.

29

나는 침실 문을 살며시 두드린다. 그는 깨어 있다. 문을 열고 들어가보니 자기 휴대폰에 뭔가 열심히 입력하고 있는 중이다. 뭐가 그리 재미있는지, 표정이 꼭 키득대는 하이에나 같다.

"아니, 몸도 아픈 분이 대체 뭐 하고 있어요? 지금 마약 드신 겁니까, 뭡니까?"

"아니, 아니오…… 열이 좀 올라서 앉아 있었어요. 그러고 보니 조금 있으면 다시 주사 맞을 시간이구먼. 내가 지시한 건 했어요?"

"물론이죠."

나는 하얀 상자를 가져온다. 고무줄을 집어들고는 다짜고짜 그의 팔뚝을 잡는다.

"오호, 간호사 놀이가 재밌어진 모양이네!"

"그건 아니고, 댁의 입을 다물게 할 확실한 방법은 이것뿐인 것 같아서."

나는 호흡을 크게 한 다음, 그의 팔뚝에 다시 주사를 꽂는다. 이마에 땀이 송골송골 맺히지만, 눈빛만은 단호하다. 일을 제대로 해내기로 마음먹은 것이다.

주입되는 액체로 정맥이 부풀어 오른다. 밀대를 1밀리미터 누르는 행위조차 내 엄지와 검지에게는 초인적인 노력으로 느껴진다. 어떻게 이렇게 사소한 동작 하나가 한 생명을 구할 수 있는 걸까?

주사기를 쟁반 위에 내려놓았을 때, 복도에서 무슨 소리가 들린다.

나는 문구멍으로 살피려고 황급히 달려간다. 그런데 문 앞에 이르자 트라우마와도 같은 끔찍한 기억에 몸이 뻣뻣이 굳어버린다. 감각의 기억이 작용한 것이다. 내 모든 에너지는 소리에 집중된다. 귀, 고막, 그리고 눈까지도…… 얼마나 집중했는지 머리가 뜨끈뜨끈해지는 느낌이다. 뭔가 소리가 들린다. 그렇다, 맞은편 아파트의 벨을 누르는 소리다. 하지만 그 문은 벌써 약간 열려 있어서, 밀기만 하면 그대로 열리게 되어 있다. 누군진 몰라도 아주 예의바른 모양이다. 이 친구의 권총 상표가 뭔지 보기 위해서라도 한 번 내다볼 필요가 있다. 나는 꼼짝도 하지 않는 오른손을 설득하여 문에 살며시 기대게 한 후에 문구멍 덮개를 들어올리는 데 성공한다. 그리고 허리를 도둑고양이처럼 둥그렇게 구부린다. 두 발을 한데 모은다. 촉촉이 흐려진 내 눈이 문구멍 위에서 깜박인다.

두 사내가 등을 돌리고 서 있다. 옷차림은 썩 산뜻하지 못하다. 어딘가 노숙자 분위기도 나지만, 밥벌이를 아예 못하는 축들 같지는 않다. 그들은 조바심을 내며 다시 벨을 눌러본 다음, 실망한 얼굴로 돌아선다. 하나는 뚱뚱한 체격에 대머리고, 다른 하나는 제대로 면도하지 못한 까칠한 얼굴이다. 그들은 내가 전에 살던 아파트 문의 발치에 봉투 하나를 내려놓는다. 그러고는 바닥에 웅크리는데, 나는 머리털이 아직 남아 있는 친구가 아무것도 알아채지 못하기만을 하나님께 빌 뿐이다. 그는 손가락으로 복도 바닥을 손가락으로 문질러 킁킁대고 냄새를 맡아본다. 숨이 멎는 것 같다. 그는 눈썹을 찌푸리면서 뚱보에게 말한다.

"여긴 상당히 깨끗한데? 적어도 자네 집 같지는 않아!"

대머리는 웅얼대듯 투덜거린다. 나는 다시 호흡을 되찾는다. 그들은 떠날 채비를 한다. 문구멍 앞을 지나가는 그들의 모습이 더 분명히 보인다. 그때 어디선가 휴대폰 벨소리가 울린다. 까실한 수염의 사내가 호주머니에서 휴대폰을 꺼낸다. 기기는 트라스크이다. 그는 통화를 위해 멈춰 선다.

"여보세요?…… 뭐라고? 아니야, 그럴 리가 있니…… 왜? 네 엄마한테 얘기해! 내가 못 가게 막을 권한이 자기에겐 없다고 말이야! 자, 네 엄마가 무슨 말을 하든, 난 내일 네 생일파티에 갈 거라고 다시 한번 말하라고! 그 여자가 원하든 원치 않든 상관없이! 그래…… 걱정 마, 우리 공주…… 아빠도 널 사랑해…… 뽀뽀…… 그럼 내일 보자……"

그는 꽤나 흥분한 기색으로 전화를 끊는다.

"빌어먹을! 망할 년! 나보고 내 딸 생일파티에도 오지 말라는 거야!"

"누구야? 네 전처?"

"그럼 그년 말고 다른 '망할 년'이라도 있어?"

"그럼, 내 전처……"

문구멍을 통해, 나는 이 기막힌 한 쌍의 승자들이 이루는 적나라한 그림을 물끄러미 지켜본다.

30

엘리베이터 문이 닫히는 소리가 들린다. 나는 그들이 확실히 떠났음을 확인하기 위해 1분을 기다린다. 머릿속으로 60까지 세어본다. 아, 그런데 세어도, 세어도 끝이 안 난다. 더는 못 참겠다. 나는 55에서 중단하고 문을 연다. 복도로 머리를 삐죽 내밀고 엘리베이터 쪽을 바라본다. 아무도 없다. 나는 조심스럽게 봉투에 다가간다. 그걸 얼른 집어든 뒤, 꾸물대지 않고 후딱 자리를 뜬다. 마지막으로 주위를 둘러본 다음, 아파트에 들어와 현관문 자물쇠를 두 번 돌려 잠근다. 봉투에는 내무부 관인이 찍혀 있다. 열어 본다. 제5구역 경찰서의 소환장이다.

나는 용기를 내어 공문서를 읽어 내려간다.

'어쩌고저쩌고…… 모모某某 씨가 제출한 고소장에 의거하여…… 귀하는 24시간 내로 라레퓌블리크 가 25번지로 출두하여 진술서를 작성할 것을 요청하는 바이며…… 어쩌고저쩌고…… 귀하에게 불리한 증언들이 인정될 수 있기 때문에…… 모모 사社 회장 모모 씨에 대한 폭행치상혐의로…… 어쩌고저쩌고……'

도대체 왜 저런 친구들을 보내 이런 우편물을 두고 가게 하는지 모르겠다. 내 생각으론 이건 하나의 계략이다. 내가 문을 열면 그대로 잡아가려는 속셈이었다.

그런데 가만있어보자…… 잡으러 온 게 나야, 아니면 이전의 나야?…… 잘 모르겠다. 내 정신은 열두 시간 논스톱으로 온라인게임을 하고 난 후처럼 흐릿하다. 아, 그런데 그 두 멧돼지! 잘못하면 이것 때문에 그들이 예상보다 빨리 발견될 수도 있다. 그런데 내가 그 두 친구를 죽여버렸다는 소식을 듣게 되면 우리 사장 얼굴이 어떻게 변할까? 아마도 백짓장처럼 새하얘지겠지! 털썩 주저앉아 제 목숨을 살리신 주님께 감사하리라. 결국에는 내가 자기를 좋아하고, 내가 자기를 동정해서 살려줬다는 식의, 뭣 같지도 않은 생각을 하리라. 이렇듯 누군가의 의견이라는 게 기분과 변덕에 따라 달라질 수 있는 것이다. 해리 형사가 옳았다. '의견이라는 건 똥구멍 같은 것이라, 저마다 하나씩은 가지고 있다.' 새로운 인생에서는 이런 종류의 정신적 섬세함이 몹시 그리워지리라……

정신의 섬세함. 그것이 있기에 예술가의 입은 가장 저질스러운 이야기조차도 시詩가 되게 할 수 있다. 형사 해리는 예술가였다. 거친 욕설과 무자비한 이빨의 예술가.

나는 침실로 들어간다. 그는 여전히 자기 엑신을 손가락으로 두드리고 있다.

"또 뭘 하고 있는 겁니까?"

"장난 좀 치고 있어요."

"지금 그럴 때가 아닌 것 같은데요. 경찰이 우리집에 찾아왔어요."

"어떤 경찰 말이오?"

나는 성적표를 받아온 아이처럼 침대 위에 소환장을 슬그머니 내려놓는다. 그는 흘깃 들여다보더니, 피식 웃는다.

"걱정 마요. 이건 별거 아니니까. 우린 훨씬 덩치 큰 짐승을 사냥할 거예요. 이런 건 금방 잊히게 될 에피소드에 불과해요."

"자, 이제 자세히 좀 설명해 줄 수 없어요?"

잠시 침묵이 흐른다. 그는 휴대폰을 끄고, 보드카를 한 모금, 그리고 또 한 모금을 마신다. 그렇게 병을 깨끗이 비워버린 그는 갑자기 나를 홱 돌아본다. 눈빛에서 지금까지 없던 위엄이 느껴진다.

"먼저 깜짝 테스트를 한번 해보죠. 자, 거기 앉아봐요."

나는 즉각 지시에 따른다.

"C섹터에 주± 통로가 몇 개나 있죠?"

"세 개요."

"주 통로에는 작은 통로가 몇 개씩 붙어 있고?"

"여섯 개."

"세 개의 통로 중 가장 긴 것은?"

"2번 통로. 가운데 있는 것."

"그건 어디에 이르죠?"

"23섹터."

"그곳을 접근하려면 어디를 통해 가야 하죠?"

"지하 차고를 통해서."

"23섹터로 들어가는 코드는 뭐죠?"

나는 머뭇거린다.

"23······ 2358."

침묵. 나는 숫자에 조금 약하다.

"23…… 23…… 23…… 음, 잘 모르겠네요."

"2335! 알고 보면 쉬운 건데, 왜 그래요? 23, 그리고 35. 당신은 오늘로 35살이 됐잖아요? 그리고 섹터 번호는 23이고."

"오케이. 그래요, 2335. 35살이라…… 좋아요. 자, 그래서요?"

"그래서? 테스트 결과가 나쁘지 않아요! 우리가 일을 한번 벌여볼 수 있을 것 같네요!"

그는 잠시 침묵을 지키더니, 이윽고 미소를 지으며 다시 말을 잇는다.

"자, 내게 감자튀김을 곁들인 스테이크를 한 접시 맛있게 차려줘요! 힘을 내려면 뭘 좀 먹어야 하지 않겠어요?"

나는 조금 놀라 그를 쳐다본다. 돈이라면 얼마든지 있는 사람일 텐데, 고작 각종 성장호르몬과 합성유전자로 꽉 차 있을 스테이크와 감자튀김 따위로 배를 채우겠다고?

"사람들이 고기에다 뭘 처넣는지 압니까?"

"되게 쫑알대네!…… 나 그렇게 시시한 사람 아니오! 날 모욕하지 말라고요! 내 냉장고 안에 있는 건 진짜 땅에서 나온 진짜 쇠고기와 진짜 감자예요. 이 감자튀김 곁들인 스테이크의 가격은 당신 한 달 식비와 맞먹을 거라고요. 자, 고기는 적당히 익히고, 감자튀김은 절대로 태우지 말도록!"

나는 주방으로 향한다. 그런데 그의 음성이 벽을 뚫고 들려온다.

"3인분 준비해놔요!"

나는 걸음을 멈추고 다시 돌아가 침실에 머리를 비쭉 들이민다.

"의사를 부르기로 한 모양이네요? 이제 좀 이성적으로 행동하는군요."

"그래요…… 그리고 보르도 포도주도 한 병 따놓고요! 오른쪽 벽장에 있어요. 샴페인 병은 차갑게 해놓고."

"완전 귀족처럼 사네요."

"울타리의 좋은 편에 있을 때의 이점이죠."

"진영을 바꾸신 줄 알았는데?"

"그래서 가진 걸 다 써버리려는 거요."

나는 주방으로 들어간다. 고주파 해동 기능이 장착된 냉동고. 손을 델 일 없이 음식만 익히는 마법 같은 인덕션레인지…… 모든 것이 최첨단이다. 이건 부엌이라기보다는 차라리 한 편의 오페라다.

오케스트라 지휘자는 나인데, 필요한 주방기구들을 찾아내는 일이 그리 쉽지 않다. 하지만 일단 각각의 위치가 확인되고 나면, 볶은 양파, 마늘, 그리고 진짜 에샬로트* 등을 가지고 한 편의 교향악을 시작할 수 있다. 전체를 관리하는 중앙제어 화면은 꺼버린다. 물론 그것의 지시를 따르면 컴퓨터가 사람 대신 요리를 해준다. 하지만 난 옛날식 요리가 더 좋다. 요리란 사랑과도 같은 것, 그때그때의 영감을 따를 때 최고의 맛이 나온다. 세 덩이의 쇠고기는 기가 막히다. 지금 내 눈에 눈물이 찔끔 솟는 건 단순히 양파 냄새 때문만은 아니다. 이런 품질의 식품을 대체 얼마 만에 보는지! 공장에서 나오는 산업식품

---

* 보라색의 작은 양파로, 향이 좋아 프랑스 요리에 많이 쓰인다. 한자어로 '염교'라고도 한다.

은 정말이지 지긋지긋하다. 나는 감자들을 어루만진다. 내 손
가락을 더럽히는 이것들, 얼마나 경이로운가! 손톱 밑에 끼는
이 흙! 나는 채칼을 집어들어 껍질을 벗긴다. 보드랍기 그지없
는 감자가 내 손바닥에 고운 녹말즙을 남긴다. 튀김기계의 기
름은 이상적인 온도에 도달하고, 감자 조각들을 풀장에 다이
빙시킬 때라고 알리는 표시등이 켜진다. 나는 감자를 아주 길
고 가늘게 썰어놓았다. 황금빛 물에 자글자글 거품을 일으키
며 잠겨드는 모양이 예쁜 다리들 같다. 고기는 유연하다. 적당
히 구워라…… 어느 정도로 적당히? 난 그보다는 핏물이 줄줄
흐르는 '레어'가 좋지만, 대체 그런 걸 언제 먹어보았더라? 그
런데 가만, 세 번째 등심살은 어떻게 구워야 하지? 파랗게? 빨
갛게? 녹색으로? 날걸로? 저 사람, 정말 알 수 없는 사람이야.

나는 레어를 선택한다. 그러면 필요할 때 언제든지 더 구울
수 있지만, 반면에 이미 구워진 부분을 제거하는 건 현재 기술
로도 아직 불가능하니까. 그들이라면 이런 것도 발명해낼 수
있으리라. 다시 말해 음식을 파괴해버리는 기술을…… 어, 초
인종 소리가 난다! 분명히 세 번째 등심의 주인공이 도착한 것
이리라.

나는 마른행주 대용으로 쓰는 수건으로 손의 물기를 닦는
다. 양파와 카레 냄새가 느껴진다. 결국 음식에 카레를 조금
집어넣지 않을 수 없었다. 다른 사람들은 싫어할 수도 있겠지
만, 나는 요리하면서 다양한 문화를 버무리는 것을 너무도 좋
아한다.

문구멍으로 밖을 내다보는 순간, 두 손에 힘이 탁 풀린다.
마른행주가 미풍에 나부끼듯 살랑살랑 천천히 바닥으로 떨어

진다. 내가 지금 환시를 일으킨 걸까? 눈을 질끈 감았다가 다시 떠본다.

아니, 이건 말도 안 돼!

31

노 라이프의 기원

이 용어가 탄생한 곳은 인터넷 공간으로, 특히 최초의 온라인 게임들이 상업화되기 시작할 때 인터넷에 편입된 롤플레잉 게임에서이다. 이후 이 표현은 일반화되었고, 특히 네티즌들이 MMORPG 같은 유형의 게임들에 열광함에 따라 급속도로 퍼져나갔다. 이 MMORPG 게임들(월드 오브 워크래프트, 와우, T4C, 도푸스 등이 그 예이다)은 게이머가 접속을 끊고 있는 동안에도 여전히 존재하며, 계속 진화해간다. 이런 특성은 게이머로 하여금 이 세계에 계속 남아 그 안에서 벌어지는 변화와 사건들에 기여하고 픈 마음이 들게 한다.

"가슴이 답답해요! 옥시파민 한 모금 들이마시지 못하면 금방 쓰러질 것 같아요."

"오호, 말도 하시네?" 거한이 반지 낀 손가락을 나무 탁자에 딱딱 두드리며 대꾸한다.

"난 폐질환 같은 게 있다고요. 약물 흡입기 한 번만 들이마시게 해줘요! 제발!"

거한은 장난을 치고 싶은 건지, 아니면 다른 꿍꿍이가 있는지 이렇게 대답한다.

"당신의 병에 대해 모든 걸 얘기해주면, 당신 흡입기를 주겠소."

"뭐라고요?"

"그래요. 그것이 처음에 어떤 식으로 일어났는지, 증상은 어땠는지, 언제, 어디서였는지 등을 말해봐요…… 그럼 내 명예를 걸고 약속하는데, 한 모금 마시게 해주겠어."

"진심입니까?"

"그렇소."

고통이 너무 심하기 때문에 거기서 벗어날 수만 있다면 무슨 짓이라도 하고 싶은 심정이다. 나는 천천히 나의 병력을 들려준다.

"몇 년 전, 호흡부족 증상이 나타났어요. 그리고 점차 발전해갔죠. 숨쉬기가 힘들었어요. 증상은 갈수록 심해져 조금만 움직여도 헐떡거리게 됐어요. 의사들은 이런 걸 호흡곤란증이라고 하죠."

"그거, 설사* 비슷한 거요?"

그가 킬킬댄다.

"지금 내 얘길 듣고 싶은 겁니까, 아니면 날 약 올리려고 그러는 겁니까?"

"아니오, 계속해보시오! 계속해보라고! 내 친구 중 하나도 그런 증상이 있는 것 같아……"

---

* 프랑스어로 호흡곤란증과 설사의 발음이 비슷한 것을 이용한 농담.

"어느 날, 발작이 일어났어요. 난 응급실로 달려갔죠. 그런데 의사들은 별로 심각하게 여기지 않더군요. 단순히 독감이라고 생각했죠. 하지만 증상은 사라지지 않고 더 심해졌고, 난다시 응급실에 가야 했어요. 그러자 의사들이 폐 엑스레이를 한 장 찍었는데, 거기서 모종의 폐질환 소견이 발견됐죠. 그들은 혈액가스 분석에 들어갔어요. 시시하게 정맥에서 채혈하는게 아니고, 손목 요골동맥에서 직접 피를 뽑아내는 거죠. 이렇게 해서 의사들이 저산소증을 발견하게된 겁니다."

"'저' 뭐라고요?"

"혈액의 산소농도가 떨어지는 병이죠. 난 즉각 입원했어요. 거기서 분무제 벤톨린, 코르티코이드제 등을 항생제와 함께 투여해주더군요. 이어 의사들은 폐포세척과 함께 기관지내시경 검사를 시행했는데, 거기서 내 병이 일종의 알레르기 질환인 '과민성폐질환'이란 사실이 밝혀진 거죠."

"아, 그거 끔찍한 거네! 그거 기후 변화 때문에 생기는 거죠? 안 그래요? 그런데…… 전염되는 건가?"

그의 표정이 살짝 변하는 게 보인다. 뭔가 굉장히 역겨운 모양이다. 나는 기회를 놓치지 않는다.

"그런 것 같아요. 발작이 일어날 때는."

"설마 지금 여기서 발작을 일으키진 않겠지?"

"내 흡입기를 주면 안 일으키죠."

"그런데 그거 심각한 병인가요?"

그가 이 말 뒤에다 '의사 선생님?'이라는 말만 붙이면, 내가 진짜 의학박사가 된 기분마저 들 것 같다.

"아주 심각할 수 있어요. 어떤 종류의 후유증은 돌이킬 수 없는 결과를 가져오죠. 섬유종이 생기는 겁니다. 허파꽈리에 생기는 일종의 흉터 같은 건데, 결국 허파꽈리가 제 기능을 하지 못하게 돼요. 병을 초기에 치료하면, 코르티코이드나 옥시파민 분무제 정도로 충분할 수 있어요. 그러지 않으면 심지어 사망할 수도 있죠. 자, 그럼 이제 내 약 좀 흡입해도 되겠습니까?"

거한은 엄지와 검지로 흡입기를 집어든다. 그런데 이게 웬 반전인가. 그는 그것을 그대로 바닥에 떨어뜨리더니 구두 뒤꿈치로 짓뭉개버린다.

"오, 이거 안됐군! 당신 나한테 멋지게 당한 것 같아! (그러고는 제 동료에게 말한다) 자, 이 엿 같은 걸 처방해준 이 동네 의사들을 모두 찾아봐! (그리고 다시 나를 본다.) 이봐, 바로 이거라고! 의사를 통하면 당신 정체를 알아낼 수 있는 거야! 당신 이름을 대고 싶지 않다고? 의사라면 아마 2분도 안 돼서 뱉어낼걸? 그 가슴 짠한 이야기 들려줘서 고마워!"

"내가 정말 발작을 일으키면 어떡할 건데?"

"그럼 우린 여기서 나가지 뭐! 당신이 뒈질 때까지 밖에서 기다리면 되잖아?"

그는 미친 듯 웃어댄다.

32

금발머리 비서!

아니, 저 여자가 여기 웬일이지? 그 까닭을 따져보고 싶지만, 마치 강력한 전기충격과도 같은 테스토스테론에 홀린 듯, 어느새 내 손은 문을 열고 있다.

그녀도 나를 보더니만 깜짝 놀라며 입을 딱 벌린다.

"안녕? 아니, 그런데 웬일로 이렇게? 내가 그렇게 그리웠어요?" 나는 농담조로 부드럽게 말을 건넨다.

그녀는 눈부시게 아름답다. 나는 정신을 추스르고, 침착함을 유지하기 위해 짐짓 수건을 집어든다. 하지만 그녀의 머리부터 발끝까지 코를 갖다대고 킁킁댄 것도 아닌데, 그녀의 향수 냄새가 내 안으로 밀려든다. 몸 전체가 무슨 화학적 혁명이 일어난 것처럼 부글부글 끓어오른다. 호르몬들이 온몸을 점령해버린다. 뇌에서 화재를 진압해보겠다고 소방관 분자들을 파견해보지만, 헛수고다.

그녀가 머뭇거리며 묻는다.

"여기 사세요? 난 몰랐어요. 내가 주소를 착각했나봐요."

뒤에서 누군가의 목소리가 들려온다.

"아뇨, 여기 맞아요. 들어오세요."

누군가 했더니 바로 맛이 간 남자다. 그가 백짓장처럼 창백한 얼굴로 절뚝절뚝 다가온다. 피가 바지를 타고 흘러내린다. 그 핏자국을 본 그녀의 얼굴이 굳어지더니 백짓장처럼 변해간다. 그녀는 다시 나를 쳐다본다. 그리고 불안스레 눈을 깜박인다. 그녀의 머릿속에 일고 있는 혼란이 만져질 듯 느껴진다.

"어…… 아녜요…… 난 가볼게요……" 그녀가 더듬거린다.

그러자 맛이 간 사내가 다시 말한다.

"아가씨에게 연락한 사람은 바로 나예요. 자, 들어오세요! 금빛 자르르한 멋진 등심스테이크와 감자튀김이 우릴 기다리고 있어요. 그러니까 우리가 아가씨를 저녁식사에 초대하는 겁니다. 적포도주 좋아하세요?"

"그냥 두 분이서 즐기시는 게 낫겠네요. 고맙습니다만, 난 가봐야 할 것 같아요."

그녀가 발꿈치를 홱 돌리는데, 가쁜 숨소리가 내게까지 들린다. 남자가 비틀거리며 복도로 나온다.

"아가씨!"

그녀가 몸을 돌린다. 이웃 사내의 팔이 철봉처럼 쭉 뻗어 있고, 그 끝에는 커다란 권총이 위협적으로 들려 있다.

"내 초대를 거절해선 안 돼요. 지금 쇠고기가 딱 맞게 익었는데, 식어버리면 안 된단 말예요."

그녀는 체념한 듯 눈을 내리깔고 내 앞을 지나 아파트 안으로 들어간다. 나는 힐난에 찬 눈으로 그를 노려본다. 그는 그저 미소 지을 뿐이다.

"자, 자, 당신의 생일을 축하하자고!"

60호 아파트 문이 다시 닫힌다.

33

파리 날아가는 소리까지 들릴 정도다. 들리는 소리라곤 고기를 자르는 나이프 소리, 감자튀김을 찌르는 포크 소리뿐이다. 이따금 누군가 포도주 홀짝대는 소리가 어색한 정적을 깬다…… 그건 그렇고, 이렇게 거하게 먹어본 지가 정말 얼마만이던가! 지금 난 굉장한 아파트 안에서, 나의 모든 감각들을 일깨우는 여자와 함께, 값으로 따질 수 없는 기막힌 음식을 먹고 있다. 저 맛이 간 남자만 여기 없다 치면, 나는 아주 유쾌한 시간을 보내고 있는 셈이다. 대화가 없다고? 오히려 잘됐잖은가. 그러잖아도 잠시 조용히 있고 싶었는데. 아, 그렇지!…… 나는 불쑥 묻는다.

"두 분은 오래전부터 아는 사이인가요?"

"우린 전혀 모르는 사이예요!" 그녀가 짜증난 표정으로 대꾸한다.

"그렇다면 여긴 왜 온 거죠?"

"누군가가 이 주소로 향수를 한 병 배달해달라고 1천 유로를 입금했어요. 이렇게 사람을 납치하기 위한 것인 줄 알았다면……"

"여기에 누굴 납치하려는 사람은 아무도 없어요!" 맛이 간 사내가 대꾸한다. "그냥 저녁식사에 초대하는 겁니다. 그리고 아가씨는 정말로 내게 향수를 배달한 거고…… 이건 아주 정상적인 거래일 뿐이라고요."

"그럼 그 권총은요?"

초록빛 눈빛을 반짝이며 발끈하는 그녀는 너무도 아름답다.

"그건 내 작업도구죠. 난 수줍은 사람이에요. 표현이 몹시 서툰…… 그런데 이것만 보이면 사람들이 내 말을 금방금방 알아듣죠."

나도 모르게 입가에 미소가 떠오른다. 이번에는 그녀가 묻는다.

"그럼 두 분은요? 두 분은 오래전부터 아는 사이인가요?"

"벌써 5년째 입맞춰온* 사이라오!" 맛이 간 사내가 대답한다.

푸앗!…… 나는 기겁하여 마시던 포도주를 그대로 내뿜고 만다. 그가 너털웃음을 터뜨린다. 나는 입가를 훔치며 그를 노려본다. 사내는 재밌어 죽겠다는 표정이다. 얼굴은 속옷처럼 창백한 주제에 얼굴 가득 천치 같은 미소를 머금고 있다. 게다가 이런 바보 같은 소리까지 덧붙인다.

"오늘이 이 사람 생일이라고요!"

"아, 그래요? 몇 살이죠?" 그녀가 묻는다.

"몇 살쯤 돼 보여요?"

그녀는 약간 끼가 느껴지는 그 초록빛 시선을 내 눈에 꽂

---

* '입맞추다'의 원문은 'baiser'로, 좀더 강하게는 '섹스하다'라는 뜻도 있다.

는다.

"잘 모르겠어요…… 스물여덟? 스물아홉?……"

"맞아요, 스물아홉!"

서른을 넘기느니 차라리 죽는 게 낫다. 내가 거짓말을 했다고? 그럼 다른 선택이 있는가? 현대에는 오직 두 종류의 인간이 있을 뿐이다. 서른 살 아래인 인간과, 아직은 정신이 멀쩡하여 거짓말이라도 할 수 있는 인간.

맛이 간 사내는 미친놈처럼 캘캘댄다.

"아, 그래요? 나는 당신 나이가…… (만일 이자가 사실을 밝히면 그의 입속에다 권총을 박아버리리라……) 스물일곱인 줄 알았는데! 스물일곱인 줄 알았다고, 이웃 양반!"

"아, 두 분은 이웃인가요?"

"네…… 음…… 아뇨! 잘 모르겠어요."

"네? 아니, 자기가 어디 사는지도 모른단 말예요?"

"그래요. 당신이 오고 나서부터 내가 사는 곳도 생각이 안 나네요…… (그녀는 피식 웃고, 나는 그 틈을 타서 묻는다) 그럼 당신은 몇 살이죠?"

"스물 셋이에요!"

"아! 가만있어봐, 내가 제일 좋아하는 숫자네!"

"오, 그래요?"

"좀더 정확히는 23과 35를 좋아하죠."

"이상한 숫자들을 좋아하시네요."

"네…… 사실 난 옛날부터 숫자만 보면 머리가 아프답니다."

하지만 인생의 명세서에서 가장 고약한 것은 숫자 그 자체라기보다는, 그 뒤에 감춰진 고통이다. 이 금발머리 여자가 내게 주는 느낌은 얼마나 강렬한지, 거의 고통스러울 정도다.

하지만 고통이란 유용한 것이다. 우리에게 변화의 문을 열어주는 게 바로 그것이니까.

34

식사가 끝나자 이웃 사내는 씩씩하게 선언한다.

"자, 내가 상을 치우죠!"

"아네요, 놔둬요! 내가⋯⋯"

말이 채 끝나기도 전에 그는 벌써 일을 시작하고 있다. 나도 하는 수 없이 그를 따라 주섬주섬 정리한다.

그가 주방 쪽으로 향하자, 나는 두 손에 접시를 포개어 들고 부리나케 쫓아간다.

"지금 당신 상태로는 침대에 누워 있는 게 좋아요. 맛이 간 만큼이나 고집도 세네요. 도대체 왜 그러는 겁니까? 저 여자가 오니까, 꼭 자기가 쌩쌩한 사람이나 되는 양 굴고 있으니."

"왜냐면 난 쌩쌩하니까."

그는 여전히 그 바보 같은 미소를 거두지 않는다. 나는 목소리를 낮추어 쏘아붙인다.

"사람이 웃다가 죽을 수도 있다고 하죠. 하지만 그렇게 히죽대다가 죽으면, 정말 꼴좋겠소!"

물론 그는 또 미소 짓는다. 나는 말을 잇는다.

"설거지 잘하는 사내가 그게 최고로 세다면서요? 자, 그런데 이게 뭐죠? 자동 식기세척기 아닙니까? 그래, 지금 늙은이 흉내 내는 겁니까? 비아그라에 의존하지 않는다는 걸 보여주기 위해 힘자랑이라도 해야 하는 상황인가요?"

"내 걱정은 하지 마시오."

나는 응접실로 돌아와 금발머리에게 자못 점잖은 태도로 이른다.

"자, 이제 납치는 끝났습니다! 이제 가서도 돼요! 자, 보라고요! 그렇게 심각한 일은 아니었잖아요?"

샴페인 덕분에 분위기가 많이 풀어졌다. 그녀는 내 생일을 축하하기 위해 여섯 잔이나 마셨다. 내가 좀 덜 한심한 인간이라면 이런 파티를 매일 즐길 수 있을 텐데. 그녀의 눈은 생기 있게 반짝거리고, 입가 가득 매력적인 미소를 머금었다. 나는 불쑥 말한다.

"저 양반을 용서해줘요. 도대체 왜 뚱딴지처럼 당신을 여기 오게 했는지 모르겠네요."

"난 알아요."

"아, 그래요?"

"왜냐면 당신이 날 좋아하니까요."

"뭐라고요?"

"저분이 그렇게 말했어요."

"세상에! 저 사람이 말하는 걸 다 믿으면 안 됩니다! 지금 상태가 정상이 아니에요!"

"나도 봤어요…… 피를 흘리던데, 무슨 일이 있었나요?"

"그건 단지 당신의 상상의 산물일 뿐이에요. 저 사람은 실은 존재하지도 않아요. 당신이 보는 것 중에 현실인 건 아무것도 없어요."

이렇게 말하고 나는 호호 웃는다. 그녀는 약간 화가 난 목소리로 쏘아붙인다.

"하나도 안 웃기네요!"

"네, 압니다."

그녀는 주방까지 따라와 우릴 돕기로 마음먹는다. 이웃 사내는 설거지를 하고 있다.

"식기세척기는요?"

"고장 났어요."

"아, 이제 잘난 척 좀 그만해요!"

나는 그가 가급적 힘을 덜 쓰기를 바라는 마음으로 마른 행주를 집어든다.

그가 접시를 씻어 건네면 나는 물기를 닦는다. 그러는 동안 금발머리는 식탁을 마저 치운다. 아마 이런 걸 두고 '3인 동거*'라고 하는 것이리라. 금발머리는 주방을 나간다.

"자, 가서 소파에서 아가씨를 꼬셔야죠?" 이웃 사내는 짓궂게 말한다. "당신에게 주는 생일선물인데 말이야."

"지금 농담이죠?"

"1천 유로짜리 농담이죠. 그 정도 가격을 지불했으면 내 몫까지 시리즈로 해줘야 하는 거 아니오?"

"시리즈라고요? 도대체 두 양반이 뭘 그리 속닥대는 거에요?" 금발머리는 유리잔들을 싱크대에 내려놓은 다음, 응접실

---

* ménage à trois. 원래는 성관계를 갖는 세 사람이 함께 살림하는 생활방식을 말했지만, 지금은 의미가 확장되어 성적관계가 있든 없든 세 사람이 한 집에 같이 살림하며 동거하는 생활방식을 뜻한다.

쪽으로 가면서 쏘아붙인다.

내가 이웃 사내의 귀에 대고 키득대며 뭐라고 말하자, 그 즉시 그가 그녀에게 대답한다.

"TV시리즈요! '천 명의 영웅들*'이라고 몰라요? 무슨 상도 받았는데?"

"내가 바본 줄 알아요? 여자를 앞에 두고 남자 둘이 속닥대면 뻔한 거 아녜요? 섹스 얘기를 하는 거잖아요."

재미있는 여자다. 예쁘면서도 재미있다…… 나는 이웃 사내에게 속삭인다.

"당신이 옆에 있는데 어디 볼에 키스라도 하겠어요? 이 여잔 그쪽 전문이 아니잖아요. 어쩌면 구식일지도 모르죠. 감정을 느낄 때만 섹스를 하는……"

"하하하! 사람 그만 좀 웃겨요! 섹스와 감정을 동시에 바란다. 그런 사람 구경한 지 적어도 천 년은 됐겠네. 그런 것에 관한 자료라면 내 파일들 안에 잔뜩 들어 있어요."

그는 좀 취한 모양이다. 아파트에 있는 술병들을 몽땅 비워버렸으니 당연한 일이다. 그는 연신 큭큭대며 속삭인다.

"여보쇼, 인터넷 도청과 채팅 기록에 대한 보고서라면 내가 잔뜩 가지고 있어요. 원한다면 관련된 통계 수치도 있고. 내가 담당하는 구역에서 한 남자와만 잠을 자는 여자가 몇이나 될 것 같아요? 자, 알아맞혀봐요. 백 명 중에 얼마나 될 것 같냐고?"

---

* '천 명의 영웅'의 원문은 'Les mille héros(레 밀 에로)'로, 앞서 말한 '1천 유로(밀 외로)'의 프랑스어와 발음이 흡사하다. '상(prix)'과 '가격(prix)'에 해당하는 프랑스어 단어도 동일하다. 발음상의 유사성을 이용한 말장난.

"아, 설거지 좀 하게 가만히 놔둬요!"

"5퍼센트. 일부일처제를 고수하는 여자는 단 5퍼센트뿐이에요…… 그럼 양다리 걸치는 여자는? 그런 여자가 얼마나 되는지 알고 싶어요? 30퍼센트! 30퍼센트예요! 그러면 사랑을 느낄 때만 그걸 하길 원하는 여자는? 15퍼센트! 15퍼센트라고요! 무슨 말인지 이해하겠어요? 정말 병아리 오줌만큼밖에 안 되죠!"

"그럼 양다리 걸치는 남자들은요?" 금발머리가 묻는다.

우리 둘은 화들짝 놀란다. 어느새 그녀가 다가온 걸 전혀 모르고 있었다. 그는 예의 그 바보 같은 눈으로 나를 본다. 내가 피식 웃자, 그가 그녀에게 대답한다.

"아, 그거? 뭐, 잘 아시면서. 토끼들, 개들, 돼지들…… 그러니까 우리 젊은 아가씨는 동물의 왕국을 상상하시면 됩니다…… 남자는 95퍼센트예요. 다행히도 우리 덕분에 체면은 세웠죠."

"그 엉터리 통계에 나도 포함되나요?"

"물론이죠, 아가씨!"

"그럼 당신은요? 당신도 통계에 들어갔나요?" 그녀가 묻는다.

"물론 아니죠."

나는 분개한다.

"왜 안 들어가죠? 댁도 이 구역에 살잖아요! 들어가지 않을 이유가 없잖아요…… 당신이 다른 사람들보다 우월하다고 생각하는 건가요?"

"아니, 그런 건 아니고…… 난 섹스를 너무 많이 해서 통계

결과를 왜곡시킬 수 있거든요."

그녀가 웃음을 터뜨린다. 그도 웃는다. 왜 그의 입에다 수세미를 쑤셔넣은 다음, 싱크대 물에다 머리를 처박고 싶은 충동이 느껴지는 건지 모르겠다. 아니, 난 그 이유를 안다. 그가 받아들이기 힘든 진실을 비꼬아 이야기하고 있기 때문이다. 진실. 그것은 우리가 평생 동안 옹호하노라 주장하지만, 실은 듣기를 거부하는 유일한 것이다.

35

이건 내 인생에서 가장 이상한 생일파티다. 사실 진짜 생일파티를 하는 것은 이번이 처음인 것 같다. 다시 말해, 화면을 통하지 않은 생일파티 말이다. 내가 어린애였을 때부터 생일파티는 컴퓨터로 이루어졌다. 그러면 아이들이 집을 더럽히는 걸 피할 수 있다. 우리 아버지는 이렇게 말하곤 했다.

"댁의 다섯 살배기 아이가 생일이라고요? 그렇다면 그애 친구들을 맞이하기 전에 몇 가지 충고를 드리죠. 전기코드를 모조리 뽑아놓을 것. 벽을 비닐로 덮어놓을 것. 그리고 변호사를 부를 것!"

사실 인터넷을 통해 주문만 하면 원하는 모든 걸 얻을 수 있다. 맥도날드는 분골쇄신할 준비가 되어 있다. 어릿광대가 카메라를 든 채 집에 찾아오고, 친구들은 각자의 화면을 통해 그 광경을 지켜본다. 그날만은 누구라도 패스트푸드 스타가 될 수 있고, 보너스로 이름이 새겨진 햄버거까지 하나 얻는다. 이 세상 그 어느 아이가 이런 유혹에 저항할 수 있겠는가!

하지만 현실도 늘 그렇게 형편없는 것만은 아니다. 나는 만취한 이웃 사내를 침대에 눕혔고, 지금은 이 눈부신 여자와 단

둘이다. 그녀의 머리칼은 귀여운 검정 블라우스와 대비를 이루고, 얼굴에서는 육감적인 빛이 흘러나온다. 그녀도 알딸딸하게 취한 상태인 듯하다.

"그런데 당신도 정말 이 건물에 사는 거예요? 아직도 뭐가 뭔지 하나도 모르겠네요."

"그럼요! 음…… 아니에요. 아, 물론 아니죠! 난 시내 반대쪽에 살아요. 난 이런 부자 동네에선 골방 하나 얻을 능력도 안 됩니다."

화제를 바꿀 필요가 있다는 게 느껴진다.

"그런데 샤넬 넘버5 냄새 맡아봤어요?"

"뭐라고요?"

"그 향수가 한 병 있는데, 당신에게 주고 싶어요. 당신도 내게 한 병을 가져다주었으니, 나도 답례로 한 병 주는 게 당연하겠죠."

"그럴 필요까진 없어요. 그리고 허풍도 심하네요. 샤넬이라고요? 요새 그런 걸 어디서 구해요?"

나는 잠시 머뭇거리다가 이렇게 말한다.

"그럼 내가 보여줄게요. 2008년에 나온 샤넬 넘버5입니다. 다녀올 테니 잠깐만 기다려요."

"어딜 가는데요?"

"아마 내 차 안에 있을 거예요."

나는 한 번도 차를 가져본 적이 없다.

나는 탁자 위의 열쇠를 집어들고, 아파트를 나와 곧바로 맞은편의 내 아파트에 들어간다.

응접실 바닥에는 물건들이 사방으로 널려 있다. 멧돼지들

155

이 꽤나 거칠게 날뛴 모양이다. 다행히도 놈들은 다른 방에서는 크게 난리치지 않은 것 같다. 나는 침실에 들어가 벽장에서 그 귀중한 향수병을 꺼내 호주머니에 넣는다. 방을 나온다. 아파트를 나서기 직전, 주방 부근에 이르렀을 때, 본능적으로 주방 문을 열고 안을 한번 들여다본다. 갑자기 머리 깊은 곳에 한 가닥 전류가 인다. 뭔가 뜨거운 게 치밀어 오르더니, 관자놀이 혈관이 쿵쿵 뛰기 시작한다. 시체 중 하나가 사라졌다! 이건 말도 안 돼! 하지만 분명히 두 시체 중 하나가 없어졌다!

나는 주방에서 나와 응접실을 둘러본 뒤, 다시 주방으로 돌아와 문 뒤를 살펴보고 다시 나온다. 아파트 전체를 미친 듯이 돌아다닌다. 욕실, 침실, 화장실, 서재…… 아무것도 없다. 핏자국 하나 보이지 않고, 아무런 흔적도 남아 있지 않다. 시체 하나가 말 그대로 증발해버렸다. 나는 혹시 어떤 단서라도 있을까 바닥을 꼼꼼히 살피며 엘리베이터에까지 가본다. 실밥 하나 떨어져 있지 않다. 이건 정말이지 초현실주의적인 상황이다…… 숨조차 제대로 쉬어지지 않는다. 나는 엘리베이터 버튼을 누른다. 영원처럼 느껴지는 몇 초가 흐른 뒤 양쪽으로 문이 열리고, 나는 안을 구석구석 살핀다. 여전히 아무것도 없다. 엘리베이터 안은 깨끗하다. 모든 게 반들반들 빛나고, 거울에는 지문 하나 보이지 않는다. 여기로 빠져나갔을 리가 없다. 나는 무거운 마음으로 이웃 사내의 아파트로 돌아온다. 금발머리는 여전히 같은 자리에 앉아 있다. 신발은 이제 벗어버린 채, 두 다리를 가죽소파 위로 쭉 뻗고 있다. 그녀는 내게 방긋 미소 지으며 묻는다.

"그래, 거기 있던가요?"

아직 충격에서 벗어나지 못한 나는 여전히 시체를 떠올리며 멍하니 대답한다.

"아뇨…… 거기 없었어요……"

"아! 장난인 줄 다 알아요! 요즘 그런 게 어디 있어요? 박물관에 가도 찾기 힘들 텐데."

나는 질문 내용을 혼동했다는 걸 깨닫고는 호주머니에서 그 귀중한 향수병을 꺼낸다. 어지러운 상념에서 벗어나지 못한 채, 말없이 그걸 내민다. 그녀는 놀라 입을 딱 벌린다. 뚜껑을 한 번도 연 적이 없는 새것이다. 그녀는 마치 귀한 성유물聖遺物이라도 받아든 양, 무게를 가늠해본다. 나는 사라져버린 멧돼지를 생각하며, 아직 찾아보지 않는 곳이 어딘지 생각해본다. 그러면서 금발머리가 하는 소리를 건성으로 듣는다.

"변질되진 않았을까요?"

"길거리에서요?* 아뇨, 그건 모르겠는데…… 아! 그게 바로 이 제품의 신비로운 점이고, 그래서 그렇게나 비싼 거죠."

하지만 그는 분명히 죽었는데……

"그런데 이걸 어떻게 구했죠? 정말 믿을 수 없네요……"

"얘기하자면 깁니다."

적어도 그녀에게는 토마에 대해서도, 그와 얽힌 은밀한 일들에 대해서도, 조금 전에 증발해버린 시체에 대해서도 말하고 싶지 않다.

빌어먹을! 적어도 누가 죽었는지 안 죽었는지 정도는 나도

---

* '변질되다'라는 단어 'tourner'에는 '방향을 틀다'라는 뜻도 포함되어 있다.

구분할 수 있단 말이야!

"대가로 뭘 원하죠?"

"아무것도."

"그런 게 어디 있어요? 세상에 대가를 바라지 않는 사람은 없어요. 섹스를 원하나요? 그런가요?"

"아뇨."

이마에 송골송골 땀이 맺힌다. 그녀의 눈빛과 미소로 판단하건대, 그녀는 내 이런 상태가 자기 때문이라고 생각하는 모양이다.

잘 생각해보자! 잘 생각해보자!

"왜요? 내가 마음에 들지 않나요?"

그러면서 그녀는 킥킥 웃는다.

"아뇨. 그런 게 아니고…… 하지만 향수 한 병을 줬다고 해서, 다짜고짜 섹스할 순 없는 일이잖아요. 그건 정말 멍청한 짓이라고요."

나는 자리에 앉는다. 그녀는 수줍게 묻는다.

"내가 뭘 썼는지 알아요?"

"뭘요?"

"어떤 향수를 썼는지 아느냐고요."

"모르겠어요."

"자, 다가와서 냄새를 맡아봐요. 겁내지 말고요. 왜, 내가 물기라도 할까봐요?"

하지만 나는 꼼짝도 않고, 아무 말도 하지 않는다.

"자, 왜 그렇게 수줍어해요? 납치된 사람은 나지, 당신이 아니잖아요?"

결국 나는 몸을 일으켜, 그녀의 목덜미 몇 센티미터 떨어진 곳에 코를 대고 냄새를 깊이 들이마신다. 향수 냄새가 섞인 피부의 관능적인 체취에 정신이 번쩍 든다.

"당신이 바른 것은 푸아종……"

그녀가 달려들더니 내 입 안에 혀를 밀어넣는다. 다리 사이를 더듬는 그녀의 손길이 느껴지자 그대로 폭발해버릴 듯한 느낌이다. 동시에 사라진 시체와 죽어가는 이웃 사내가 생각나면서 기묘한 죄의식이 머리를 스친다. 그녀가 방긋 웃는다.

나는 모든 걸 잊어버리고, 다시 그녀의 초록색 눈 속으로 잠겨든다……

36

우리는 함께 샤워를 했다. 다리가 아직도 후들거린다. 세상에! 이렇게 굉장한 여자라니! 나로 하여금 뭔가 느낄 수 있게 해주는 그런 여자다. 마치 지난 세기로 돌아간 것 같은 기분이다…… 그녀의 오른쪽 젖가슴 위에서 반짝이는 고리가 너무도 매력적이어서 정말이지 그대로 미쳐버리는 줄 알았다!

우리는 아이들처럼 깔깔댔고, 서로를 뒤쫓으며 물을 끼얹었다. 이제 그녀는 욕실에서 옷을 입고 있다. 나는 이웃 사내가 아직 자고 있는지 보려고 침실을 들여다본다. 문제가 발생했다는 사실을 알리기 위해 깨우고 싶다. 그에게 다가가 시트를 젖히고 그의 상처를 살핀다. 출혈은 줄어들었다. 노란 크림 같은 것이 상처를 덮고 있다. 방바닥에 약상자 같은 게 굴러다닌다. 집어드니, 그 안에 반쯤 짜낸 튜브가 있다. 제품명은 발음하기 힘들 정도로 복잡하다. 말 그대로 걸어다니는 약국 같은 사람이다. 나는 그를 자게 놔두고, 내 옛날 집으로 돌아온다. 시체가 어떻게 됐는지 반드시 알아내야 하기 때문이다. 어쩌면 그자가 벌써 경찰, 혹은 자기 일당에게 알렸을지도 모른다. 상황이 그다지 좋지 않다. 나는 다시금 아파트를 이 잡듯 뒤진다. 침대 밑, 문 뒤, 베란다…… 어느 것 하나 빼놓지 않는다. 결국 작으나마 단서가 하나 발견된다. 주방 창문이 열려 있고, 커튼 한쪽이 없어졌다. 퍼뜩, 어떤 생각이 머리를 스친다.

"그래! 이 멍청이가 창문으로 나가려다 떨어진 거야!"

나는 맹렬히 엘리베이터로 달려가 버튼을 누르고, 문이 열리자 헐레벌떡 들어간다.

"일층으로! 어서! 빨리!"

나는 엘리베이터에게 소리치고 있다. 모든 게 엉망이다. 만일 거리에 시체가 누워 있다면, 지금 바깥에는 경찰들이 우글대리라. 나는 신발을 벗어 엘리베이터가 작동 못 하도록 틈새에 끼워놓는다. 만일 내가 황급히 뛰어올라갈 일이 생겨도, 그들이 엘리베이터로 먼저 올라와 기다리고 있는 일은 없으리라. 나는 현관의 첫 번째 유리문을 열고, 거리로 통하는 두 번째 유리문도 연다. 그리고 조심스럽게 나와서 주변을 둘러본다. 아무것도 없다.

나는 답답한 심정으로 다시 돌아온다. 엘리베이터에 타서 다시 신발을 신고 해결책을 궁리한다. 하지만 결국엔 체념하고 이웃 사내를 깨우는 한편, 다시 무슨 일이 터지기 전에 저 꿈의 여인을 돌려보내자고 마음먹는다. 아파트로 들어간다. 그런데 여기도 길거리에서와 똑같은 느낌이다. 다시 말해 뭔가 불안한 정적이 감돌고 있다. 응접실에도, 욕실에도 아무도 없다. 그녀의 소지품도 보이지 않는다. 그래, 가버린 거다. 충분히 예상할 수 있는 일 아니던가. 그런데 왜 나가는 모습을 보지 못했지? 갑자기 현관문에서 벨소리가 들린다. 벨소리! 내 귀엔 정말 소름끼치는 소리다. 나는 문구멍을 통해 내다본다.

처음 눈에 들어온 건 우리집 주방 커튼이고, 두 번째 보이는
건……

"빌어먹을! 그 죽은 놈이잖아!"

37

나는 문을 연다. 시체가 내 눈을 빤히 쳐다보고 있다. 그의 가슴은 피로 얼룩진 주방 커튼으로 감싸여 있다. 그는 분명히 죽었다. 그가 지금 움직이는 건 양옆에서 부축한 금발머리와 이웃 사내 덕분이다. 나는 기겁하며 묻는다.

"아니, 이게 대체 뭐죠?"

이웃 사내는 고통으로 눈을 부릅뜨고 있으면서도 차분하게 대답한다.

"우리 이웃인데, 층계에서 발견했어요! 이분에게 뭔가 심각한 일이 일어난 모양이에요."

맞아, 층계! 왜 이렇게 머리가 안 돌아가지?

금발머리는 시체를 부축하고 오느라 힘들었는지 몹시 헐떡댄다. 그런데 놀랄 일이다. 그녀는 조금도 당황한 기색이 없다. 그리고 얼마나 차분하게 설명하는지, 오히려 내 쪽이 당황스러울 정도다.

"내가 층계에서 이분을 발견했어요. 집에 돌아가려고 했어요…… 엘리베이터가 아니라 층계로 내려가다가…… 그런데 당신이 없길래 당신 친구 분을 깨웠죠."

나는 그녀를 안심시키려 한다.

"괜찮아요! 걱정하지 마요!"

"이 아가씬 걱정 따윈 한 적 없어요!"

내가 눈썹을 찌푸리는데, 이웃 사내가 그 말을 내뱉는 동시에 시체를 놓아버린다.

나는 황급히 나서서 멧돼지를 두 팔로 감싸 안듯 붙잡는다. 이웃 사내는 한숨을 몰아쉬며 그대로 털썩 무릎을 꿇는다. 무리하게 힘을 쓴 탓에 부상 입은 부위가 악화된 모양이다. 나는 차분하기만 한 금발머리에게 지시한다.

"나 좀 도와줘요! 이 사람 집으로 옮깁시다!"

우리는 그를 내 옛날 집 응접실까지 끌어다놓는 데 성공한다. 그녀는 여전히 차분한 어조로 내게 묻는다.

"이 사람, 당신이 죽인 건가요?"

"그게 무슨 말이에요? 내가 왜 이 사람을 죽이겠어요? 보면 몰라요? 이 집에 강도가 든 거라고요!"

토마가 항상 하던 말이 떠오른다.

'개똥 같은 상황에 빠지게 되면 거짓말을 해야 해. 네 입에서 나오는 말이 진실처럼 들리게 될 때까지 거짓말하고 또 거짓말하라고!'

그녀는 눈을 둥그렇게 뜨고 사방을 둘러본다. 온통 뒤집혀 어지러이 널려 있는 물건들은 오히려 내 말이 거짓임을 증명하고 있다.

"그렇다면 왜 당신 친구는 경찰을 부르려 하지 않는 거죠?"

"왜냐면 그 강도가 바로 경찰에서 나온 놈이었으니까! 자, 그들이 몰려와서 우리 모두를 죽여주길 바라는 거요?"

"모두가 아니라 당신만 해당되겠죠. 지금 날 가지고 놀고 있는 당신에게 따끔한 맛을 보여주기 위해!"

"자, 당신 집으로 돌아가고, 여기서 본 것은 아무에게도 말하지 말아요. 그럼 아무 일 없을 거예요."

그녀는 고개를 까딱하며 동의한다.

그녀가 문을 나서는 순간, 나와 이웃 사내의 시선이 마주친다. 그리고 우리는 몇 초 간 머뭇거린다. 마치 텔레파시로 '저 여자를 믿어도 될까?'라고 서로에게 묻듯이.

우리는 서로의 침묵을 하나의 대답으로 간주했고, 그녀는 엘리베이터 쪽으로 멀어져간다. 우리는 어느새 복도 끝에 이른 그녀를 본다. 엘리베이터 문이 열린다. 안으로 들어가면서 그녀는 약간 어색하게 웃으며 소리친다."서른여섯 번째 생일에 날 초대하려면, 미리 집 안 정리 좀 해놓으라고요!"

그러고는 사라져버린다. 정말이지 사람 끝없이 놀라게 하는 여자다.

이웃 사내는 부축을 받으며 몸을 일으킨다. 나는 아직도 놀라움이 가시지 않은 얼굴로 그에게 묻는다.

"도대체 저자는 어떻게 거기까지 간 건가요?"

"나도 전혀 모르겠어요. 아마 마지막 남은 힘을 다 썼겠죠. 그래서 군인들은 적진을 향해 전진하기 전에 쓰러진 시체에 확인사살을 두 번씩 하는 거요. 등 뒤로 총알이 날아들 수도 있으니까."

"왜 엘리베이터를 타지 않았을까요?"

"너무 멀어서. 층계는 바로 옆에 있잖아요. 그런데 저 여자가 마음에 걸리네……"

"이봐요! 저 여자는 머리카락 하나 건드리지 말라고요!"

"아니, 날 뭘로 보는 거요?"

"나로 하여금 꼭 자기 같은 인생을 살게 만드는 미친 사람이죠."

"당신, 변화를 원하지 않았어요? 자, 원하는 대로 됐잖아요? 걱정 마요, 난 그럴 생각이 전혀 없으니까. 단지 그녀에게 이런 꼴을 보이지 않았으면 좋았을 텐데, 라고 생각했을 뿐이에요."

우리는 내 아파트의 문을 닫은 다음, 힘겹게 그의 아파트로 들어간다.

38

노 라이프의 일탈행위의 원인은 여러 가지이지만, 가장 중요한 것으로는 심각한 사회적 부적응이라 할 수 있다. 이는 대부분의 개인에게 부과되는 다양한 중압감들(교육, 시험, 일 등으로 인한)을 대면하지 않으려는 욕구에서 기인하는 것이다. 현대사회에서, 정서적으로 취약한 사람들은 항시 행해지는 각종 평가를 견뎌내지 못하고 혼자 고립되려는 성향을 보인다. 장시간 계속되는 과도한 컴퓨터게임은 일종의 도피이다. 즉 중압감을 피하기 위한 하나의 수단일 뿐이다. 이런 종류의 게이머들은 그가 드나드는 공동체의 존경과 찬탄과 두려움의 대상이 되기 위해 자신의 영역에서 최고가 되고자 한다. 현실세계에서는 얻기 어려운 사람들의 인정을 가상 세계의 방법들을 통해 획득하려 하는 것이다.

"당신의 DNA는 보호되어 있어. 왜 그렇지?"

"뭐가 보호되어 있단 말이죠? 당신들이 방금 전에 말하지 않았어요? 무슨 구역의 몇 번지인가에 위치한 아파트 60호라고…… 그랬잖아요?"

"그런 몇 가지 정보만을 제외하곤 아무것도 없어. 아무것도!

마치 당신이 전혀 존재하지 않았던 사람인 것처럼. 왜 당신의 DNA가 보호되어 있는 거지? 대답해!"

"만일 당신 말대로 그게 정말 보호되어 있다면, 난 그렇게 평범한 인간이 아닌 모양이죠. 그게 사실이라 가정할 때, 만일 내가 당신이라면 난 아주 조심스레 행동하겠어요. 말투도 좀 바꾸고……"

"좋아. 자, 여기 이름 서른 개가 있어. 내가 차례로 짚을 테니까, 당신이 아는 이름이 나오면 아무 말도 하지 말고 고개만 까딱해. 알았어?"

그는 종이 한 장을 내 앞에 내민다. 나는 목록을 재빨리 훑어본다. 리스트에는 회사 부장, 사장, 주치의, 그리고 이웃 사내의 이름 등이 다른 이름들과 섞여 있다. 검사가 시작된다. 그의 검지가 회사 부장의 이름을 짚는데도 내가 꼼짝하지 않자, 엄청난 따귀 한 대가 얼굴로 날아온다. 나는 즉각 대답한다.

"아, 미안해요! 내가 이해를 잘 못 했네요!"

다시 검사가 시작된다. 모르는 사람. 모르는 사람. 모르는 사람…… 아까 따귀를 맞게 한 이름에 손가락이 이르자, 나는 순순히 대답한다.

"우리 회사 부장."

나는 미소 짓는다. 그의 표정이 흠칫 굳어지는 듯하다. 손가락이 다시 이름들을 짚어간다. 모르는 사람. 모르는 사람. 나는 대답한다.

"우리 회사 사장."

손가락은 계속 짚어간다. 모르는 사람. 모르는 사람. 모르는…… 그는 다섯 명이나 되는 의사 이름을 잇따라 짚는다. 마지막 이름까지 짚는데도 내가 아무 반응이 없자, 대형 장롱의 주먹이 내 오른쪽 광대뼈로 세차게 날아든다. 얼굴 전체가 터져버릴 듯한 느낌이다. 왜 이렇게 아프지? 주먹질이 너무 거세서? 아니면 갑자기 얻어맞아서? 어쨌든 얼굴이 고통과 분노로 걷잡을 수 없이 일그러진다. 그의 꽉 오므린 손가락을 장식한 다이아몬드와 사파이어가 새빨간 루비의 색깔로 변해 있다. 뜨뜻한 액체가 볼을 타고 흐르는 게 느껴진다. 얼굴이 깊이 찢어져 격심한 고통이 엄습하는데, 오히려 때린 놈이 미친개처럼 악을 쓴다.

"난 네가 어떤 놈이든 상관 안 해! DNA가 보호된 놈이든 아니든 간에 네가 엑신TV에 나오는 걸 모두 생방송으로 봤어. 그 총격 상황을 수백만이 지켜봤다고! 그러니까 이제 네가 누군지, 그리고 왜 네 정보가 아무 파일에도 뜨지 않는 건지, 우리에게 설명해달란 말이야!"

나는 남은 힘을 긁어모아 대답한다.

"괜찮다면 우리 다시 존댓말을 쓰기로 하죠……"

내려다보니 시뻘건 피로 흥건한 바닥이 보인다. 몇 초 후면 한층 더 뻘겋게 되어 있으리라.

과연 그의 솥뚜껑 같은 손바닥이 공기를 가르며 날아온다. 코를 향해 날아드는 손바닥의 충격을 조금이나마 완화해보려고 눈을 질끈 감는다. 그런데 손바닥이 와닿지 않는다. 이상하게도 아무 소식이 없다. 나는 가늘게 눈을 떠본다. 그의 손이 허공에 걸려 있다. 콜럼보가 그의 손을 꽉 붙든 것이다. 그래, 저 지저분한 얼굴 뒤에 따뜻한 심장이 뛰고 있다는 걸, 난 벌써부터 알고 있었어!

"이보쇼! 법이란 게 있잖소? 저 친구도 권리라는 게 있다고! 이런 식으로 무식하게 패면 어떡하오?"

"이거 못 놔?"

그 난폭한 놈은 손을 빼내고 몸을 빙글 돌리며 다른 손으로 주먹을 불끈 쥔다. 그러나 갑자기 그의 몸 전체가 마비된 듯 뻣뻣해진다. 그의 입에 권총 총신이 물려진 것이다. 눈으로 권총을 따라가니 거기에는 콜럼보의 왼손이 있다. 번개처럼 빠른 동작이었다.

"여기서 나가! 어서! 밖에 나가 얘기 좀 하자고!"

장룽은 대답할 수 없는 상태다. 권총이 입안에 길을 트느라 이빨 두 대를 부숴버렸기 때문이다. 그는 입속의 피와 고통과 경악으로 아무 말도 하지 못한다. 콜럼보는 그의 머리칼을 움켜쥐고 머리통을 문 쪽으로 돌린다. 다른 장룽은 꼼짝도 못 하고 있다. 콜럼보는 여전히 같은 어조로 그에게 말한다.

"당신도 같이 나가자고. 우리 상관들이 기다리고 있으니까!"

그리고 이들은 나 혼자 남겨두고 전부 나간다. 됐다! 무슨 일이 있어도 이 몇 분간의 짧은 틈을 이용해야 한다…… 빨리! 누군가 들어오기 전에 해치워야 해! 두 번 다시 오지 않을 절호의 기회야!

이제 가서 자신을 죽인 다음, 다시 돌아오리라!

39

새벽 1시다. 내일, 다시 말해 조금 있으면 떠오르는 해와 함께 새 인생의 첫날도 시작되리라. 나는 침대에 길게 누워 있는 이웃 사내를 본다. 상태가 그다지 좋지 않다. 기분이 한껏 들떠 있긴 하지만, 나 역시 몹시 피곤한 상태다. 한잠 자두는 게 좋으리라. 여러 가지 이미지들이 걷잡을 수 없는 힘으로 머릿속을 스쳐간다. 무슨 후유증인가? 아니면 금단현상에 시달리는 건지도 모른다. 컴퓨터게임, TV, 영화…… 두 손이 덜덜 떨린다. 게임은 날 흥분시켜주고, TV는 잠을 잘 수 있게 해주며, 영화는……

나는 영화관에 갈 때마다 운다. 이유는 모르겠다. 나이가 들수록 더 그랬다. 점점 더 쉽사리 울음을 터뜨린다. 영화관은 이런 일이 일어나는 유일한 장소. 다른 곳에선 절대 울지 않지만 영화관에선 항상 운다. 한 자락 음악 때문에, 배우들의 연기 때문에, 아무것도 아닌 것 때문에 눈물을 주룩주룩 흘린다. 사실 창피하다. 영화가 다 끝나고 엔딩크레딧이 올라갈 때면, 나는 어둠 속에서 눈물을 훔친다. 그리고 영화관에 다시 불이 들어오면, 자신을 변명하기 위해 이렇게 되뇐다.

"아, 이 의자에 알레르기가 있나봐. 왜 이렇게 눈이 따갑지? 대체 만들 때 뭘 집어넣은 거야?"

그러고는 황급히 도망쳐버린다. 끔찍하게 거북한 상황이 아닐 수 없다. 하지만 나는 영화관 가는 걸 정말 좋아한다. 그리고 이것이야말로 나로 하여금 계속 그곳을 찾게 만드는 유일한 이유일지도 모른다.

나는 침실에서 나온다. 그는 그가 복용해야 할 양을 복용했고, 나 역시 뭔가가 필요하다. 의자에 앉은 뒤, 내가 받은 두 번째 생일선물이 손가락에 닿자 헤벌쭉 미소가 떠오른다. 소비자로서 나의 모든 감각이 황홀경에 빠진다. 그것을 켜자 깜박깜박 불이 들어오면서 내게 환영 인사를 건넨다. 화면에 구글 소프트가 나타나지 입에서 나도 모르게 기쁨의 한숨이 흘러나온다. 나는 로고를 클릭하여 구글소프트를 연다. 내 패스워드를 입력하고 다시 클릭한다. 언제 들어도 기분 좋은 환영의 멜로디가 흘러나온다. 이제 나는 화소들로 이루어진 나의 영토에, 내가 편안함을 느끼는 유일한 장소에 다시 들어온 것이다. 나는 기계적으로 자판을 두드린다.

반反. 세. 계. 나는 클릭하고, 또 한 번 클릭한다.

반세계는 세계의 숨겨진 부분이다. 그것은 불법성과 합법성이 무자비한 싸움을 벌이고, 삶의 법칙들이 적용되는 장소이다. 어둠 속에서 진짜 세계(마피아, 정치적 부패, 비자금)를 조종하는 세계다.

일정 유형을 제시하기에 앞서, 전문가들은 반세계를 '은폐'와 '세계로부터의 분리'라는 두 가지 특성으로 정의한다. 이 특성들에는 관용과 특례가 따라 붙으며, 그 때문에 항의를 야기하기도 한다. 반세계는 이렇게 탄생한다.

이 글을 읽고 있으려니 옆방에 누운 친구야말로 비밀로 가득한 세계의 마지막 흔적, 반세계라는 힘의 아직 살아 있는 증거라는 생각이 든다. 여기가 영화관도 아닌데 갑자기 울컥하면서 울고 싶어진다.

나는 한숨을 내쉰다. 그리고 기분을 '업'시키기 위해 반사적으로 메일 체크를 시작한다. 사실 어제 아침 8시와 12시 반에도 메일 체크의 유혹을 간신히 견뎌낸 바 있었다. 그러니 한밤중에 또다시 찾아온 이 유혹을 어찌 견디란 말인가. 게다가 그것이 내게 정서적으로 얼마나 큰 도움이 되겠는가. 이렇게 밤늦은 시간에 하는 채팅은 대부분…… 그리고 지금은 캄캄한 밤이니 채팅을 해도 남들 눈에 잘 띄지 않을 거고…… 허참! 이런 한심한 생각을 하고 있다니 아무래도 몹시 피곤한 모양이다.

나는 작은 노란 봉투 형태의 아이콘을 클릭한다. 메일함에 도착한 메일이다. 나는 미간을 찌푸리고 메일 제목과 발신인 이름을 읽어본다. 하지만 내 대뇌는 잘 이해하지 못한다. 다시 한번 읽어본다. 대뇌는 동일한 해석상의 오류를 범한다. 세 번째 읽었을 때, 숨이 턱 막혀오는 걸 느낀다. 메일은 벌써 여러 시간 전에 도착한 것이다. 뭔가 이상하다는 걸 느끼자 시야가 흐릿해진다. 발신인 이름, '토마'. 메일 제목, '미안해……'

심장이 딱 멈춘다. 명치에 뭔가 턱 걸리는 느낌이다. 토하고 싶다. 나는 메시지의 내용을 읽어보려고 클릭한다.

40

형제, 난 죽지 않았어. 평소 하던 시간에 접속해.

토마.

이건 누군가의 장난질이다. 어떤 놈이 협잡하는 거다. 그런데 어떻게 알았지? 몸이 으슬으슬 떨린다. 식은땀이 솟는다. 나는 자리에서 벌떡 일어선다. 그는 죽었어. 다시 앉았다가 다시 일어난다. 협잡꾼? 하지만 나를 '형제'라고 부를 수 있는 사람이 이 세상에 토마 말고 또 있던가.

나는 대형화면 쪽으로 다가간다. 그 앞에 웅크리고 앉아 가구의 작은 문을 연다. 럼주 한 병을 움켜쥔다. 다시 주방으로 향하여 거대한 유리잔 하나를 찾아, 얼음조각을 듬뿍 부어주는 냉장고의 잔받침대에 올려놓는다. 냉장고 문을 열어 코카콜라 한 병을 꺼낸다. 지구 전체를 적신 음료. 식수보다 구하기 쉬운 음료. 나는 럼주를 잔의 반 높이까지 따르고, 나머지는 코카콜라로 채운다. 멋진 '쿠바 리브르' 한 잔이 완성되었다. 체 게바라를 기리는 혁명가들과 인터넷 해커들의 음료!

나는 아직 바닷물에 완전히 삼켜지지 않은 아바나를 위해

마신다. 아직 완전히 맛이 가지는 않은 나 자신을 위해 마신다. 또 아직 완전히 죽지 않은 또 다른 맛이 간 사내를 위해 마신다. 잔을 한 입에 털어넣는다. 그 바람에 술이 입꼬리로 흘러내려 티셔츠에 커다란 밤색 얼룩이 피어난다. 나는 가쁜 숨을 몰아쉰다. 그리고 숨을 크게 들이마시면서 생각해본다. '평소 하던 시간에 접속해.' 그건 새벽 4시다. 우리는 항상 새벽 4시부터 시작해서 내가 잠자리에 드는 5시까지 채팅을 했다. 아, 한 잔 더 마셔야 할 것 같다. 얼음조각만 없을 뿐, 똑같은 과정이 되풀이된다. 반은 코카콜라, 반은 럼주로 채운 다음, 한입에 쭉 털어넣는다. 시간을 본다. 새벽 1시 25분. 그때까지 가만히 앉아서 기다릴 수 있을까? 뭐라도 해야지, 안 그러면 미쳐버릴 것 같다. 나는 다시 시간을 본다. 1시 28분. 영화를 보든지, 온라인 게임을 하든지, 여하튼 뭔가 해야 한다. 그래, '텔레넷' 뉴스!…… 난 지금 세상이 어떻게 돌아가고 있는지 전혀 모르고 있잖은가.

클릭하고, 다시 한번 클릭한다. 화면이 나타난다.

41

뉴스를 진행하는 여자 앵커는 아주 귀엽게 생겼다. 저런 여자들은 대체 어디서 데려오는 걸까? 저건 앵커라기보다는 남자들의 로망이다. 저 여자가 예고한다면, 내일 닥칠 지구의 멸망조차도 섹시하게 느껴지리라.

뉴스 주제는 G12 정상회담이다. G12…… 이 얘길 들으면 예수님 표정이 조금 이상해질지도 모르지만, 어쨌든 그들의 수 역시 성경의 사도들처럼 열둘이다.

'지구에서 가장 산업화된 국가들이 온실가스 배출 문제를 협의하기 위해 오늘 베를린에 모였습니다……'

귀에 못이 박이게 들은 소리다. 이들은 까마득한 옛날부터 이런 식으로 모이고 있지만, '12국' 가운데 몇몇 새로운 얼굴들이 포함됐다는 점 외에는 여전히 똑같은 거짓말잔치에 지나지 않는다. 당신들이 뭘 감축한다고? 당신들은 우리와 지구의 기대수명 외에는 아무것도 감축하지 못할 거다. 중국과 인도는 만족해한다. 이제 자기들도 클럽에 끼게 되었으니까. 하지만 그래서 뭐가 달라지는데? 그래, 그들은 세계경제에서 무시 못할 존재가 되었다. 하지만 그다음엔? 그들은 우리가 30년 전

176

에 겪은 일들을 똑같이 겪고 있다. 게다가 똑같은 잘못들을 저지르고 있다. 하지만 우리가 그들에게 무슨 말을 할 수 있겠는가? 교도소에서 출소한 형님이 동생에게 학교 공부 열심히 하고, 무엇보다도 바보 같은 짓을 하지 말라고 충고하는 격이다. 럼주 탓인지, 아니면 이들의 위선 때문인지 모르겠으나, 자꾸만 킬킬킬 웃음이 새어나온다.

과거, 세계 열강들은 온실가스를 50퍼센트 줄이겠다고 약속했다. 그건 다 사기였다! 그들은 채 10퍼센트도 줄이지 못했다. 그들이 광고 등을 통해 매일같이 뭐라고 떠들어대는지 아는가? 우리의 대사기능이 이미 적응했기 때문에 지금 대기는 건강하다는 것이다. 또 인류는 언제나 적응해왔기 때문에 앞으로도 극복해나갈 거란다! 이 지구가 펑 터져버리는 날, 그때도 우리가 아주 잘 적응해서 궁둥이에서 날개가 솟아나기만을 바랄 뿐이다!

나는 본능적으로 구글을 클릭하고, 검색창에 CO2를 친다.

21세기 이산화탄소 배출량의 급격한 증가.

워싱턴(AFP통신) - 온실효과를 일으키는 주요 가스의 하나인 이산화탄소(CO_2)의 배출량은 2000년에서 2004년 사이에 전 세계적으로 심각하게 증가했다. 다시 말해 1990년대에는 증가속도가 연 1.1퍼센트였던 데 반해, 2000년대 초반에는 연 3.1퍼센트로 거의 3배 급증한 것이다. 미국에서 수행된 한 연구에 따르면, 이런 이산화탄소 배출량 급증의 주요 원인은 에너지소비의 증가 및 에너지생산을 위한 탄소 사용의 증가라고 한다. 이산화탄소 배출량 증가율이 절정에 달한 시기는 2015년에서 2025년 사이로, 이 기간의 증가율은 연 5퍼센트나 되었다.

나는 한숨을 내쉰다.

하지만 그들도 모두 당했다. 중국, 미국, 뉴델리, 리우데자네이루…… 모두! 그린란드의 빙산들이 녹아내린 탓에 세계 각지의 해수면이 7미터나 높아졌다. 헤아릴 수 없는 섬들과 해안 지역들이 바닷물에 삼켜졌고, 이런 일은 태평양에서도 일어났다.

잃어버린 세계, 아틀란티스? 친구들, 더 이상 그걸 찾아 헤맬 필요가 없다. 바로 여러분 발밑에 있으니까. 여러분은 플라톤이 무슨 신화 이야길 한 거라고 믿었겠지. 하지만 천만에. 그는 우리의 미래를 예언한 거였다. 그리고 이번에야말로 노스트라다무스를 밀어내고 최고의 예언가 자리에 등극할 수 있었다.

인도네시아는 2010년에서 2030년 사이에 1,500개에 가까운 섬을 잃었다. 도처에 수백만 명의 '기후 난민'이 발생했다. 수십만의 남자와 여자들이 가뭄과 홍수를 피해 고국을 등져야만 했다. 대재앙이었다. 국가들은 장사꾼처럼 흥정을 했다. '우리 남부지방에 2백만을 보내고 싶다고? 오케이, 내가 3백만을 받지. 대신 노인들과 병자들은 필요 없으니까 당신이 맡아.' 아직도 국가정체성 운운하는 자들이 있는가? 멍청하기는! 그들은 그때부터 벌써 다 알고 있었는데……

이 무렵 이후로 크게 바뀐 건 없다. 미국은 여전히 다른 국가에게 그들의 법을 강제하고 있다. 비록 시장의 법을 다루는 데 점점 어려움을 겪고 있긴 하지만. 그들의 체제는 증시가 요

동침에 따라 이리저리 흔들린다. 이젠 아무도 투표하지 않으며, 그 결과는 끔찍하다. 4천만 남짓한 미국인들이 나머지 지구의 운명을 결정해가고 있는 것이다. 한 가지 변한 게 있다면, 인도와 중국이 전보다는 훨씬 정중한 대우를 받고 있다는 사실이다. 아, 또 한 가지 중요한 게 있다. 이제 전쟁은 없다.

이거 굉장한 일 아닌가? 전쟁이 없다니! 인간은 정말로 기막힌 동물이다. 아무리 애써도 문제가 해결되지 않으면, 말을 가지고 장난을 친다. 오늘날 전쟁은 존재하지 않는다. 왜냐하면 이젠 '전쟁'이란 단어 자체를 사용하지 않기 때문이다. 이제 사람들은 '테러 행위', '테러', '해커' 같은 말들만 사용한다. 이런 말이 '전투', '전선', '적' 같은 말보다 텔레넷 뉴스에 내보내기가 훨씬 편하니까.

나는 시간을 확인한다. 새벽 3시 30분. 술병은 깨끗이 비웠다. 난 멋진 여행을 시작한 셈이다. 혈액 1리터당 적어도 3그램씩 섞여 있는 알코올, 혈관을 타고 카리브 해가 흐르는 거나 다름없다.

3시 45분. 내가 제일 좋아하는 광고시간이다. 재수가 좋으면 콜럼보와 그의 애견, 또는 코잭과 그의 면도기를 볼 수도 있으리라.

나는 이들이 나오는 광고라면 사족을 못 쓴다. 그들이 이런 기막힌 아이디어를 어디서 가져오는지는 알 수 없지만, 아무튼 난 거의 환장을 한다. 엑신은 자기네 제품을 팔아먹기 위해 기막힌 아이디어를 찾아냈으니, 이제는 아무도 기억 못 하는 20세기의 TV시리즈 주인공들을 이용하는 거였다. 그야말로 천재적인 발상이요. 인터넷과 미디어계를 뒤흔든 획기적인 사건이었다. 그 광고 시리즈가 나온 지가 벌써 3년인데, 버전을 거듭할수록 더욱 강력한 위력을 발휘하고 있다.

코잭은 티탄 재질의 질레트면도기로 그의 대머리를 면도하고, 콜럼보는 멍멍이의 몸뚱이에 바닐라 향의 도프 샴푸를 문지른다. 아, 너무도 멋진 광고다! 내가 그걸 구매하는 이유는 오직 포장상자에 찍힌 그들의 얼굴을 보기 위해서다. 그나마 바디샴푸는 사용하지만, 면도기는 그대로 쓰레기통으로 직행한다. 솔직히 말해서 윌킨슨 면도기가 훨씬 잘 깎인다. 어쨌든 이 광고가 나오고 나서, 어이없을 정도로 많은 친구들이 열심히 머리털을 밀고 있다. 머리카락이 있으면 거리에 나다니는 걸 꺼리고, 목욕이 싫은 개들은 벽에 바짝 붙어서 다니는 게 요즘 풍속이다.

트라스크 위니베르셀의 최신 광고에는 해리 형사가 등장한다. '더티 해리'가 제 권총을 쓱쓱 닦아 엑신 휴대폰과 바꾸는 장면, 거의 초현실적인 광경이 아닐 수 없다. 이런 건 광고라기보다는 차라리 예술이다. 특수효과는 입이 딱 벌어질 정도이고, 등장인물들은 컬트가 되었다. 한마디로 칙칙하기만 한 내 삶에 조금이나마 활기를 가져다준 사회 현상이랄까.

어쨌든 오늘은 운이 좋은 날이다. 해리 형사가 화면 가득 모습을 드러낸 것이다! 트라스크를 벌써 한 대 가지고 있지 않았다면, 당장에 그 무료 기기를 얻기 위해 달려가리라! 아, 뭔가 축하를 해야겠다! 술이 한 병 더 남았던 것 같은데…… 안 돼, 멍청한 짓 하지 마! 넌 벌써 취했어. 차라리 인터넷에 뜬 여자애들 알몸이나 구경하라고! 아니면 '헬로10'에서 게임을 하든가, '세컨드라이프'나 '섹스라이프'에 들어가 여자애들이나 꼬드기든가. *하지만 술은 이제 그만 마셔!*

잠시 후 4시면 살아 있는 토마를 만날 수 있잖아.

42

노 라이프는 자신에게 고통을 주지 않고, 자신의 자아 이미지에 의문을 제기하지 않는 교류나 관계들만을 추구한다. 그들을 매혹하는 것은 가상세계의 이런 사회적 양상이다. 게임의 공간에서 그들은 익명이며, 컴퓨터 화면과 스킨과 아바타 뒤에 숨어서 그들이 아닌 다른 존재로 행세할 수 있기 때문이다. 그들은 현실에서는 알지 못하는 사람들과 동맹관계를 맺고, 자신이 애착을 느끼고 함께 유쾌한 시간을 보낼 수 있는 동아리나 길드나 그룹 등을 이루곤 한다. 나아가 노 라이프들이 가상의 삶에서, 예를 들어 어떤 공동의 모험이 있은 후에 맺는 관계는 '현실의 삶'으로 이어질 수도 있다. 이런 종류의 게임 애호가들은 실제로 만나서 친구가 될 수도 있는 것이다.

나는 일어선다. 탁자 반대편으로 가서 문을 마주하는 자세로 선다. 등 뒤로 결박된 두 손으로 불과 몇 센티미터 떨어진 내 재킷의 안주머니를 뒤지기 시작한다. 뒤돌아보며 목표물의 위치를 가늠한다. 어렵긴 하지만 불가능한 일은 아니다. 가끔 문 쪽도 살핀다. 그게 열리면 난 죽은 목숨이니까. 내가 갈망하는 것에 손가락 끝이 닿는다. 바로 안경케이스다. 그들은 이것에는 손대지 않았다. 나는 미끌거리는 케이스를 두 손가락 사이에 끼우는 데 성공한다. 간신히 들어올릴 정도지만, 다른 방도가 없다. 이렇게라도 해보는 수밖에. 두 손가락을 꼭 오므린 채 내 의자에 돌아가 앉아야 한다. 가는 길에 탁자 위에 놓인 권총도 의자 쪽으로 밀어보려는 생각에 몸을 굽히고 팔꿈치로 민다. 그런데 맙소사! 안경케이스가 손가락에서 빠져나가 바닥에 떨어진다. 이런, 욕심이 너무 과했다!…… 갑자기 발소리가 들리기 시작한다. 나는 점프하다시피 안락의자로 돌아간다. 궁둥이가 안락의자 가죽에 닿는 순간, 문이 열린다. 콜럼보와 코잭이 다른 두 사내와 함께 들어온다. 나이는 오십대로 보이고 회청색 양복을 빼입은, 아주 고전적인 스타일의 남자들이다. 내 정신은 온통 바닥에 떨어진 안경케이스에 쏠려 있다. 행여 저들이 이걸 보면 어쩌나 속이 바짝바짝 타들어간다. 콜럼보와 코잭은 의기양양한 눈빛이다. 콜럼보는 새로 온 두 사내를 내게 소개해준다.

"자, 이분은 PPN, 다시 말해 엑신 회사경찰 대장님이고, 여기 이분은 제5구역 경찰서 서장님……"

나는 그의 말을 한 귀로만 들을 뿐이다. 정신은 온통 코잭의 오른쪽 발 밑 2센티미터 떨어진 곳에 놓인 케이스에 쏠려 있다. 저 뚱뚱한 돼지가 고개를 한 번 숙이기만 하면 그걸 보게 될 테고, 그럼 난 끝장이다. 나는 그의 눈길이 자신의 발을 가리고 있는 그 동산만 한 배에서 벗어나지 않기를 간절히 기도할 뿐이다.

PPN 대장이라는 자는 차분한 목소리로 말한다.

"우선 내 부하들의 행동에 대해 사과드리고 싶소. 그들이 신경이 좀 예민해져 있었던 것 같소. 하지만 당신이 누구인지 정확히 알지 못하는 한, 당신이 울타리 안에 있는지, 밖에 있는지 판단할 수 없는 일 아니겠소?"

"무슨 울타리 말입니까?"

"무슨 말인지 다 아시잖소······"

"정말로 당신이 PPN의 최고 보스인 겁니까, 아니면 단순히 제5구역 담당자에 불과한 겁니까?"

"내가 바로 그 사람이오. PPN에 나 말고 다른 최고 보스는 없소."

그가 거만하게 미소 짓는다. 그의 성질을 긁을 좋은 기회다.

"당신 얘기는 많이 들었습니다. 그런데 생각했던 것보다 외모가 훨씬 동안이시군요."

그의 눈 속에서 검은 빛이 번쩍한다. 경찰서장이 대신 말을 잇는다.

"이건 단순한 형사재판으로 해결될 평범한 사건이 아니오. 엑신 전산망에서 발생한 버그 때문에 모가지 여럿이 날아가게 생겼다고."

"무슨 버그 말이죠?"

"당신이 현장에 있었잖소. 엑신은 막대한 양의 정보를 잃었소. 우리를 바보로 생각하지 마시오. 자, 이 사건에 대해 당신이 알고 있는 것들을 얘기해보라고!"

나는 아무 대꾸도 안 한다. 그러자 콜럼보가 나서서 현재 내가 처한 상황을 분명히 이해시켜준다.

"간단히 말하지. 분석 결과, 당신의 DNA는 보호된 걸로 나왔어. 여기서 두 가지 대답이 가능하지. 첫째, 당신은 어떤 특수 기밀임무를 수행하고 있는 비밀요원이다. 둘째, 당신은 그 빌어먹을 해커 놈들 중 하나다! 자, 이제 사실을 좀 알아야 겠다고! 계속 그런 식으로 나오면 제네바 협약이고 뭐고 당신 얼굴을 묵사발로 만들어놓을 거야!"

나는 코잭을 가능한 한 가장 그윽한 눈으로 쳐다본다. 그의 머리통 색이 어떻게 변했나 보고 싶기도 했지만, 무엇보다도 그의 눈길을 내 쪽으로 붙잡아두기 위해서다. 그가 벌컥 화를 내려는 기미를 보이는 순간, 나는 의자 위에서 몸을 흔들며 에디트 피아프의 〈장밋빛 인생〉을 부르기 시작한다.

나를 품에 안아주며
그는 나직이 속삭이지요.
그럼 난 삶이 장밋빛으로 보여요.
그는 내게 사랑의 말들을 속삭이지요.
매일 똑같은 말일지라도,
난 그만 정신을 잃고 말아요……

다들 모두 어이없다는 표정으로 시선을 교환한다. 그들의 눈에서 살의가 느껴진다.

43

  새벽 4시. 심장이 더 급하고 강하게 뛴다. 알코올 탓으로 흥분해 동작이 부정확해졌다. 제때 클릭하지 못한 탓에 4시 2분이 돼서야 대화방을 열게 된다. 120초의 시간이 내게는 마치 영원처럼 느껴진다. 대화방에는 아무도 없다. 나는 쓴웃음을 짓는다. 엑신의 어떤 놈이 나를 감시해왔다면, 얼마든지 토마를 사칭할 수 있다는 점을 퍼뜩 깨달은 것이다. 그렇다면 놈이 접속할 리가 없지. 어떻게 이렇게까지 멍청할 수 있지? 사기꾼은 오지 않는다. 몇 마디만 오가면 정체를 들킬 테니까. 나는 안도의 한숨을 길게 내쉰다. 더불어 긴장도 사르르 풀린다. 그런데 갑자기, 배경 음악이 조그맣게 울린다. 누군가 접속했다! 그리고 내가 아는 로고와 해골이 그려진 검은 깃발과 사진 등이 나타난다. 지금 누군가 토마의 메일함을 사용하고 있는 것이다! 다시 명치가 꽉 막히고, 토할 것 같은 상태가 된다. 하지만 나는 흥분해서 다짜고짜 덤벼든다. 손가락이 떨리는 통에 오타가 몇 개 나지만, 적어도 이 개자식이 이해할 정도는 된다.
  '이 빌어먹을 자식아! 내가 이런 귀신이야기 같은 헛소리를 그대로 믿을 놈 같아 보였냐? 당장 대화방을 나가서, 엑신의

쥐방울만 한 두목들에게 보고서나 올리라고!'

나는 맹렬한 질주를 끝낸 사람처럼 숨을 헐떡인다. 상대는 대답한다.

'나야, 나 토마라고! 음성 모드로 접속해봐!'

놈을 그대로 박살내버리고 싶은 충동을 느끼며 나는 다시 자판을 두드린다.

'싫어! 네 변조된 음성은 들을 필요도 없다고! 네가 어떻게 죽었는지 한번 말해봐, 이 빌어먹을 자식아!'

그는 대답한다.

'오케이…… 병원에서 내 신발 끈으로…… 하지만 연극이었어…… 내가 사라져버려야 했거든.'

나는 다시 쓴다.

'향수 회사 다니기 전에 뭘 했지?'

'배우.'

'내가 내 아파트를 어떻게 얻었지?'

엑신의 똘마니라면 이건 알 리 없겠지. 그들이 안다면 난 진즉 쫓겨났을 테니까…… 그가 대답한다.

'내 친구들 덕분이잖아! 낡은 PC 하나만 있으면 애들 장난이지.'

숨조차 제대로 쉴 수 없다. 신경다발에 거센 타격을 입은 느낌이다. 나는 다시 묻는다.

'그럼 우린 어떻게 만났지?'

'세컨드라이프.'

'네 아바타는?'

'섹시한 금발미녀……'

'네가 좋아하는 영화는?'

'웨스턴.'

나는 흔들린다. 결국 마지막 카드를 던진다.

'회장 비서의 별명은?'

'어느 쪽 말이야?'

나는 계속한다.

'갈색머리.'

'고래.'

나는 결국 KO되었다. 마지막 숨을 내쉬듯 힘없이 묻는다.

'그럼 해커들은 뭐지?'

'우리의 자유를 보장해주는 마지막 예술가들!'

'네가 자살하기 전 날, 우리가 작별인사를 어떻게 나눴지?'

'인사를 하지 못했지…… 난 그냥 끊어버렸어.'

이건 좀처럼 받아들이기 힘든 사실이지만……

그래, 지금 난 분명히 토마와 얘기하고 있는 것 같다.

44

쉬지 않고 컴퓨터게임을 하는 습관은 게이머 자신뿐 아니라 주변 사람들에게까지 여러 가지 부정적인 결과를 가져온다. 이는 게이머의 사회적 관계에 영향을 미칠 수 있다. 게이머는 친구들과 거의 접촉하지 못하게 되며, 그룹 활동, 일반적으로 말하자면 모든 종류의 외부 활동에 참여하지 않게 되는 것이다. 또 과도한 게임은 게이머의 생활위생과 신경의 균형, 기억력에 영향을 미칠 수 있다. 극단적인 경우, 게이머는 불규칙하고 불균형한 식생활 때문에 건강을 위험에 빠뜨릴 수도 있다.

케이스를 회수하기 위해 이들에게 무슨 말이라도 해서 날 혼자 놔두게 해야 한다. 아니면, 몸이 안 좋다고 둘러대며 저 케이스 위로 슬그머니 쓰러진 뒤, 그걸 주워 주머니에 넣을까? 아니면…… 좋다, 한번 해보는 수밖에.

"난 엑신 사를 위해 특수임무를 수행중입니다. 난 엑신 고위간부고, 대인감시업무를 맡고 있어요. 회사에서 최우선권을 가진 영역이죠. 구체적으로 말해, 고도의 정보작전을 수행하고 있는 겁니다. 난 엑신TV 방송국에서 엑신 사의 전체 데이터를 지워버리려는 음모를 꾸미고 있는 해커 집단에 침투해 들어가는 데 성공했어요."

어조가 어째 책을 읽는 것처럼 밋밋하다. 원래는 이보다 훨씬 잘하는데. 자, 좀더 집중하자. 다음번에 답변할 때는 더 이상 입을 열 수 없게 만들어버리자. 나는 PPN 대장의 얼굴을 똑바로 쳐다보면서 그의 반응을 살핀다. 그가 대꾸한다.

"그 사실을 증명해보시오!"

"당신들이 그 증거를 찾아내지 못했다는 사실이 가장 좋은 증거 아닐까요? 어디에서도 내 흔적을 찾아볼 수 없는 건 엑신이 나에 대한 모든 정보를 닫아버렸기 때문이죠. 이런 일이 어떤 식으로 돌아가는지 잘 아시잖습니까?"

"하지만 당신이 해커일 수도 있잖소."

"DNA가 보호 처리된 해커? 어디, 그런 해커가 흔하던가요?"

"아니. 하지만 그건 증거가 될 수 없소. 총격전이 있고 나서 솔직히 회사 전체가 공황상태요. 녹화된 영상 자료를 한창 분석중이긴 하지만. 만일 당신이 정말로 당신이 주장하는 사람이라면, 기자들에게 선수를 칠 수 있도록 우릴 도와줄 수 있지 않겠소?"

"그렇게 할 수 없다면 어떻게 되는 겁니까?"

나는 콜럼보를 쳐다본다. 그는 외면해버린다. 대장의 얼굴에 떠오른 육식동물 같은 미소에 얼어붙을 지경이다.

아까보다는 좀더 설득력 있는 논리를 찾아내지 않으면 안된다. 나는 PPN 보스의 얼굴에 대고 이렇게 말한다.

"좋아요. 이건 특급기밀이지만 당신이 원하시니…… 우리의 자체 보고서 내용을 하나 밝히겠습니다. 보고서 2335번. 제목은 'PPN 대장 신상 관련 보고서'."

나는 그의 눈에 시선을 꽂으며 차분한 어조로, 하지만 거침없이 쏟아낸다.

"당신은 미성년자들을 덮치고 있지요. 열여섯 살 이하의 여자아이들을…… 사실, 열여섯 살은 벌써 너무 늙긴 했죠, 안 그렇습니까? 하지만 난 당신만큼 섬세한 미식가는 못 되니까…… 성년의 기준이 열여덟인 시대였다면 어쩌려고 그러셨죠?"

순간, 그의 얼굴이 확 달아오르는가 싶더니, 곧이어 백짓장처럼 새하얘진다. 조금 아까 날 위협했던 이 사내를 그대로 요절내버리고 싶은 마음에 나는 말을 잇는다.

"당신은 권위적인 사람이라 직장의 모두가 당신을 무서워하죠. 또 당신은 VIP이기 때문에 엑신은 당신에 대한 조사를 제한하고 있지요. 그리고 한 가지 더. 당신은 사내아이 하나를 입양했어요. 그애는 항상 우울한 얼굴을 하고 있는데, 그건 어쩌면 보지 말아야 할 것들을 봤기 때문인지도 모르죠…… 가만, 당신이 그애를 어느 나라에서 입양했더라? 세네갈이었던가, 말리였던가? 그런데 몸이 어디 불편하세요? 거기 좀 앉지 그러세요…… 맞아! '얼굴 묵사발 만들기' 놀이를 좋아했던 아까 그 이빨 깨진 친구, 그 친구는 자기 집에서 당신 부인과 그 짓을 했어요. 그녀가 그 친구 권총을 가져다주러 갔던 날에. 하지만 당신이 그녀를 더 건들지 않는 걸 보면, 어쩌면 당신도 눈치 채지 않았나 싶네요. 자, 좀더 계속해볼까요?"

그는 의자를 붙든 채 잠시 몸을 기대고 있다가, 털썩 주저앉아 다시 숨을 쉬기 시작한다. 다른 세 남자는 바람 빠진 풍선처럼 축 늘어져버린 이 국가적 명사名士를 뚱그래진 눈으로 쳐다본다. 그러고 보면 정보란 얼마나 효과적인 것인가! 이건 단지 말들일 뿐이다. 여기에 물리적 폭력은 전혀 없다. 기호 몇 개를 늘어놓으니 그것이 서로 이어져서 문장이 되었고, 이 문장들을 잘 배열하니 무시무시한 뭔가를 이루었다. 권총 탄환보다 훨씬 치명적인 무언가를. 나는 나머지 세 친구 쪽으로 고개를 돌린다.

"그리고 당신! 이 구역 서장님 말입니다…… 그러니까 그때 그 일의 기억을 상기해보자면……"

"아니, 아니오! 아, 난 됐소! 난 당신의 신분에 대해 전혀 문제를 제기하지 않는다고! 난 언제나 정보단말기들의 지시에 따라왔소. 그러니 특별히 오늘이라고 해서 습관을 바꿀 필요는 없겠지. 난 그냥 당신이, 어떻게 해야 우리가 이 똥통 같은 상황에서 빠져나갈 수 있는지만 알려줬으면 좋겠소."

콜럼보는 자신의 상관을 생전 처음 보듯이 쳐다본다. 누구나 숨겨야 할 저마다의 망령이 있다. 하지만 그걸 묻어버리겠다고 '엑신 위니베르셀' 따윌 사용하는 이유는 뭔가? 그럴 때 최고의 방법은 정원에 구덩이를 하나 파고, 해적들이 활약하던 그 옛시절처럼 그걸 흙으로 덮어버리는 것이다. 상상력이란 끔찍한 것이고, 의혹과 침묵은 무시무시한 적이다. 콜럼보 같은 사람은 드물다. 그는 숨길 게 전혀 없다. 심지어는 더러운 때까지도 모든 사람의 눈에 숨김없이 드러내고 있다.

그리고 역설적이지만, 가장 깨끗한 건 그와 같은 친구들이다.

45

'토마, 이게 대체 무슨 개 같은 상황이지?'

이 문장을 끝내기가 무섭게 위장 속에서 뭔가 혁명이 일어나더니 목구멍을 타고 입으로 올라온다. 코카콜라와 럼의 향기를 풍기는 그것이 응접실 바닥에 쏟아진다. 감자튀김도 한 조각 보인다. 창피하다. 나는 호흡을 고른다. 입에서는 썩은내가 풀풀 나고, 눈에는 눈물이 그렁그렁하다. 다행히 보는 사람은 아무도 없다. 그가 대답한다.

'마룻바닥 조심하라고!'

나는 머리가 핑 도는 걸 느끼며 다시 타이핑한다.

'지금 날 보고 있는 거야?'

'난 위대한 해커거든.'

'말도 안 돼! 내가 사용하는 기기는 엑신 사내 물건이라서, 감시장치가 해제돼 있는데.'

'엑신은 엿이나 먹으라고 해!'

'토마, 설명 좀 해보라고! 미쳐버릴 것 같아!'

'그들을 끝장내야 해! 내가 사라져버렸던 건 계획이 하나 있어서였지. 하지만 계획을 털어놓기 전에 먼저 널 신뢰할 수 있

어야 했어.'

　'썩을 놈! 넌 언제라도 날 신뢰할 수 있었어!'

　'화내지 말라고. 난 네가 필요해.'

　'뭘 하려고? 간덩이가 부었구나! 그래, 자기가 죽었다고 믿게 해놓더니만, 이렇게 도깨비처럼 찾아와서는 뭔가 부탁을 하겠다고? 그런데 제길, 난 분명히 네 장례식에 갔었단 말이야!'

　'확실해?'

　'뭐가?'

　'내 장례식에 온 게 확실하냐고.'

　'물론이지, 망할 놈아!'

　'기억이 나?'

　'그럼. 어제 일처럼 생생하게……'

　'그런데 솔직히 넌 거기 가지 않았잖아……'

　'지금 무슨 얘기를 하고 있는 거야?'

　'내 장례식은 치러진 적이 없어.'

나는 이번에는 시간을 좀 들여가며 제대로 프랑스어로 대답하고*, 이는 충격완화에 조금이나마 도움이 된다.

'이 불쌍한 친구야, 지금 무슨 헛소릴 하는 거야? 네 해커 친구들이 거기 다 왔었잖아? 다들 울었고.'

그러자 그도 문장 수준을 향상시킨다. 중고딩이 단 몇 초 사이에 어른이 된 것 같다.

'이봐, 내 얘기 잘 들으라고…… 그건 가짜 기억이야.'

나는 아무 대꾸도 못 한다.

'자넨 화면을 통해 내 장례식에 참석하고, 그걸 현실이라고 확신하고 있는 거야.'

'난 멀쩡해! 하지만 넌 자살하기 전에 병이 있었어! 그 빌어먹을 병에 걸린 건 너였지, 내가 아니라고! 역할을 바꾸려들지 말란 말이야!'

'받아들이기 힘들겠지만, 그건 이식된 기억이었어.'

'……'

---

* 지금까지 두 사람은 채팅을 하면서, 빠른 입력을 위해 대부분 약자를 사용했다.

'엑신이 네 머리통 속에 쑤셔넣은 가짜 기억이었어!'

'미친 소리 하지 마! 얼굴에다 확 침을 뱉어버릴라!'

'침을 뱉어? 그럼 한번 해봐.'

'……'

'절대 그럴 수 없을걸? 왜냐면 난 존재하지 않으니까!'

침묵.

'난 존재하지 않아…… 나 역시 하나의 '이식물'이야.'

47

서양의 노 라이프는 일본의 상응개념인 히키코모리에 비교될
수 있을 것이다. 히키코모리는 장시간—며칠, 혹은 몇 주를 계속—
방 안에 처박혀 있기 때문에 매우 빈곤한 사회생활을 영위한
다. 그들은 가끔씩 샤워를 하고, 방 안에 산더미처럼 쌓인 오물을
처리하거나, 어쩔 수 없이 등교해야 할 때를 제외하고는 방에서
나오지 않는다. 젊은 일본인이 히키코모리가 되는 원인으로는 끔찍
한 수치심, 정신적·육체적 괴롭힘, 성적부진, 그리고 특히 깊은 사
회적 불만 등이 있다. 이는 일본 사회에 깊이 뿌리 내린 자살의
대체 방식으로 여겨진다. 이런 현상은 비단 일본만이 아니라,
프랑스나 다른 서구국가들에서도 관찰되고 있다……

이제 그들 넷 모두 내 말을 홀린 듯이 듣고 있다.

"엑신은 아주 높은 레벨까지 침투당했고, 상당수 중요 정보
들이 그 빌어먹을 해커들 때문에 지워져버렸어요. 그리고 오
직 나만이 그 파일들을 복구할 수 있어요. 지금 이렇게 꾸물
댈수록 일은 더 어려워진다고요. 잘 생각해보세요."

서장이 말한다.

"당신 신원에 대한 증거를 하나만이라도 보여주시오. 칩이나 배지, 혹은 전화번호 같은 거라도. 뭔가 보여달라고요."

이런 젠장! 전화번호가 생각나질 않네……

"내 배지는 내 DNA이나 마찬가지요. 그걸 들여다본대도 내 신상에 대해서는 아무것도 알아낼 수 없을 거요. 당신들 그렇게까지 꽉 막혔나요? 아니면 특수요원을 체질적으로 싫어하나요?"

"그래도 당신 신원을 확인할 수 있는 어떤 절차가 있을 것 아뇨?"

나는 벌떡 일어나 PPN 대장에게 말한다.

"좋소! '리셋' 하면 뭔가 생각나는 것 없으세요?"

PPN 대장의 얼굴에 핏기가 돌아온다.

"그래요. 그건 비밀임무였소. 우리가 엑신 본사의 하청을 받아 사건 몇 개를 처리해줬지. 하지만 그에 관련된 협력 보고서는 받은 적이 없소. 난 그 프로젝트의 목적이 정확히 뭔지 몰라요. 당신, 본사에서 나온 요원이오? 그런데 당신 얼굴은 도무지 본 기억이 없는데."

"내 얼굴 가지고 당신과 할 말은 없어요. (나는 코잭에게 고개를 돌린다.) 자, 나 좀 풀어줘요!"

그는 자기 상관을 쳐다보면서 그래도 되는지 고갯짓으로 묻는다. 서장은 고개를 끄덕인다. 코잭이 내 등 뒤로 와서 수갑을 풀어준다. 손가락에 다시 피가 돌기 시작한다. 이 쩌르르한 느낌이 쾌감인지 고통인지 모르겠다. 나는 몸을 굽혀 안경케이스를 주워든다. 이게 이렇게 쉬운 일일 줄이야! 불과 1분 전만 해도 나는 그들이 이걸 볼지도 모른다는 생각에 간이 콩알만 해져 있었다. 언어의 힘이라는 건 얼마나 놀라운가!

나는 케이스를 열고 거기서 엑신 배지를 꺼내 탁자 위에 던지듯 내려놓는다. 모두의 눈이 거기에 쏠리는 틈을 타 안경케이스를 호주머니 깊숙이 집어넣는다.

"자, 내 배지입니다! 이 안에 모두 들어 있어요. DNA, 홍채정보, 그리고 혈액정보. 심지어는 전자통행증까지 있어요. 자, 이제 모두 만족합니까?"

서장이 그걸 집어든다.

"좀더 빨리 보여주시지 그랬습니까? 시간을 절약할 수 있었을 텐데요."

"난 임무수행중입니다. 그 누구도 믿지 않아요. 어디든 해커들이 있을 수 있으니까. 더욱이 당신 부하들이 조폭 놀이를 그만두고 일을 제대로 하기만 했어도…… 예를 들어 나를 구타하고 내 휴대폰을 압수하는 대신, 즉시 몸수색만 해봤어도 이걸 찾아낼 수 있었을 거요."

서장은 코잭을 째려본다.

"정말로 몸수색을 안 했어? (뚱보 코잭은 황소처럼 씨근덕거린다.) 좋아, 나중에 얘기하도록 하지. 자, 가서 이거나 확인해와!"

대머리는 배지를 받아들고 찍소리도 못 하고 사라진다. 케이스를 호주머니 속에 챙겨놓으니 마음이 한결 편해진다. 근육이 이완되고, 숨쉬기가 훨씬 수월해진다.

토마는 날 자랑스럽게 생각하리라.

48

두 손이 자유로우니 정신까지 자유로워진 기분이다. 머릿속
의 모든 것이 훨씬 명료해진다. 수갑 채워진 일개 불량배에서
거물 사기꾼이 된 느낌이다. 그리고 나는 이 새로운 역을 멋지
게 연기해낸다.

"우선 찢어진 얼굴을 소독하고 싶어요. 그다음에는 내 엑신
위니베르셀 휴대폰을 돌려줘요. 그게 없으면 아무것도 할 수
없으니까."

콜럼보가 차분하게 대답한다.

"그건 지금 분석중이오. 엑신 사의 물건이 맞다는 건 확인했
소. 암호가 극히 정교해서, 우리 기술자들이 풀어보려고 머리
를 쥐어짜봤지만 불가능한 것 같더군. 그런데 그게 정말로 당
신 거요?"

"물론입니다."

"그럼 그 기기 번호를 알고 있소?"

"정말이지 사람 지치게 만드네요……"

가만, 그게 뭐였더라? 0677?…… 0607?…… 빌어먹을!……
콜럼보는 서장에게 고개를 돌린다.

"서장님, 내가 가지러 갈까요? 지금 지구를 구하겠다고 주장하는 이 양반선 자기 전화번호도 잘 모르는 모양입니다."

나는 뻥을 쳐보기로 한다.

"그런 수고하실 필요 없어요. 내가 직접 전화해서, 당신 부하들에게 이리로 가져오라고 말하죠."

나는 멧돼지의 명함에 적혀 있던 숫자를 기억해내려고 정신을 집중한다.

"자, 휴대폰 좀 빌려줄래요?"

060967……? 060769……?

콜럼보는 자기 휴대폰을 꺼내 내게 내민다. 나는 경멸 어린 표정을 지으며 그것을 밀어낸다.

"그거 트라스크입니까? 아, 사양하겠어요! 난 괴혈병에 걸리고 싶진 않다고요."

대신 서장 쪽으로 팔을 뻗자, 그가 마지못해 자신의 엑신 휴대폰을 천천히 내준다. 나는 번호를 누른다. 신호음이 들린다. 누군가 전화를 받는다. 내가 입을 열기도 전에 어떤 목소리가 응답한다. '에스텔 미장원입니다. 말씀하세요!……' 나는 그대로 끊어버린다. 이런, 우라질!

"통화중이네! 당신 기술자들, 내 휴대폰 가지고 대체 무슨 짓을 하고 있는 거야?"

나는 분개하는 척하지만, 속은 바짝바짝 타들어간다.

"됐어! 내가 가져오지요!" 콜럼보가 짜증 난 얼굴로 소리를 지르고는 방을 나선다.

나는 아찔해진다. 그들은 곧 내가 내 휴대폰 번호조차 모른다는 사실을 발견하게 될 것이다. *케이스! 빨리!* 손가락이 호주머니 속을 뒤지느라 거북하기 짝이 없는 체조에 돌입한다. 케이스를 열고, 그 안의 속 커버를 들어올려, 그 아래 숨겨진 명함을 꺼내야 하는 것이다. 케이스를 호주머니에서 꺼내지 않은 채, 숨겨진 다른 물건들 사이에서 그걸 골라내야만 한다. 그리고 저 두 보스가 눈치 채지 못하도록 태연한 표정을 유지해야 한다.

"혹시 담배 가진 분 계십니까?"

"여기는 금연이오."

"서장님! 그냥 사형수에게 주는 담배라고 생각하세요. 그리고 다들 한 대씩 태워둬야 하지 않겠어요? 이 일이 끝나고 나면 여기 몇몇은 모가지가 떨어질 수도 있을 것 같은데……"

나는 케이스를 여는 데는 성공했지만 명함을 집느라 애를 먹는다. 대신 권총 탄환 세 알이 호주머니 안으로 굴러 떨어지려 한다. 그것들이 제자리를 벗어나지 않도록 급작스레 몸을 젖혀야 한다. PPN 대장은 말보로 갑을 꺼내 입 가장자리에 한 개비 빼어물고는, 갑을 내게 내민다. 담배를 보니 왠지 살짝 불안해지지만, 나는 그냥 받아든다.

"고마워요."

나는 여전히 한 손을 호주머니에 찌른 채, 다른 손으로 담뱃갑을 입으로 가져가 입술로 한 개비 빼문다. 그런 다음, 갑을 그에게 돌려주면서 불을 붙이려고 그쪽으로 상체를 굽힌다. 그는 불을 붙여준다. 한 모금 쭉 빨아들인다. 내가 이 PPN의 수장을 심리적으로 압도하고 있다는 사실을 자못 만족스러워하면서. 그런데 갑자기 허파 속이 간질간질하면서 내가 담배를 못 피운다는 사실이 비로소 생각난다. 나는 타는 듯한 경련을 억제하려 애쓴다. 눈꼬리를 통해 눈물이 줄줄 새어나온다. 그리고 허파가 그대로 튀어나올 듯한 격렬한 기침이 시작된다. 그들은 예의상, 혹은 끔찍스런 폐렴 발작을 보고 싶지 않아서인지 외면해버린다. 나는 눈을 까뒤집고 바닥에 쓰러진다. 마치 목이 졸리는 사람처럼 목구멍에서 거친 헐떡임이 솟아오른다. 공기를 들이마시려 애쓰지만, 캑캑거리는 입에서는 침만 흘러나올 뿐이다. 절체절명의 순간, 나는 케이스 속에 넣어두었던 약물 흡입기를 찾는 데 성공한다. 두 모금을 들이마신다. 영원히 끝나지 않을 듯 느껴지던 수십 초가 흐르자, 산소가 내 허파를 흠뻑 적신다. 그제야 그들은 우르르 달려든다.

"아니, 무슨 일이오?"

"괜찮아질 거예요…… 간질성 폐렴이에요! 조금 기다리면 지나갈 겁니다."

나는 천장을 바라보는 자세로 누워 있다. 그렇게 모처럼 편안한 자세로 숨을 고른다. 적어도 이 발작은 지어낸 게 아니다. 나는 오른손이 있는 쪽으로 머리를 돌리면서 번개처럼 호주머니에서 명함을 꺼낸다. 이들에게 믿을 만한 모습을 보이려면, 3초 안에 열 개나 되는 숫자를 암기해야 한다.

49

방금 받은 거센 충격 때문에 나는 약간 그로기 상태가 되었다. 그렇게 거의 2분 동안 아무 대답도 못 하고, 또 두 손을 여전히 자판 위에 올리고 있지만 아무것도 쓰지 못하고 멍하니 앉아 있다. 결국 토마가 불안해한다.

'뭐 해, 지금?'

나는 여전히 대답하지 않는다. 그는 계속 묻는다.

'왜, 몸이 안 좋아? 난 널 보고 있다고······'

나는 가까스로 정신을 차리고 다시 자판을 친다.

'네 말대로 네가 하나의 '이식물'에 불과하다면, 어떻게 지금 이렇게 날 볼 수 있는 거지?'

'오케이! 그래, 난 실제로 존재하는 사람이야. 하지만 네가 안다고 믿고 있는 그 토마는 아니야. 그 토마는 이식물이란 말이야.'

'야, 임마! 그럼 넌 누구야?'

'네가 잘되기를 바라는 어떤 친구.'

'난 친구가 없어.'

'아, 그래? 그럼 지금 넌 누구 집에 있지?'

'너하고 무슨 상관이야? 그런데 여기가 내 아파트가 아니라는 건 어떻게 알았지?'

'왜냐면 지금 네 아파트엔 시체가 두 구 있으니까.'

'꺼져버려! 넌 엑신에서 일하는 개자식이지?'

'아니, 난 해커야!'

'그렇다면 개자식 해커로군!'

'날 그렇게 욕하고 싶으면, 얼굴을 보면서 한번 해보라고!'

'그럼, 이리로 와! 너, 내가 어디 있는지 안다며?'

'오케이. 복도에서 기다리지.'

'뭐야?'

'복도로 나오라고!'

'좋아. 만일 내가 일어나서 문을 열었는데도 아무도 없으면, 그땐 정말로 꺼져버려!'

'내가 자살했다고 믿게 했기에 망정이지, 안 그랬으면 넌 모든 걸 망쳐버렸을걸!'

이런, 염병할! 나는 성난 야수처럼 벌떡 일어선다. 몸이 약간 비틀거리고 동작이 부정확하다. 허벅지가 탁자에 세차게 부딪힌다. 그런데 아프지도 않다! 술 취하는 데 장점이 있다면, 그건 통증을 외상으로 달아놓을 수 있다는 점이다. 나는 문 쪽으로 돌진하여 야만인처럼 문을 왈칵 열어젖히는데, 복도에는 개미 새끼 한 마리 보이지 않는다.

나는 요란스레 숨을 몰아쉬며 좌우를 살핀다. 부자 아파트 특유의 정적 외에는 아무것도 없다. 이성적인 판단을 시도해 본다. 나는 80호 문을 바라본다. 반쯤 빠끔하게 열려 있다. 천천히 다가가 손가락 끝으로 살며시 밀어본다. 집 안은 컴컴하다. 나는 몸을 가누기 힘들 정도로 취한 채 복도에 맨손으로 혼자 서 있다.

이건 어쩌면 함정일수도 있는데, 권총을 응접실 탁자 위에 두고 오고 말았다.

그 사실을 깨달은 바로 그 순간, 타이머로 작동하는 복도 조명등이 탁 꺼져버린다.

50

하버드 대학의 한 연구팀은 꿈을 제어하게 하는 기술을 발명했다. 심리학자 로버트 스틱골드와 그의 팀은 17명의 피실험자에게 동일한 꿈을 꾸게 하는데 성공했는데, 이는 1985년 러시아인 알렉세이 파지트노프가 개발했고 이후 마이크로소프트사에서 채택했던 테트리스 게임을 집중적으로 반복하게 하는 것이었다. 그렇게 며칠 동안 게임을 시킨 후, 그들이 꾼 꿈의 성격에 대해 질문했더니, 피실험자 25명 중 17명이 테트리스 게임에 연관된 이미지들을 보았다고 답변했다. 이 실험에는 기억장애증이 있는 사람들도 여럿 참여했는데, 놀랍게도 그들은 해마 손상으로 인한 기억 장애에도 불구하고 정상인과 마찬가지로 테트리스 꿈을 꾸었다고 한다. 게다가 이 기억장애증 환자들은 사흘째 되던 날부터는 게임 방식을 다시 설명 들을 필요가 없었다. 자신도 모르는 사이에 그것을 외워버렸기 때문이다.

나는 명함에 적힌 전화번호를 세 번 읽은 다음, 꺼냈던 만큼이나 재빠르게 바지주머니에 집어넣는다. 그들은 아무것도 보지 못했다. 아니, 내가 뭘 하든 별로 신경 쓰는 기색이 없다. 오히려 내가 누워 있는 몇 분을 틈타 현 상황을 평가해보느라 바쁘다. 가장 똑똑한 행동방침을 정하기 위해 열심히 머리를 굴리는 것이다.

0609776464, 0609776464, 0609776464.

알고 보니 아주 간단한 거였다. *자, 휴대폰! 서둘러!……* 무엇보다도 연극한 티가 나면 안 돼. 나는 몸을 일으켜 천천히 탁자로 다가가서는, 서장에게 빌린 휴대폰을 내민다.

"자, 여기 있습니다. 이거 아무 데나 두지 말아요. 사방에 짭새들이 우글대는데, 잘못하면 도둑맞을 수도 있겠습니다."

그는 그걸 받아들고 몸을 일으킨다. 나는 잠시 기다리라고 손짓한다. 그러고는 전화번호를 누르고, 휴대폰을 귀에 가져간다. 신호음이 울리고, 누군가 전화를 받는다.

"여보세요?"

"거기, 실험실 직원들이오?"

"그렇습니다만?"

"그 휴대폰 가지고 도대체 뭘 하고 있는 거요? 여기 서장실인데, 필요하니까 후딱 가져와요. 어서!"

"그런데 전화하는 사람은 누구요?…… 아, 잠깐만요……"

조금 떨어진 곳에서 누군가의 목소리가 들리는데, 콜럼보의 그것과 비슷하다. 지금 막 실험실로 헐레벌떡 들어온 모양이다. 그의 어조는 나의 그것만큼이나 정중하기 그지없다.

"이런 빌어먹을! 당신, 그 휴대폰 가지고 뭐 하고 있는 거야? 그건 중요한 증거물이야! 대체 무슨 짓거릴 하는 거냐고?"

주위가 좀 소란스럽긴 하지만, 나는 엔지니어의 음성을 통해 그가 몹시 당황하고 있음을 느낀다.

"어, 이거?······ 지금 이건 서장실에서 온 전환데?"

"뭐야? 이리 줘봐요! 여보세요? 서장님?"

"아뇨, 나요, 콜럼보. 왜 이렇게 꾸물대는 거요?"

"아? 이제 기억을 되찾으셨나?"

"난 기억을 잃어버린 적 없어요. 엑신 쪽이 오히려 문제였지."

"흠, 재미있어지는구먼. 잘못하면 나까지도 당신을 믿어버리겠어. 그럼 조금 전의 기억상실에 대해 자세한 설명을 들을 수 있는 거요?"

"빨리 올라와요. 어쩌면 내가 털어놓을지도 모르지. 어쨌든 내 엑신 위니베르셀은 잊지 말고 꼭 가져와요! 당신에게도 중요하겠지만, 나한텐 더욱 중요한 물건이니까!"

두 보스가 휘둥그레진 눈으로 나를 본다. '털어놓는다'라는 말에 정신이 번쩍 들었는지도 모르겠다. 그래서 나는 더는 입을 열지 않고 서장 쪽으로 다가가 휴대폰을 돌려준다. 그러고는 바지주머니에 두 손을 찌르고 원래 자리로 돌아온다. 탁자 위에 놓인 크롬 도금 권총이 눈에 들어온다. 나는 허벅지에 찰싹 붙어 있는 총알 세 개를 어루만지며 미소 짓는다.

51

사방이 칠흑 같아 아무것도 보이지 않는다. 머리가 핑 돌지만 않는다면 재미있게 느껴질 수도 있는 상황이다. 하지만 지금 이건 함정이라는 냄새가 풀풀 난다. 나는 항구가 등대를 찾듯, 타이머 스위치의 조그만 주황색 빛을 찾는다. 호흡이 가빠지고, 심장은 미친 듯이 쿵쾅댄다. 됐다! 저기 보인다! 나는 더듬더듬 그곳으로 향한다. 검지가 불빛에 닿자 기적이 일어나고, 다시 돌아온 인공 조명에 눈이 부신다. 복도에는 조금도 변화가 없다.

나는 천천히 80호 문으로 다가간다. 문을 지그시 밀자 스르르 열린다. 아파트 안에는 불빛이 없다. 뭔가 불길한 예감이 든다. 나는 안으로 들어가 기계적으로 불을 켠다. 응접실에는 아무도 없다. 어쩌면 주방에 있을지도. 나는 평소에 현관문 뒤에 모아두는 우산들 중 하나를 집어들고 주방 안으로 펄쩍 뛰어들어간다. 조금 더 안쪽으로 들어가니 두 멧돼지 중 하나가 발에 걸린다. 하지만 아무것도 없다.

나는 우산으로 무장하고 온 아파트를 돌아다닌다. 아무것도 보이지 않는다!

이 빌어먹을 자식, 순 거짓말이었잖아! 그렇게 맞은편 아파트로 돌아가던 나는 화들짝 놀란다. 복도 한가운데 이웃 사내가 떠도는 유령처럼 서 있다. 나는 욕설을 내뱉는다.

"에잇, 염병할! 왜 이렇게 사람을 놀라게 해요? 정신 나간 사람 같으니!"

"미안하오."

"그런 몸 상태로 그렇게 돌아다니는 건 신중치 못한 행동이에요. 지금은 자고 있어야 할 것 아닙니까?"

"알고 있어요. 하지만 '개자식'을 혼내주고 싶은 사람이 여기 있는 것 같아서."

숨 막힐 듯한 정적이 내려앉으면서, 머리가 기이한 현기증에 사로잡힌다.

"그럼 당신이었어요?"

묵묵부답이다. 나는 버럭 짜증을 낸다.

"아니, 지금 이게 재미있어요? 그래, 어차피 죽을 몸이니까, 떠나기 전에 이 사람 저 사람 골탕이나 먹이자, 이겁니까?"

"이건 놀이가 아니라, 심각한 일이에요."

"하지만 토마는 죽었잖습니까?"

잠시 침묵.

"……그래요."

그는 한 번 크게 호흡한 뒤, 다시 말을 잇는다.

"……그리고 아니기도 해요."

나는 벌컥 화를 낸다.

"빌어먹을, 그런 거요, 아닌 거요? 이 우산으로 그 얼굴을 확 부숴버리고 싶구먼!"

"그가 죽지 않았다고 말한 이유는 그가 한 번도 존재한 적이 없기 때문이에요. 하지만 당신은 요 몇 년을 거짓 속에서 살아왔기 때문에, 당신에겐 죽은 거라고 할 수도 있는 거지."

나는 마침내 폭발하고 만다. 들고 있던 우산을 시속 200킬로미터로 벽에 내다꽂는다. 그게 지나가면서 그의 귀 반쪽을 날려버리지 않은 건, 순전히 하나님이 개자식들을 보호하는 버릇이 있기 때문이다. 나는 미친 사람처럼 악을 쓴다. 무시무시한 소리다. 삶 전체의 고통이 목구멍을 통해 갑자기 분출되어 터져나온다. 견디기 힘든 절규. 나 자신의 고막마저도 제대로 견뎌내지 못한다.

52

울부짖는 내 고함소리가 복도를 울리는 메아리와 뒤섞여 끝없이 이어진다.

"말도 안 돼! 난 확실히 알아! 난 토마를 수백 번도 더 봤어! 지금 당신을 이렇게 똑똑히 보듯이! 그는 내 친구였다고! 그리고 그는 죽었다고! 그는 자살했는데, 난 아무것도 할 수 없다고!"

침묵. 그는 고개를 가로젓는다. 나는 한층 거세게 소리 지른다.

"난 장례식에도 참석했었어. 모두 거기 있었지. 난 화가 나 있었고, 그의 어머니는 슬픔에 넋을 놓고 계셨어. 흐느끼셨지. 그분은 이렇게 말했어. '그 착한 애가! 그 착한 애가!' 아! 그걸 보니 가슴이 미어질 것 같았는데……"

"그를 언제 실제로 봤었죠?"

"자주 봤어요!"

"마지막으로 본 게 언제죠?"

"생각 안 나요! 조용히 해요!"

"당신은 그를 한 번도 본 적이 없어요."

213

"입 닥치라고 했잖아요!"

"당신은 그를 인터넷을 통해서만 알았을 뿐이에요."

"그는 나와 같은 회사에서 일했어요."

"직장에서도 한 번도 본 적이 없지."

"그는 야간근무였으니까."

"조금 이상하지 않소?"

"이상한 건 당신이야, 빌어먹을!"

"당신은 고아죠. 부모를 한 번도 본 적이 없는."

"당신은 미쳤어! 완전히 미쳤어!"

"당신 부모를 한 번이라도 본 적이 있으면 말해봐요."

"이런 염병할! 우리 부모님은 맥도날드 어릿광대를 불러다 내 생일파티를 해주셨다고!"

"아니오!"

"난 안 미쳤어! 미친 건 당신이야!"

"'다섯 살배기 아이가 생일이라고요? 그렇다면 그애 친구들을 맞이하기 전에 몇 가지 충고를 드리죠. 전기코드들을 모조리 뽑아놓을 것. 벽을 비닐로 덮어놓을 것. 그리고 변호사를 부를 것!' 이건 내가 만든 말이지요! 당신 아버지가 어떻게 생겼는지 기억해요?"

"생각이 잘 안 난다고, 빌어먹을!"

나는 잠시 숨을 고른다. 그리고 그를 차갑게 노려보면서 불쑥 내뱉는다.

"우리 아버지는 팔뚝에 문신이 하나 있었어요!"

"아, 그래요?"

"그렇다고!"

"그게 무슨 그림이었죠?"

"그게 당신하고 무슨 상관이야?"

"그게 무슨 그림이었냐고요."

"돛단배요! (그는 입을 다물고, 나는 의기양양한 미소를 짓는다.) 그러니까 이제 입 닥치라고요, 알았소?"

"아니, 그건 돛단배가 아니었어요. 그건 해골이 그려진 해적선이었지."

그는 자기 소매를 걷어 팔뚝을 보여준다. 문신…… 내가 기억하는 것과 똑같은 문신이다! 그리고 이 팔뚝…… 이것도 생각난다!

"당신은 당신 아버지를 한 번도 본 적이 없어요…… 당신어머니도…… 내가 이 모든 기억을 당신 머릿속에 집어넣은거라고요! 난 당신에게 말했죠. 언젠가 넌 진짜 해적 문신을 보게 될 거라고."

나는 오싹한 현기증에 사로잡힌다. 배에서부터 머리까지 치밀어오르는 현기증에 두 다리가 후들거린다. 눈에는 습기가차오르고, 목이 콱 멘다. 단 한 마디도 내뱉을 수 없다.

"당신은 어린아이에 불과했어요. 그런데 액신 쪽에서 약간지나쳤죠. 이식물을 과도하게 주입한 거예요. 당신 얼굴에 난그 흉터…… 그때 당신은 견디지 못하고 머리로 화면을 찧어댔던 거죠……"

이제 아무 힘도 남아 있질 않다. 그대로 쪼그리고 앉아 숨이라도 제대로 쉬어보려고 헐떡댄다. 완전한 정적 가운데 아무생각도 들지 않는다. 정신이 롤러코스터를 탄 듯 어지럽기만하다. 힘이 없어서 토하지도 못한다. 나는 울기 시작한다.

"자, 갑시다!"

중상을 입은 몸임에도 불구하고 그는 나를 한 손을 일으켜 세운다. 대체 어찌 된 일인지 궁금하다. 마약과 알코올의 힘은 대체 어디까지인 걸까? 나는 불쑥 묻는다.

"당신은 절대 안 죽나요?"

우리는 비틀거리며 아파트 안으로 들어간다. 그가 내 귀에 대고 속삭인다.

"죽기 전까지는 불멸이죠."

53

콜럼보가 휴대폰을 들고 방에 들어온다. 나는 미소와 함께 내 액신을 받아든다. 그리고 너무 감격한 나머지 소매 끝으로 그것을 닦는 시늉까지 한다.

"자, 이제 세계를 한번 구해보자고요! 이번만은 미국 애들 없이 우리끼리!"

나는 바지주머니를 뒤진다. 그때까지 안경케이스 속에 감춰 두었던 USB키를 찾아 꺼낸다. 콜럼보가 깜짝 놀란다.

"아니, 대체 그런 건 뭐 하러 가지고 다니오? 그런 썩어빠진 물건을 요새 누가 사용한다고. 시대의 흐름에 보조를 맞춰야 지. 배지나 피부이식 칩처럼 편리한 것들이 얼마나 많은데. 모 르오?"

"내 피부에 칩을 이식한다고? 아, 난 사양하겠어요! 위성이 빤히 내려다보는데 화장실에 간다? 어디 신경이 쓰여서 소변 이나 제대로 보겠어요? 아, 난 그런 건 믿지 않아요. 옛날식의 튼튼한 USB 메모리 만한 게 어딨냐고요. 아무튼 난 모든 일을 옛날 식으로 합니다."

두 보스가 지적 혼수상태에서 깨어난다. 서장이 끼어든다.

"하지만 피부이식 칩이라면 다른 사람들과 마찬가지로 당신에게도 하나 있는 걸로 아는데? 비록 그게 우리에게 흥미 있는 정보를 내줄진 의문이지만 말이오."

"아니, 뭘 안다고 그러세요? 내 칩한테 한번 물어봐요. 친절히 대답해줄테니까."

"경찰관의 직감이오."

그는 콜럼보에게 눈짓을 한다. 콜럼보는 즉시 일어나서 캐비닛을 하나 열더니, 휴대용 스캐너를 하나 꺼내가지고 돌아온다. 그것을 켜자 빨간 광선이 방출된다. 마치 바코드가 찍힌 카르푸 할인점의 세일 상품이 된 느낌이다. 그가 광선으로 내 팔뚝 안쪽을 훑는다. 삑 소리에 이어 콜럼보가 말한다.

"역시 뜨는 건 아이디 번호와 현재 시각뿐입니다. 이걸로는 별다른 걸 알아낼 수 없겠네요. 그리고 이게 진짜 이 친구 번호인지도 확실치 않고요. 왜 노 라이프에게 이런 먹통인 칩이 들어가 있는 걸까요?"

그가 나를 돌아보자 나는 대꾸한다.

"그야 뭐, 당신네 장비들이 맛이 가서 그런 거요."

"그렇긴 하겠지만……"

콜럼보는 찌뿌듯한 표정을 짓는다. 서장이 다시 끼어든다.

"내 그럴 줄 알았어!"

나는 빈정댄다.

"그러고 보니 칩 전문가이신 모양이네요?……"

"그 칩들이 있어서 다행이라고 생각하쇼! 아이들에겐 더없는 안전장치가 되니까. 문제가 생겼을 경우, 그들을 찾아내기가 아주 쉽거든. 하기야, 당신은 그런 일엔 관심도 없을 테지만. 보아하니 자식이 있을 사람 같지도 않아."

나는 되받는다.

"아, 그래요? 그렇다면 당신들은 자기 아이 팔뚝을 소포로 받은 부모들에게 뭐라고 말해줍니까?"

"자기 아이의 뭐?"

잠시 정적이 감돈다. 콜럼보가 침묵을 깨고 입을 연다.

"이 친구는 유괴사건에 대해 말하고 있는 겁니다. 석 달 전에 제16구역에서 일어났던."

나는 말을 잇는다.

"네, 맞아요! 그 부모는 범인들에게 돈을 줬나요?"

"아니, 그들은 PPN에게 도움을 청했소."

"계산을 잘못했군요. 그래서 사건이 어떻게 끝났죠? 거기에 대해 인터넷에선 아무 말도 없던데."

"아이는 팔의 부상 때문에 죽고 말았소." 콜럼보는 고개를 숙이며 대답한다.

"PPN, 참 고맙기도 하지. 그래서 유괴범들은 잡았나요?"

"아니. 놈들도 빠른 속도로 적응하고 있어서. 빌어먹을 해커 놈들! 그런 놈들은 모조리 붙잡아 수용소에 처넣어야 하는데!"

나는 그의 표현을 정정해준다.

"지금 우리가 얘기하고 있는 건 살인범들이지, 해커가 아니죠."

"지금 해커 편을 드는 거요?"

"당신은 좋은 경찰과 못된 경찰을 뒤섞는 걸 안 좋아하잖아요? 나도 악당들을 뒤섞는 게 싫다고요."

PPN 대장이 눈썹을 찌푸린다.

"뭘 뒤섞는다고?"

"오, 아무것도 아닙니다. 어쨌든, 얼마 안 있으면 칩을 찾기 위해 칩 속에 칩을 넣게 되겠네요."

바로 그 순간 코잭이 도망쳐나온 황소처럼 씩씩거리며 뛰어든다. 그는 내 배지, 탈지면, 알코올 한 병, 그리고 홍채인식기를 흔들어 보이며 소리친다.

"모든 게 이상 없습니다! 이제 눈 문제만 남았어요!"

제길! 왜 하필 이런 때 들어와서……

54

　나는 악몽을 꾼 사람처럼 땀에 젖은 몸으로 축 늘어져 소파
에 누워 있다.

　"난 미치지 않았어. 난 정상이라고!…… 그 여자는 실제로
왔던 건가요?"

　"물론이죠! 기억을 그렇게 빨리 이식할 순 없어요. 여러 달,
여러 해가 걸리는 작업이죠. 그녀는 분명히 이 집에 들어와서
우리와 함께 식사를 했고, 술을 마셨어요. 그리고 당신들은
함께 샤워를 했죠. 두 사람의 야한 장면들을 담은 비디오도
있어요!"

　"뭐라고요?"

　"농담이에요."

　잠시 침묵. 그는 자기 잔에 위스키를 따른 다음, 다시 말을
잇는다.

　"10년 전, 그들은 내게 '리셋' 프로젝트를 맡겼어요. 당시엔
내가 사내서열 8위였으니까, 일종의 승진인 셈이었죠. 내게 맡
겨진 임무는 전임자의 데이터베이스를 물려받아 그의 작업을
발전시켜나가는 거였어요. 그 작업이란 게 뭐였냐면, 가장 상

태가 나쁜 노 라이프들을 대상으로 하여, 그들에게 새로운 기억을 통째로 이식시키는 일이었죠. 일종의 테스트였어요. 일정 수의 실험 대상들을 선택해 그들이 어느 정도까지 이식 기억들을 받아들일 수 있는지 확인하는 테스트. 좀더 간단히 설명하자면, 소비자로서 그들의 기억에 영향을 가하여, 그것을 우리가 선택한 다른 기억으로 교체하는 게 과연 가능한가를 알아보는 실험이었죠. 이게 몇 해 만에 가능한가, 몇 살에 시작해야 하는가, 또 이식 작업은 어떤 주기로, 어떤 빈도로 이뤄져야 하는가 등등…… 그들은 이 프로젝트를 '리셋2'라고 개칭했어요. 회사의 미래를 위해 극히 중대한 임무였죠. 그들은 내가 적임자라고 판단했어요. 난 이미 많은 노 라이프들의 파일을 알고 있었거든요. 나 자신이 수많은 실험 대상들을 조종하고, 그들에게 영향을 가하는 작업을 해왔으니까. 또 매우 훌륭한 성과도 거뒀고 말이죠……"

그는 조그맣게 킥킥대더니, 다시 말을 잇는다.

"그런데 내 실험 대상들을 관찰하다가, 난 그들 중 몇몇에게 동정심을 느끼게 되었어요. 어느 날, 노 라이프 중 하나가 우는 모습을 본 나는 그대로 무너져버리고 말았죠. 난 그에게 가짜 소식을 심어줬어요. 그와 아주 가까운 어떤 사람이 죽었다고 말이죠. 그런데 그가 슬퍼하는 모습을 보니 내 마음도 미어지는 것 같더군요. 그는 실의에 빠져들었어요. 일테면 서서히 진행되는 자살이라고도 할 수 있었죠. 견딜 수가 없더군요. 결국 내 업무 때문이 아닌 다른 이유로, 즉 개인적인 이유로 그의 삶에 개입하게 되었어요. 다시 말해 업무상 과오를 범하게 된 거죠."

그는 담배를 다시 한 모금 빨아들인 다음, 말을 잇는다.

"이후, '리셋'이라는 단어가 뇌리를 떠나지 않았어요. 난 깨닫게 된 거예요. 내 위치에 있는 사람이 손 한 번만 까딱하면 35년 동안 쌓여온 신상 기밀데이터들을 송두리째 없애버릴 수 있다는 사실을. 간단히 버튼 하나만 누르면 말이에요. 어느 날, 난 행동하기로 결심했어요. 먼저 엑신 정보국 내부에서부터 작업을 시작했죠. 모든 동료들 사이에 일종의 인트라넷을 구축한 거예요. 다시 말해, 그들의 패스워드가 일종의 '트로이목마'를 통해 자동적으로 내게 전달되도록 해놓았죠. 난 그걸 몇 달에 걸쳐 준비해왔어요. 그리고 어제, 마침내 때가 온 거죠. 난 아동기 섹터의 모든 데이터를 삭제해버렸어요. 그런데 문제는 그들이 이 사실을 알아챘다는 거예요. 예상치 못한 일이었죠. 어쨌든 그렇게나 빨리 알아챌 줄은 몰랐거든요. 그리고 누가 지시를 내렸는지는 모르겠지만, 내 팀에 소속된 보안요원들이 날 제거하기로 한 거예요. 난 냉정을 잃고 말았죠. 한시라도 빨리 청소년 섹터와 성인 섹터를 동시에 삭제해버려야 했어요.

그래서 난 무턱대고 거기로 다시 돌아갔어요. 그건 큰 실수였죠. 그들은 날 기다리고 있었어요. 그다음 일들은 당신도 잘 알지요. 한 충직한 기사가 내 목숨을 구해주었고, 기타 등등⋯⋯"

그는 담뱃불을 짓눌러 끈 다음, 말을 잇는다.

"내 계획은 아주 간단해요. 엑신TV 본부에 저장되어 있는 모든 파일들을 삭제해버리고, 처음부터 다시 시작하는 거예요. 만일 모든 것을—본부에 있는 데이터까지—완전히 지워버릴 수만 있다면, 그들은 우리에 대해 아무것도 할 수 없게 되죠. 그들에겐 자료가 없는 반면, 나는 산처럼 가지고 있게 되고…… 심지어 나는 그들이 보유한 정보를 다시 쓸 수도 있게 되는 거예요. 혹시 금발에 푸른 눈을 갖고 싶어요? 내가 여기서 키보드를 두드리기만 하면, 엑신 전체가 당신이 금발의 남자라고 단언하게 되죠. 그들은 심지어 당신 사진까지 변조시켜놓을 거예요. 왜냐면 그게 현실에 더 부합한다고 믿을 테니까. 또 엑신이 그렇게 믿게 되면, 사적, 공적인 모든 행정조직들도 며칠 내에 그 믿음에 감염될 거고요."

"다시 말해, 당신이 그들 대신 권력을 차지하겠다는 얘기네요! 그러고 나면 당신이 모든 정보를 장악하게 될 테니까. 하지만 그래서 과연 이 사회가 더 나아질까요?"

"내 손 안에 들어오면 더 나빠지진 않겠죠."

"모든 독재자들이 그렇게 말했어요. 당신은 미쳤어요."

"그래요. 자신의 특권을 포기하고, 더 나은 세상이 올 거라고 믿으려면 미치지 않으면 안 되겠죠."

"아니, 당신은 그보다 더 형편없어요. 당신은 정말 한심하기 짝이 없는 바보멍청이예요!"

그는 깜짝 놀란다. 난 그가 어리벙벙한 상태에서 벗어날 틈도 주지 않고 말을 잇는다.

"하지만 난 바로 그 점이 마음에 들어요! (그는 다시 입을 딱 벌린다.) 그런데 이런 얘길 나한테 뭐 하러 전부 다 털어놓는 거죠?"

"왜냐면 35년 전, 엑신 사가 출생 직후부터 이식 작업을 행할 대상으로 선택한 모르모트, 그리고 수년 후에 나로 하여금

업무상 과오를 범하게 만든 실험용 모르모트가…… 에, 그러
니까, 바로 당신이었으니까요."

55

그는 지금 몇 번째인지 모를 담배에 다시 불을 붙인다. 상념에 잠긴 시선은 창문 너머의 허공을 향하고 있다. 영혼이 유리창 너머의 어딘가를 떠도는 듯, 창문을 보면서도 보지 않는 그런 시선이다. 벌써 한 시간이 넘게 그는 반세계에서 자신의 경험을 내게 들려주고 있다. 긴 침묵이 흐른다. 나는 무심코 한마디 던진다.

"흡연은 건강에 해로워요."

"어차피 난 죽을 거예요."

그는 창에서 눈을 떼지 않은 채 도발하듯 길게 한 모금을 빨아들인다. 그러고는 덧붙인다.

"다섯 살 때, 당신은 코잭을 무서워했어요. 그 커다란 대머리에 겁을 먹었죠. 어느 날, 당신 아버지는 장난삼아 응접실에 걸려 있던 장총을 가져와 당신 손에 쥐여줬어요. 당신보다도 더 무거운 물건이라 옆에서 개머리판을 붙잡아주면서. 그렇게 아버지의 도움을 받아 당신은 코잭을 겨냥했어요. 그리고 당신이 방아쇠를 당기는 순간, 당신 어머니가 텔레비전 코드를 뽑아버린 거예요. 화면이 사라짐과 동시에 코잭도 없어져버렸죠. 당신은 즐거워하며 웃음을 터뜨렸어요. 질 나쁜 장난일까요, 아니면 당신에게 역경을 극복하는 방법을 가르쳐준 걸까요? 어쨌든 당신은 코잭을 제거하는 동시에 자신의 두려움도 쓰러뜨릴 수 있었죠."

"그래서요?"

"사실 그건 이식기억, 즉 가짜 기억이었어요. 당신이 여섯 살 때 집어넣은 것이죠. 당신은 그 무렵 벌써 하루에 10시간을 컴퓨터 앞에서 보냈어요. 생각해봐요! 20세기의 인물인 코잭을 당시에 누가 기억이나 하고 있었겠어요? 아무도 없죠! 그건 기억이식 테스트의 하나였던 겁니다. 만일 이런 게 통하면, 다른 것들은 식은 죽 먹기가 될 테니까. 그런 식으로 이식된 기억들이 아주 많았어요……"

"그런데 당신은 나보다 나이가 별로 많지 않은 것 같은데요?"

"내 선임자 덕분이죠. 내가 이 일을 시작했을 때, 그의 데이터베이스는 관리가 아주 잘되어 있었어요."

"언제부터였죠?"

"내 선임자는 35년, 나는 15년이에요."

"아니, 당신 얘기가 아니라 나 말입니다. 언제부터 내가 그런 식으로 감시당해 온 거냐고요. 기억이식 실험의 대상이 되었느냔 말입니다."

"당신이 화면을 보기 시작했을 때부터, 즉 세 살 때부터였죠. 그냥 처음부터였다고 생각하면 됩니다."

나는 아무 말도 하지 못한다. 그는 너무도 맛있다는 표정으로 담배를 깊이 빨아들인다. 그리고 슬그머니 다시 말을 잇는다.

"당신의 꿈도 제어할 수 있어요. 당신의 대뇌는 기억하지 못하지만, 당신의 무의식이 저장해두는 정보들이 있죠."

"그래서요?"

"그건 엑신이 2020년대 초에 개발한 기술이에요. 노 라이프들은 이런 종류의 기술을 적용해보는 데 최적의 대상이죠. 우린 그 기술을 '테트리스'라고 부르고 있어요."

"그 유명한 게임 말입니까?"

"맞아요. 바로 그 게임 덕분에 우리는 꿈을 조작하는 게 가능하다는 걸 알게 되었죠."

"목적이 뭐죠?"

"소비자들의 꿈을 조작해서 그들의 행동에 영향을 주는 거예요. 광고보다 훨씬 효과적이죠. 예를 들어, 일전에 당신은 회장을 찾아가 한 방 먹이기 전에 뭔가 특별한 걸 발견하지 않았나요?"

"발견했죠. 여비서의 푹 파인 가슴."

"그 얘기가 아니라, 그 일이 있기 전날들 말이에요. 잠을 잘 잤나요?"

"아뇨. 그렇게 잘 자진 못했죠."

"간밤에 꾼 꿈들이 잘 생각나던가요?"

"아뇨."

"그때 당신은 밤마다 토마의 장례식 꿈을 꾼 겁니다."

믿기지 않는 심정에 부릅뜬 눈으로 천장을 응시하는데, 문득 뭔가 떠오른다.

"아, 그래! 맞아요! 그 얘기를 들으니까 알겠네요!"

"그렇게 어떤 두드러지는 사건에서 사용했던 이미지들과 같은 이미지들을 사용하는 거예요. 음향이나 말도 똑같죠. 그렇게 며칠 동안 무의식적인 방식으로 실험 대상을 융단폭격하는 겁니다. 뇌는 그것을 인식하지만, 의식상으로는 깨닫지 못하죠. 72시간 후에는 최초의 결과들이 나타납니다. 틀림없어요. 일종의 인위적인 꿈인 셈이죠. 그것에 대해 기억이 흐릿한 건 바로 그 때문이에요."

그의 시선이 다시금 창문 너머의 허공으로 향한다. 그리고 상념에 잠긴 목소리로 말한다.

"당신이 여섯 살 때였어요. 당신은 자신이 첩보요원이라 상상하고, 담벼락에 난 구멍을 통해 밖을 내다보곤 했죠. 그런데 어느 날, 벽에 몸을 찰싹 붙이고 구멍에 눈을 대고 있는데, 거기서 꿀벌 한 마리가 나왔어요. 하지만 마치 기적처럼, 그것은 당신의 눈을 쏘지 않았죠."

"맞아요……"

"당신이 열한 살 때, 인터넷에서 했던 고백이지요."

뱃속에 뭔가 뜨거운 공 같은 것이 꿈틀대는 걸 느끼며 나는 그대로 털썩 주저앉는다. 두 다리를 지탱할 힘이 없다.

나는 울기 시작한다.

56

반세계의 은밀한 활동들과 장소들. 모든 권력은 은폐를 필요로
한다. 모든 사원은 저마다 감춰진 부분이 있다. 지고의 권력을 휘
두르는 장소는 밀폐되거나, 접근 불가능한 경우가 많다(크렘린궁,
자금성). 프랑스는 1978년까지 알제리에 비밀화학기지를 보유하
고 있었다. 이런 성소에 들어가기 위해서는 모종의 의식儀式과 중
간 장소들을 통과해야 한다. 반세계의 어둠 속에 들어가기 위해
일종의 통과제의가 필요한 것처럼.

"뭐라고요? 아니, 내 눈에 무슨 문제가 있다는 거요?"
"모든 게 일치해요. 다 오케이예요. 하지만 아직 홍채 확인
은 못 했어요. 엄격하게 체크하자면 말입니다."
"아, 이젠 다들 갑자기 엄격해지기로 한 모양이네요?"
나는 당황한 표정을 짓고 있는 보스들에게 눈을 돌린다.
"시간은 이미 이런 식으로 충분히 허비한 것 같은데요? 당
신들을 벌써 몇 시간 전부터 날 여기다 붙잡아놓고 범죄자 취
급을 하고 있어요. (이렇게 말하면서 그들에게 아직 붉은 피로
물들어 있는 내 뺨을 보여준다.) 지금 무슨 일이 일어나고 있

는지 아는 유일한 사람인 나를! 이러다간 돌이킬 수 없는 재앙을 맞게 될 거예요. 곧 있으면 정보는 한 조각도 남지 않게 될 거라고요. 상상이 가요? 그런 개똥 같은 상황이? 자, 여러분, 어떻게 할 건가요?"

그들은 말없이 서로의 얼굴을 쳐다본다. 파리 날아가는 소리가 들릴 정도다. 나는 계속한다.

"좋아요. 조용히 생각해보세요. 난 화장실 좀 다녀와야겠습니다. 콜럼보, 당신 손 깨끗하죠?"

서장이 그에게 지시한다.

"같이 다녀오게."

나는 앞장 선 그의 뒤를 따르고, 마침내 이 무거운 분위기에서 빠져나온다. 물론 콜럼보가 내 남은 소변방울까지 털어줄 사람으로 보이진 않는다. 잘된 일이다. 콘택트렌즈를 끼려면 혼자 있는 게 편하니까.

화장실까지 가는 동안, 나는 어색한 침묵을 깨기 위해 대화를 시도해본다.

"영화 좋아해요?"

"좋아하긴 하는데, 시간이 없소. 어차피 지금 수도에는 영화관 하나 남지 않았으니까."

"아뇨, 아직 다섯 군데 남아 있어요. 파리 전체를 통틀어 다섯 군데만! 우린 개똥 같은 시대에 살고 있는 거죠. 물론 어느 시대에도 사람들은 그렇게 말했겠지만, 우리 시대는 정말로 뭣 같죠. 시간이 없다고요? 하지만 이혼하셨잖아요?"

"바로 그 때문이오. 여자를 쫓아다니려면 시간이 들잖소."

"인터넷에선 시간 들 게 없죠."

"아! 난 옛날 식으로 헌팅합니다. 사이버 헌팅은 짜릿한 게 없어서……"

"대체 어떤 식으로 한다는 거죠?"

"사실은 나도 잘 모르겠소. 특히 이렇게 외모에 전혀 신경 쓰지 않고 다니는 요즘에는. 이혼이 청결에 도움이 되는 것 같진 않네요."

나는 마음이 짠해지면서, 뭐라고 대꾸할 바를 찾지 못한다. 그저 조심스럽게 말을 이어갈 뿐이다.

"어제 어떤 공식통계를 읽었어요. 파리 주민의 40퍼센트가 홀로 사는데, 그중 80퍼센트가 독신자랍니다. 그리고 태어나는 아이 둘 중 하나는 생물학적 아버지가 없고요. 자기 집에 칩거하는 사람들이 점점 더 많아지고 있어요. 이건 노 라이프 얘기가 아니에요. 스스로 정상적인 삶을 살고 있다고 믿는 사람들 얘기죠."

"지금 허물없는 얘기들이 오가는 것 같아서 하는 말인데, 당신 노 라이프인 거요, 아닌 거요?"

"비밀을 지킬 줄 아십니까?"

콜럼보는 아무 대답도 하지 않고, 단지 고개만 살짝 끄덕인다.

"잘됐네요. 나도 마찬가지예요."

57

"이게 뭔지 알아요? USB 메모리라고 하는 건데."

"옛날 물건이죠."

"그래요. 해커들이 사용하는 물건이에요. 지금은 아무도 사용하지 않는 기술이죠. 그 때문에 요즘 사람들의 허를 찌르는 데는 이보다 좋은 게 없어요. 엑신은 8천만 명이 넘는 사람들에 대한 정보를 보유하고 있어요. 난 그것 전체를 단 세 개의 USB 메모리 안에 집어넣는 데 성공했죠. 무슨 말인지 알겠어요? 이 엄지손가락만 한 것 하나의 용량이 무려 1억 기가예요. 다시 말해, 35년에 걸쳐 축적된 정보 전체가 호주머니 하나에 들어가는 거죠."

그는 다시 담배 한 대를 피워 문다. 나는 이의를 제기한다.

"하지만 그 정보는 엑신TV 본부의 중앙데이터뱅크에도 있지 않나요?"

"바로 그거예요! 그래서 당신이 거기로 가야 하는 거예요."

"내가요?"

"그래요, 당신이! 나 대신 당신이 가는 거예요! 난 당신의 트라스크 배지, 그리고 당신이 우리 요원에게서 빌려온 엑신 배지를 가지고 제3의 배지를 만들었고, 이것만 있으면 엑신TV 본부에 들어갈 수 있어요. 건물의 제3섹터 지하차고를 통해 침투하는 겁니다. 그다음에는 관리자용 엘리베이터를 타고, 코드 2335를 치면 35층으로 올라가요. 거기엔 중앙컴퓨터와 당신밖에 없을 거예요. 곧바로 단말기로 가서 내가 줄 첫 번째 USB를 넣습니다. 빨간색 USB이지요. 그렇게 프로그램을 구동한 다음, 45초 후에 '엔터'를 누르면 모든 게 삭제돼요. USB를 빼고, 이 파란색의 두 번째 USB를 넣어요. 다시 프로그램을 구동시키고, 45초 후에 '엔터'를 누릅니다. 그렇게 하면 새로운 데이터가 주입되고, 그래야 세상의 판을 다시 짤 수 있는 거예요. 두 번째 USB를 빼내고, 이 세 번째 녹색을 넣습니다. 절대로 착각하면 안 돼요. 녹색이 마지막이란 사실을. 이건 필요불가결한 과정이에요. 이렇게 해야만 저들은 정보가 없어진 게 단순히 버그 때문이라고 믿게 될 겁니다. 이 녹색 USB가 우릴 보호해 줄 거예요. 이게 없으면, 그들은 모든 걸 알아차릴 테고, 그럼 우리의 앞날은 장담할 수 없어요. 이 USB 키는 엑신에 24시간 접속돼 있는 모든 서버들, 즉 각 정부기관, 의회, 다국적기업 등에 바이러스를 보낼 거예요…… 만일 모든 게 내가 예상한 대로 진행된다면, 당신은 아무 문제 없이 엘리베이터를 타고 다시 빠져나올 수 있어요. 어때요? 가벼운 산책만큼 간단한 일이죠."

"그런데 왜 내가 이 일에 목숨을 걸어야 하죠?"

"왜냐고요? 복수해야죠! 그게 충분한 이유가 되지 않나요?"

"당신이 거느린 해커 중 하나에게 맡기면 되잖아요."

"당신과는 달리, 그들은 모두 파일에 올라 있어요. 엑신TV

건물 내에서 3미터도 움직일 수 없을 거예요. 난 수개월 전부터 이걸 준비해왔어요. 그리고 드디어 운명의 시간이 온 거죠. 난 당신이 엑신의 고위간부급 인사로 행세할 수 있도록 가짜 신원을 하나 만들었어요. 만일 그들이 당신의 홍채를 검사하면, 무슨 수를 써서라도 이 렌즈를 착용해야 해요. 안 그러면 그들은 당신이 거짓말한다는 걸 알아차리게 될 거예요. 이건 우리가 탐지기들을 속이기 위해 사용하는 홍채지문이에요. 이걸 착용하면 당신은 원하는 어떤 사람으로든 행세할 수 있어요. 왜냐면 데이터베이스에 존재하지 않게 되기 때문에."

"난 태어나서 이런 걸 만져본 일도 없다고요. 어떻게 다른 방법 없을까요?"

"없어요. 홍채인식은 엑신이 관리하지 않아요. 각 경찰들이 내부 파일을 가지고 있죠. 그중 가장 완벽한 건 PPN 것이고요. 거기 대장이 제 자식처럼 애지중지하는 파일이죠. 참, 얘기가 나왔으니 말인데, 그 인간은 아이들이라면 일가견이 있어요. 늙은 소아성애자이거든요. 그는 5년 전에 아프리카 말리에서 사내아이를 하나 입양했어요. 요즘은 소아성애자들도 아주 약아빠져서, 맥도날드 햄버거처럼 매장에서 먹지 않고 집으로 가져와서 먹는답니다. 한 집안의 가장인 기혼자, 이런 종류의 친구들에겐 최고의 위장막이죠."

나는 미간을 찌푸리며 묵묵히 그를 쳐다본다. 하지만 내 코가 석자인지라, 다시 콘택트렌즈에 생각을 집중한다.

"지금 당장 착용하면 안 됩니까? 그렇게 하면 불안하지 않잖아요."

"불안하진 않겠지만, 장님이 될 거예요. 그걸 끼면 아무것도

안 보이거든. 미안해요. 하지만 그건 위급한 순간에 사용하게
될 최후의 방법이니, 임기응변을 발휘해봐요."

"임기응변을 발휘하라고요? (나는 얼굴을 찡그린다.) 어디
시범이나 한번 보여주시죠."

"오케이. 딱 한 번만이에요. 나도 이런 건 끔찍하니까."

그는 파란색의 조그만 렌즈케이스를 연다.

"이렇게 잡고, 보통 콘택트렌즈처럼 눈을 이렇게 벌린 다음,
요렇게 넣으면 돼요. 짜잔!"

"짜잔, 짜잔…… 말은 참 쉽네요. 근시들이나 하는 그런 건
한 번도 해본 적이 없다고요. 그런데 한쪽만 하면 안 되나요?"

"한쪽만 착용하고 있는데 다른 쪽을 검사한다면? 망하는 지
름길이죠! '지금까지 저희와 함께 해주셔서 감사합니다'가 돼
버린다니까요. (그는 내게 뭔가를 내민다.) 자, 이게 당신의 새
배지예요. 죽은 친구의 것에다 당신 얼굴을 올렸죠. (그는 낄
낄댄다.) 내가 프로그램을 당신에게 맞도록 완전히 바꿔놨으
니, 아무 문제 없을 거예요. 게다가 당신 DNA도 보호처리해
놨고요."

"보호처리?"

"우리가 관리하는 파일에는 두 종류의 DNA가 있어요. 분
류 DNA와 보호 DNA. DNA 분류는 엑신에게 가장 돈을 많이
벌어다주는 사업이죠. 분류 DNA 데이터뱅크는 필요한 사람
에게 다시없는 정치적, 경제적 토대를 제공해줄 수 있어요. 이
때문에 정부, 각 기관, 다국적기업 등등, 다들 이 데이터뱅크
에 도움을 청하고 있고, 이를 위해 돈도 펑펑 쓰고 있는 실정이
죠. 이건 외국에서도 막대한 액수를 벌어들이는 사업이에요.

이 시스템 덕분에 추적 불가능한 사람은 더 이상 없게 되었죠. 2020년경에는 이 때문에 약간의 문제도 있었어요. 특히 어떤 정부 요인 때문에…… 당시 아주 영향력 있는 사람이었는데 무슨 풍속사범에 연루되었죠. 그 사람 이름이, 그러니까……"

그는 자신의 좌뇌가 있는 쪽의 천장을 응시한다. 기억을 관장하는 뇌가 있는 쪽 말이다. 나의 좌뇌는 지금 어떤 상태일까? 보나마나 난장판으로 어질러져 있겠지. 그는 몇 초 동안 입을 다물고 있다가, 다시 말을 잇는다.

"생각이 잘 안 나네요…… 어쨌든, 이 사건 후에 그들은 보호된 DNA 리스트를 만들어달라고 요청했어요. 이름만 달랐지 정치외교적 면책특권과 똑같은 것이라 할 수 있죠. 누군가의 DNA가 보호되면, 무슨 짓을 하더라도 그를 추적해 찾아내는 게 불가능해지니까. 놀라운가요? 이런 건 약과예요. 우리의 이익에 부합할 경우, 범죄 현장에서 발견된 어떤 DNA를 다른 누군가의 DNA로 바꿔치기하는 일도 종종 있으니까."

"구역질 나네요!"

"그게 인생이에요. 완벽하게 죄 없는 사람들은 자신의 결백함을 목청껏 주장하다가 오히려 완벽한 죄인처럼 보이게 되는 매우 희귀한 특질을 지니고 있죠. 힘 있는 자들은 처음에는 큰돈을 들여 자신의 DNA를 보호했어요. 이 DNA 보호 권리는 상품처럼 교환되기도 하고, 유산으로 물려지기도 했죠. 물론 이런 일들은 전부 매우 은밀하게 이루어졌고요."

"우리처럼 불쌍한 인간들은 무엇으로부터도 보호받을 수 없다는 거죠? 그렇죠?"

"지하철에 들어가면 비를 피할 수 있죠. 그거라도 어딥니까?"

그는 얼굴을 찡그리며 담배 연기를 크게 한 모금 삼키더니, 다시 말한다.

"경찰들은 보호 DNA를 가진 사람을 만나게 되면, 상대가 뭔가 특별한 인물이란 걸 알지만, 그래도 의심의 끈을 풀지 않아요. 과거, 위대한 해커들은 행정기관 파일에서 자신의 DNA 기록을 지워버리는 데 성공하기도 했어요. 엑신으로선 오히려 좋은 돈벌이 기회였죠. 피해기관이 파일을 복구해달라고 그들에게 요청해야 했으니까요. 하지만 이런 일은 양날의 검이라 할 수 있어요. 그들이 파는 제품의 신뢰성이 떨어지니까."

"그렇다면 이번에 하는 김에 DNA 파일까지 없애버리는 게 어때요?"

"바로 그거예요! 하하하, 이제 슬슬 우리 사업에 관심을 갖기 시작하시는군! 물론 그것도 지워버려야죠! 하지만 그러기 위해서는 거기로 가야 해요."

"걱정 마요, 내가 가서 원하는 걸 해드릴 테니까. 그런데, 이건 또 뭡니까?"

"안경케이스."

"네, 정말 기쁘군요! 콘택트렌즈, 그리고 이번엔 또 안경이라. 왜, 내가 근시라도 될까봐 걱정돼요?"

"이 안에는 당신의 엑신 휴대폰을 음성으로 조작할 수 있는 3D 고글이 들어 있어요. 그리고……"

그가 검지로 케이스 옆 부분을 누르자, 케이스 속 커버가 스르르 회전하면서 그 안에 숨겨진 세 개의 칸을 드러낸다. 첫 번째 칸에는 USB 메모리 세 개가 들어 있고, 두 번째 칸에는 그가 그 자리에서 배지와 콘택트렌즈를 살며시 집어넣었으며,

세 번째 칸에는 권총 탄환 세 개가 반짝이고 있다.

"아니, 이거 총알 아니에요? 뭐, 이게 '가벼운 산책'이라고요? 지금 농담해요?"

"이건 극도로 위급한 순간에만 사용하세요."

"내가 제임스 본드인 줄 알아요?"

"아뇨. 다들 알 듯이 제임스 본드는 끝에 가도 절대 안 죽잖아요?"

58

조세체계와 노동법에서 벗어나는 관세 자유지역의 예에서 볼 수 있듯이, 반세계에 속하는 예외적인 장소들은 권력에 의해 조직되고 정의된다. 가만히 살펴보면, 이른바 '조세천국'들은 강대세력과 가까운 곳에 분포해 있다는 사실을 발견할 수 있다(룩셈부르크와 맨 섬이 그 대표적인 경우이며, 프랑스 최대 카지노가 있는 디본은 스위스 국경에 붙어 있다). 반세계가 지배적이 될 때, 합법적인 것이 부패하고, 불법적인 것이 오히려 미덕이 될 때, 반세계는 과연 무엇으로 정의될 수 있을까? 지금 서구 국가들에서는 제반 특례들이 갈수록 증가하고 있다. 스포츠, 연예계, 그리고 속임수와 돈세탁이 당연시되는 모든 종류의 기업체들에서 뒷거래는 체계화되어가고 있다. 국가는 너무 많은 특례를 발표한다. 반세계의 법이란 대체 무엇인가?

토마는 내게 항상 이런 글을 보내곤 했다.

'가난한 놈이 자기 조건에서 벗어나기 위해선 두 가지를 배워야 해. 첫째, 불복종하기. 둘째, 거짓말하기.' 난 아마 어린 시절부터 지독히도 가난했던 모양이다. 왜냐면 24시간 전부터 불복종 노선을 고수하기 시작한 이래로, 한없이 거짓말을 해대고 있기 때문이다. 게다가 일정 수준 이상에 도달하고 싶은 듯, 나 자신에게까지 거짓말하고 있다.

콜럼보는 쉴 새 없이 좌우를 살핀다. 몹시 예민해진 기색으로, 마치 프랑스어를 할 줄 모르는 수^{sioux} 족 인디언처럼 말없이 갈 길만 가리킬 뿐이다. 그런데 무슨 생각인지 모르겠지만, 느닷없이 반말로 을러대기 시작한다.

"만일 도망가려고 잔꾀를 부리는 기미가 있으면, 유감스럽지만 그대로 쏴버릴 거야!"

"유감스럽다고? 왜, 마음이 약해지셨수?"

"아니. 난 신중한 놈이야. 어쩌면 자네가 정말로 그런 사람인지도 모르잖아."

"오, 그렇다면 존댓말이라도 좀 쓰지 그러시오?"

"아냐, 아냐. 사실 난 힘없는 놈들에게는 존댓말을 쓰고, 지위 높은 놈들에게는 반말을 써. 그게 최소한의 예의지."

"아, 그렇군. 흐름을 거스르는 연어처럼?"

"흐름을 거스른다기보다는 시대를 거스른다고 해야겠지. 공룡들처럼 말이야! 난 착한 놈에게는 착하고, 못된 놈에게는 못된 인간이라고!"

나는 씩 웃는다. 우리는 복도 끝에서 모퉁이를 돈다. 화장실이 나온다. 그는 뒷걸음쳐서 다가가 문을 연다. 내가 들어가자 그가 바짝 붙어 따라온다. 내가 남자화장실 문을 열려는 순간, 그가 제지한다.

"안 돼! 볼일은 여자화장실에 가서 봐!"

"사람 욕보이는 게 당신 취미요, 아니면 내가 여자 팬티라도 입었다고 생각하시는 거요?"

"만일 뭔가 음흉한 계획을 꾸몄다면, 자넨 나 같은 경찰에 걸렸으니 재수가 없는 거야. 자, 여자들 세상으로 들어가라고! 뭘 꾸물거려?"

그는 보기와는 달리 그리 멍청하지 않다. 필경 〈대부〉를 본 것이리라. 내가 화장실에 들어가고, 변기 뒤에 권총 한 자루가 숨겨져 있고, 내가 그걸 들고 밖으로 나와 모두를 쓰러뜨린다. 물론 이건 우리의 프로그램에 포함된 일은 아니지만, 어쨌든 이런 디테일 덕분에 내가 이 구질구질한 사내에게 느끼기 시작하고 있는 호감은 조금 더 상승한다. 그는 덧붙인다.

"그런데 내가 이혼했다는 건 어떻게 알아냈지? 머리에 컴퓨터라도 달고 다니나?"

"그래요. 이틀 전부터."

"나하고 농담 따먹기 하겠다는 거야? 아무래도 뭔가 수상하단 말이야."

"재수가 좋아서 우연히 맞힌 거죠."

그는 묵묵히 날 쳐다본다. 나는 화장실에 들어가 걸쇠로 문을 잠근다. 그가 투덜대는 소리가 들린다.

"사람 잘못 짚었어! 난 우연 따윈 믿지 않아!"

우연이라고? 어떤 영화는 한 번도 통째로 본 적이 없는데, 리모컨으로 채널을 돌릴 때마다 매번, 그것도 항상 같은 장면만 마주치게 된다. 결국 영화 전체는 한 번도 보지 못했으면서 그 장면만 열 번도 넘게 보게 된다. 이렇듯 우연이란 때로는 기이하기 짝이 없다. 마치 우리에게 뭔가를 말하고 싶어한다는 느낌마저 든다. 우연한 일은 희한하게도 자꾸만 일어나는데,

그 이유는 간단하다. 우연이란 존재하지 않기 때문이다. 우리네 삶이 우연한 사건들의 연속에 불과하다고? 사실 그 사건들은, 우리가 포착하는 일련의 신호들을 통해 형성되는 어떤 논리에 따라 일어나고 있는 것이다. 진짜 우연은 우주 가운데서 극히 미세한 부분을 차지하고 있을 뿐이다. 모든 것은 보고 받아들이는 신호들에 의해 이루어질 따름이다.

혜택 받은 사람들은 말한다. 삶의 모든 건 운에 달린 문제라고. 하지만 그들이 이렇게 말하는 까닭은 따로 있다. 그것은 주사위가 사전에 조작되었다는 사실을 당신이 알아차리지 못하게 하기 위해서이다.

나는 그 건물의 80호에 살게 된 게 우연이라고 믿었다. 그런데 알고 보니, 내가 문구멍으로 엿보던 사람이 날 거기 살게 했던 것이다. 또 지금까지 삶의 행로를 내가 우연히 선택해왔다고 믿었지만, 사실은 아주 어렸을 때부터 나를 그렇게 조종해놓은 거였다.

우연이란 우리의 추억만큼이나 음험한 것이다.

59

나는 몇 시간 동안 잠을 잤다. 깨어나보니 완전히 새로운 몸을 얻은 듯한 기분이었다. 약간 뻐근하긴 해도 새로운 활력이 넘쳐흘렀다. 응접실 탁자 위에는 작업에 필요한 용품들이 모두 갖춰져 있었다. 의자 등받이에는 방금 포장을 벗겨낸 듯한 새하얀 이브생로랑 셔츠가 걸려 있었다. 아르마니 정장 재킷 한 벌과 검정색 웨스턴 구두 한 켤레도 보였다. 나머지 것들은 그의 드레싱룸에 들어가, 마치 세일하는 가게에 들어간 십대 소녀처럼 정신없이 골라잡았다. 그런 뒤 샤워를 하고, 허리께에 수건을 두르고 응접실로 돌아왔다. 비싼 목재로 짠 마룻바닥 위에 내 발자국들이 점점이 찍혔다. 나는 손가락에 느껴지는 총알의 매끄러운 촉감을 음미하며 천천히 권총을 장전했다. 이어, 필요한 모든 것들이 안경케이스 안에 제대로 들어 있는지 확인하고, 만약의 경우를 대비해 여분의 약물 흡입기까지 하나 넣은 다음, 케이스를 블루마린색 재킷 안주머니에 집어넣었다. 그리고 투우사가 그의 '빛의 예복'을 차려입듯, 천

---

* 스페인 투우사들이 입는 화려한 금빛 예복.

천히 옷을 입었다. 마치 이번이 마지막인 듯, 차분하고 엄숙하게. 내일 해가 뜨는 광경을 다시 볼 수 있을지 없을지 알 수 없을 때, 삶은 아주 특별한 맛으로 다가온다. 바로 이런 순간에만 우리는 살아 있음의 가치를 진정으로 느끼게 된다. 가장 단순한 것들이 천상의 것이 된다. 넥타이를 묶고, 그것이 목둘레를 꽉 조이도록 당기고, 피부가 충분히 호흡할 수 있을 정도의 공기를 통과시키는 흰 셔츠의 신선함을 느끼고…… 이런 아주 사소한 것들이 너무도 큰 삶의 기쁨을 안겨주는 것이다.

옷을 다 입은 나는 검정 구두의 끈을 꼭 묶었다. 반들거리는 권총을 허리춤에 꽂은 뒤, 침실로 향했다.

이웃 사내는 여전히 엑신 휴대폰에 뭔가를 치고 있었다.

"도대체 아까부터 뭘 그렇게 하고 있는 거죠?"

"우리의 계획을 다듬고 있어요. 자, 받아요!"

그가 녹색 USB키를 내민다. 난 그게 장비에서 빠져 있었다는 사실조차 모르고 있었다. 처음부터 참 잘하는 짓이다! 그는 다시 한번 강조한다.

"마지막에 이걸 넣고 프로그램을 돌려야 한다는 걸 절대로 잊으면 안 돼요. 그리고 당신이 당신 작업의 결과를 구경할 수 있도록 오래 살았으면 좋겠어요."

"몸은 좀 어때요? 이제라도 의사를 부를 수 있어요."

"소용없어요."

침묵. 그는 시간을 들여다보더니, 어떤 전류에 사로잡힌 사람처럼 어조가 갑자기 달라진다.

"자, 이제 떠나야 해요! 시간을 너무 많이 허비했어요."

그는 내게 손을 내민다. 나는 그 손을 꽉 잡는다. 그러면서

다가가 그를 힘차게 포옹한다. 그 순간, 내가 지금 죽어가는 연약한 육체를 안고 있다는 사실을 깨닫는다. 나는 속삭인다.

"잘 있어요, 토마. 비록 당신이 어떤 사람인지는 잘 모르지만, 당신은 최고의 친구였어요."

눈시울이 축축해지는 게 느껴진다. 나는 포옹을 푼다. 그의 얼굴에 미소가 떠오른다. 그 역시 가슴이 뭉클해진 모양이다. 난 갑자기 몸을 홱 돌려버린다. 지나친 감상은 행동에 방해가 될 것이기에. 나는 방에서 나온다. 약간 멘 듯한 그의 목소리가 뒤에서 들려온다.

"너도 최고의 친구였어!"

나는 아파트 문을 닫는다. 그리고 슬픔이 격렬한 분노로 바뀌는 걸 느낀다. 마치 내 몸이 모든 걸 잘 알고 있다는 듯이, 이 일의 끝까지 가기 위해서는 맹렬한 에너지가 필요하다는 사실을 너무도 잘 안다는 듯이.

60

오후 6시 10분.

나는 전철을 탄다. 생쉴피스 역에서 내린다. 지하철 밖으로 나온다. 거리를 따라 쭉 걷는다. 오른쪽으로 돈다. 그렇게 백여 미터를 걷는다. 왼편에 거대한 건물이 하나 나타난다. 2미터 높이의 담벼락이 건물을 빙 둘러 보호하고 있고, 그 벽 뒤로는 종류를 알 수 없는 식물의 초록 잎사귀들이 삐죽삐죽 솟아 있다. 보도를 따라 계속 걷다보니, 마침내 관리자용 출입구와 지하주차장으로 내려가는 경사로가 보인다. 두 대의 감시카메라가 내게서 눈을 떼지 않는다. 모든 게 잘될 것이다. 나는 토마의 지시사항들을 철저히 따른다. 그 무엇도, 그리고 그 누구도 끝까지 가려 하는 나를 막을 수 없을 것이다.

나는 관리자용 출입구를 막아선 전자문 앞에 이른다. 심장이 금방이라도 터져버릴 것 같아, 그런 기색을 내비치지 않으려고 좀더 천천히 움직인다. 호흡을 가다듬는다. 무엇보다도 천천히 호흡하여 폐에 공기를 가득 채운다. 그런 다음, 위조된 배지를 전자스탠드에 대고 문지른다. 문이 스르르 열린다. 나는 완만한 경사를 이룬 비탈길을 내려간다.

'무엇보다도 왼쪽으로 돌지 않도록 조심해요. 차고를 거쳐 지하실을 통해 들어가야 해요.'

토마가 조그맣게 말하는 소리가 들린다. 마치 그가 옆에서 날 보살펴주고 있는 것처럼! 나는 다른 전자스탠드에 배지를 문지른다. 그러고는 재빨리 좌우를 돌아보며 혹시 누군가의 이목을 끌지나 않았는지 확인한다.

6시 36분.

직원들의 차들이 여기에 주차되어 있다. 이곳에선 수도에 굴러다니는 모든 차종을 구경할 수 있다. 바퀴가 네 개 달린 전통적인 전기자동차 르노 스파드에서부터 메르세데스의 최신형 공기추진 자동차까지. 지상 25미터까지의 이륙이 허용되는 유일한 차종인 최고급차. 난 이 차를 너무도 좋아한다. 무한한 힘을 느끼게 하는 이 차는…… 그런데 갑자기 주차장에 불이 꺼진다.

사위가 칠흑 같은 어둠으로 변한다. 아무것도 보이지 않는다. 더는 발을 내딛을 수조차 없다. 컴퓨터 그래픽으로 보았던 기억을 더듬어보지만 모든 게 낯설게만 느껴진다. 금방이라도 벽에 얼굴을 처박을 것만 같다. 하지만 나는 계속 전진한다. 왜 이 빌어먹을 미로를 죽어라고 외워둬야만 했는지, 이제야 그 이유를 알 것 같다. 와이맥스도, 아니 그 어떤 종류의 전파도 이 안에는 들어오지 못하기 때문이었다. IT의 도움을 받아 길을 확인한다는 게 불가능한 곳이다. 나는 마침내 그 문제의 C 섹터를 찾아낸다.

내가 제대로 기억했다면, 가운데 통로는 엘리베이터 문과 직통으로 연결되고, 그 문에서는 물론 코드를 눌러야 한다.

2335. 나는 숫자를 누른다. 엘리베이터 문이 열리면서, 통로가 환하게 밝혀진다. 나는 빛으로 가득한 엘리베이터 안으로 들어간다. 다시 한번 코드를 치고, 나의 최종 목적지인 35층, 즉 맨 꼭대기층으로 올라간다. 획획, 한 층 한 층 지날 때마다 일 년씩 늙어가는 기분이다. 내 삶 전체가 주마등처럼 펼쳐지는 것 같다. 그런데 어떤 삶? 이전의 삶? 새로운 삶? 실제의 삶? 아니면 그들이 꾸며내어 내게 주입했던 삶?

　이 모든 삶들이 머릿속에서 뒤섞인다. 오늘부터는 더 이상 그 무엇도 두려워하지 않을 것 같다. 어떤 치명적인 사고에서 기적적으로 생명을 건진 후처럼. 그렇게 다시 태어나면, 모든 게 예전 같지 않다.

　걱정되는 것들은 많지만, 이제는 그 무엇도 두렵지 않을 것이다.

61

저녁 7시 01분.

엘리베이터는 내가 목적지에 도착했음을 알려준다. 35층. 문이 열린다. 조금은 불안하다. 전략적으로 중요한 장소가 왜 이토록 한산한지 이해가 안 된다. 뭔가 찜찜하다. 하지만 토마를 믿어야지 어쩌겠는가. 나는 엘리베이터에서 나온다. 벽의 구석마다 감시카메라가 붙어 있지 않은 곳이 없다. 나는 계속 해서 깊이 호흡한다. 온몸이 땀으로 젖는다. 침착함을 유지하지만 그건 겉모습일 뿐이다. 거대한 유리통 같은 방 앞에 이르자, 유리 너머로 중앙컴퓨터가 보인다. 진실의 순간이 온 것이다. 만일 배지를 문질렀는데도 이 유리문이 열리지 않는다면, 남은 건 토끼처럼 죽어라고 도망치는 일뿐이다. 나는 숨을 한번 크게 들이마신 뒤, 물속에 뛰어드는 기분으로 배지를 문지른다. 삡 소리가 커다랗게 들리더니, 표시등이 녹색으로 바뀐다. 투명문이 열린다. 아, 정말이지 토마는 천재야!

나는 들어간다. 곧바로 자리에 앉아 작업의 각 과정을 꼼꼼하게 실행한다. 머리에 새겨둔 독주회의 그 어떤 세부도 잊지 않는다. 우선 빨간 USB키를 꽂는다. 자, 45초가 지났나? 머릿속으로 세었지만, 그래도 미심쩍어 5초가 더 흘러가게 놔둔다. 그리고 '엔터'를 친다.

참 기묘한 일이다. 심장박동이 오히려 차분해졌다. 근육의 긴장도 풀렸다. 하지만 일이 다 끝나려면 아직 한참 남았다. 내 몸이 이렇듯 안도하는 건 아마도 다른 이유에서이리라. 이 컴퓨터 파일들 안에 갇혀 있는 수백, 수천만의 영혼들을 지금 해방시켰기 때문이리라.

설사 이 모험에서 살아 돌아가지 못한다 해도, 나는 모든 사람들이 꿈꾸는 바를 이룬 것이다. 자신의 인생에 어떤 의미를 부여하는 일 말이다.

62

저녁 7시 17분.

나는 빨간 USB키 다음으로 파란 키를 꽂는다. 변경된 정보
들, 그리고 이전의 정보들과 뒤섞인 어마어마한 양의 새로운
정보들이 콸콸 흘러들어간다. 나는 첫 번째 USB키를 인경케
이스의 속커버 안에 정리해둔다. 이렇게 체계적으로 작업하면
실수할 염려가 없다. 꽂고, 프로그램을 열고, 구동시키고, 45초
동안 기다리고…… 나를 얼렸다, 삶았다 하기를 반복하는 이
끔찍한 중압감만 없다면, 거의 애들 장난이나 마찬가지다. 자,
모든 게 이상 없고, 이제는……

딱딱딱! 뒤에서 들려온 기묘한 소리에 몸이 돌처럼 굳어버
린다.

피가 얼어붙는다. 지금 누군가 벽 대신 세워진 커다란 유리
문을 두드린 것이다. 소리로 짐작하건대, 그는 내 주의를 끌기
위해 뭔가 금속 같은 걸로 두드리고 있다.

나는 고개를 뒤로 돌린다. 제복 차림에, 손에 열쇠꾸러미를
든 한 경비원이 묻는 듯한 시선으로 날 쳐다보고 있다. 내게는
두 가지 선택이 있다. 그대로 쏴버리거나, 아니면 뭔가 연극을

하면서 시간을 끌거나. 컴퓨터게임에서는 무수한 사람들을 거꾸러뜨릴 수 있었지만 과연 현실에서는 어떨까? 그의 오른손이 가죽으로 된 권총손잡이를 매만지는 게 보인다.

7시 21분.

저 남자가 비딱하게 나오면, 먼저 총을 쏘는 수밖에 없다. 하지만 그보다는 대화를 통해 일을 원만하게 해결하는 쪽을 택하고 싶다. 다시 말해 거짓말을 해야 한다. 나는 마치 오래전부터 아는 사이기라도 한 듯, 손을 크게 흔들어 인사를 한다. 그의 눈이 둥그레진다. 나는 그에게 어려워하지 말고 이리 들어와 편하게 있으라는 의미의 손짓을 한다. 그리고 마치 아무 일도 없다는 듯, 태연히 작업을 계속하기로 한다. 이는 두 가지 이유에서다. 첫째, 이제 남은 작업은 마지막 키를 꽂고 프로그램을 돌리는 일뿐이다. 저 친구가 후덕한 궁둥이를 씰룩거려 여기까지 다가오는 사이에 다 끝나버릴 수도 있다. 그리되면 내가 뭔가 수상쩍은 짓을 했다는 사실은 영영 증명할 수 없게 된다. 토마가 여러 번 되풀이하여 설명하지 않았던가. 이 녹색 키는 우리의 무죄를 보장해줄 패스포트라고. 둘째, 저 친구의 존재를 아예 무시해버림으로써 나의 시나리오에 신빙성을 더할 수 있다. 조금도 거리낄 게 없어야 이렇게 차분히 작업을 계속할 수 있는 거니까. 유리문 열리는 소리가 들린다. 벌떡대는 심장이 고막 깊은 곳을 쿵쿵 두드리고 있다. 덜덜 떨리는 손 때문에 키를 제대로 꽂지도 못해, 세 번이나 다시 해야 했다. 경비원의 발소리가 저벅저벅 다가오는 게 들린다. 그리고 갑자기, 그의 목소리도 들린다.

"당신, 여기서 뭘 하고 있는 거요?"

나는 그를 쳐다보지도 않고 대답한다.

"보면 몰라요? 일하고 있어요."

그도 약간 불안해 보인다. 내 불안이 전염된 것인가.

"여기서 볼일 따윈 아무것도 없어! 당신이 여기 온다는 소리를 들은 적이 없다고!"

여기서 선택은 두 가지이다. 하나는 권총, 다른 하나는 배지. 어느 게 좋을까? 그래, 배지가 낫겠지! 나는 그에게 고개를 돌리고 짐짓 미소를 지어 보인 뒤, 배지를 꺼내어 데스크 위에 턱 올려놓는다.

"자, 확인해보쇼! 내가 여기 온다는 얘기가 없었다고? 누가 일을 그따위로 한 건지 모르겠지만, 난 내 일을 제대로 할 뿐이오."

이렇게 말하면서 머릿속으로는 수를 센다. 2, 3, 4, 5······ 우라질! 45초가 이렇게 길 줄은 정말 몰랐네!

그는 여전히 권총손잡이에 손을 대고 있다. 그는 미간을 찌푸리더니, 배지를 힐끗 보고는 집어든다.

"지금 하고 있는 일을 멈춰요! 확인 좀 해봐야겠소."

나는 빙그레 웃어 보인다. 27, 28, 29······

"아, 일하는 데 방해 좀 하지 말아요! 이것만 하면 다 끝난다고요······"

"당장 멈추라고 하잖소!"

"아, 진정해요, 진정해! 이렇게 멈췄잖아요! 당신하고 말하기 시작하면서부터······"

"그리고 이건 또 뭐요?"

그는 USB키를 홱 뽑아낸다. 빌어먹을! 38! 38초에서! 난 결국 끝내지 못했다.

63

"그건 USB키예요. 정보국 차원에서 필요 없게 된 예전 데이터들을 삭제하고 있다고요. 뭐, 이런 일을 한두 번 하는 것도 아니고…… 왜, 회사 쪽 책임자와 얘기해볼래요? 내가 직접 전화 걸어줄까?"

"아니, 난 그 사람을 몰라요. 어쨌든 여기선 지켜야 할 정확한 절차가 있는데, 당신은 그걸 따르지 않았어요. 그리고 이 미국 물건. 뭐, US키라고 했나요? 난 이런 건 한 번도 들어본 적이 없소."

이렇게 열성으로 똘똘 뭉친 무시무시한 벽창호에게 걸리다니. 그는 무전기를 꺼내 자기 상관을 부른다.

"중앙 섹터에서 문제 발생. 일정에 없는 직원이 작업중. 확인 요망!"

금속성 목소리가 응답한다.

"확인해볼 테니 잠깐 기다려……"

그 몇 초가 내게는 영원처럼 느껴진다. 그런데 입이 딱 벌어질 일이 발생한다. 무전기 저쪽에서 먼저 이런 소리가 들렸다.

"없어. 아무 스케줄도 없는데."

기분 나쁘게 치미는 열기 때문에 이마에 삐질삐질 땀이 솟는가 싶었는데, "아, 잠깐! 아냐, 엑신 정보국의 기술자 한 명이 저녁 7시경에 들르기로 되어 있는데?"

오오, 토마는 하나님보다 위대하고, 하나님은 나만큼이나 형편없도다! 입가에 미소가 절로 떠오르고, 들이마시는 공기가 달게 느껴진다. 경비원은 그를 사내다워 보이게 해주는 도구에 대고 욕설을 몇 마디 퍼붓는다.

"그 스케줄에 대해 난 아무것도 모르고 있다니, 이게 어떻게 된 거냐고요?"

금속성 목소리가 대답한다.

"나도 전혀 모르겠어. 방금 전에 내려온 지시야. 여봐, 곧 저녁뉴스 생방송 녹화시간이라 난 이만 가봐야겠어!"

이 열의 넘치는 친구는 여전히 미간을 찌푸리고 있다. 나는 그의 주름을 조금이라도 펴보려고 활짝 미소 짓는다.

"자, 보셨죠? 그렇게 흥분할 필요가 없다고요."

"어쨌든 날 따라오슈!"

"원하신다면 가죠. 하지만 덕분에 내 일이 늦어지고 있어요. 이렇게 되면 난 혼날 거고, 그다음엔 당신 차례가 될 겁니다."

이에 그는 딱 잘라 대답하는데, 그 어조가 마치 '내 인생에서 중요한 것은 오로지 내 일뿐이야!'라고 말하는 듯하다.

"아무래도 상관없소!"

"오케이. 좋아요. 그럼 이렇게 하는 건 어때요?"

"뭘?"

"그러니까 우리 이렇게 타협을 보자고요. 이 USB키를 제자리에 꽂고, 난 당신을 따라가는 거예요. 당신이 원하는 대로 다

조사해본 다음에 다시 여기로 돌아와요. 그때쯤이면 작업은 끝나 있을 거니까, 난 키를 회수하고, 그러면 시간을 허비한 게 없으니까, 피차 언성을 높일 필요가 없게 되지요."

그는 망설인다. 그 틈을 타서 나는 USB키를 빼앗아 그대로 컴퓨터에 꽂아버린다. 그런 다음 냉큼 프로그램을 구동한다. 이 모든 일들을 그가 생각할 틈조차 없게 최대한 빨리 해치워버린다. 그리고 그에게 묻는다.

"자, 갈까요?"

그는 나를 앞장세운다. 지금 내가 원하는 것은 딱 한 가지, 내 권총손잡이로 이자의 목덜미를 다정하게 어루만져 때려눕히는 것이다. 하지만 일이 순조롭게 풀린다면 꼭 그럴 필요까진 없을 것이다. 우리는 엘리베이터에 탄다. 숨 막힐 듯한 침묵이 감돈다. 내릴 곳은 34층이다. 문이 열린다.

저녁 7시 58분.

곧 저녁뉴스가 시작될 시간이다.

64

 나는 흠칫 놀란다.

 "작업 스케줄을 확인하려고 녹화중인 스튜디오 안까지 들어갈 필요가 있나요?"

 "바로 당신 때문이오. 지금이 몇시요, 저녁 8시잖소? 뉴스 생방송 준비로 정신이 없을 때라 모두 여기에 모여 있지. 35층 책임자까지 말이오. 이제 이 난리통 속에서 그를 찾아내야 하오."

 나는 그의 표정에서 그가 내 말을 믿기 시작했다는 인상을 받는다. 자신의 지나친 열성을 후회하는 기색도 있지만, 말단 직원 특유의 똥고집 때문에 이렇게 끝까지 가고 있는 것이다. 내 머릿속에는 한 가지 생각뿐이다. 이곳을 빠져나가 35층으로 올라가서, USB키를 뽑아들고 그대로 줄행랑치는 것이다.

 긴장이 좀 풀렸는지, 그의 감시가 느슨해진다. 그가 나에게 지시한다.

 "여기서 기다리시오."

 나는 숨을 조금 돌린다. 내가 서 있는 위치에서는 생방송 뉴스 녹화가 진행중인 스튜디오가 한눈에 들어온다. 수백만의 눈들이 이 나라의 모든 화면들을 통해 매일같이 지켜보는 유일한 구경거리, 시청률 신기록을 보유하고 있는 프로그램이다. 하지만 나의 온 신경은 경비원의 행동 하나, 몸짓 하나에 쏠려 있다. 그는 35층 책임자를 찾으면서도, 한눈으로는 계속 나를 감시하고 있다.

'여러분 안녕하십니까! 오늘 저녁의 주요뉴스는⋯⋯'

아! 그 유명한 앵커를 이렇게 눈앞에서 직접 보니 너무나 웃긴다. 화면을 통해 봤을 때도 별 볼 일 없었지만, 실물은 더 형편없다. 개인적으로는 밤 뉴스를 진행하는 그 귀여운 아가씨가 훨씬 낫다. 그가 오늘 저녁뉴스들을 늘어놓는 지금, 내 개인적 뉴스는 그다지 신통한 게 없다. 저쪽에서 경비원이 작달막한 안경잡이 남자와 뭔가 열심히 애기하는 게 보인다. 그는 다시 미간을 찌푸리며 내 쪽을 쳐다본다. 아니, 그런데 저 친구가 지금 뭐하는 거지? 그가 권총을 뽑아든다. 저 안경잡이가 대체 무슨 말을 했는지 모르지만, 분위기가 썩 좋아 보이진 않는다. 그는 아무 소리 없이 총구를 내게 겨눈다. 그러고는 자기 쪽으로 건너오라고 손짓을 한다. 불행 중 다행인 것은, 지금 나의 위치가 앵커가 한창 뉴스쇼를 진행하고 있는 세트의 반대편이라는 점이다. 그가 없었다면 벌써 총알을 한 발 맞았을지도 모른다. 나는 뒤를 돌아본다. 수십 명의 직원들이 각자일로 분주히 움직이고 있다. 그대로 도망쳐버리고 싶은 마음이 굴뚝같지만, 저 친구는 사람이 우글거리는 걸 개의치 않고 마구 총질할 만한 위인이다.

나는 복종하는 체한다. 우선 그를 진정시키기 위해 두 손바닥을 들어 보인다. 그러고는 세트를 빙 돌아 천천히 그가 있는 쪽으로 향한다. 몇몇 사람은 이 광경의 의미를 읽어냈지만, 대부분은 생방송에 집중하고 있다. 나는 원호 모양의 길을 한 걸음 한 걸음 나아간다. 그는 여전히 총을 겨누고 있다. 갑자기, 나는 세트 한가운데로 점프하듯 뛰어들어가 스타 앵커의 등 뒤에 몸을 숨긴다. 여기 있으면 경비원도 감히 쏘지 못하리라. 앵커는 몇 초 동안 말을 잇지 못한다. 그러다 다시 진행을 시작하는가 싶더니, 또 다시 중단한다. 마침내 위험을 감지한 그가 자리에서 일어나려 한다. 나는 크롬 도금 권총을 뽑아든다. 그 번쩍번쩍하는 빛이 모든 카메라들을 눈멀게 한다. 앵커가 즉각 다시 자리에 앉는다. 경비원은 점점 더 흥분하는 듯, 손가락이 파르르 떨린다. 기술요원들이 내 주위를 빙 둘러싸는 게 보이면서 내가 위험에 처했다는 게 느껴진다. 나와 닮은 누군가가 통제 화면들에 떠오르는 게 보인다. 나는 수백만의 시청자들이 지켜보는 앞에서 고래고래 외치기 시작한다.

"아무도 움직이지 마요! 잠시 화면조정중이에요!"

참으로 한심하다! 방금 내가 내지른 말, 이 무슨 귀신 씻나락 까먹는 소리란 말인가? 후세를 생각해서 다음과 같이 좀더 지적인 무언가를 얘기할 수도 있었을 텐데! 뭔가 탈세계화적이면서도, 뭔가 그럴싸하게 느껴지는 그런 말을……

'우리의 민주주의는 사실 민주주의가 아닙니다! 액신이 우리 정부에 자신의 법을 강제하고 있습니다! 우리, 당장에 소비를 멈춥시다!'

경비원이 공격적으로 돌변한다. 그 또한 악을 쓰기 시작한다.

"그 권총 당장 내려놓지 않으면 쏴버리겠어!"

내가 그의 자존심을 긁은 모양이다. 그가 2미터 정도 앞으로 다가온다. 그를 물러서게 하기 위해 나는 총을 겨눈다.

"물러서! 헛소리 하지 말고, 물러서라고!"

한 발의 총성이 울린다. 앵커의 가슴팍에서 폭발하듯 터져 나온 핏방울이 후두둑 내 옷에 튄다. 그렇게 내 흰 셔츠에 붉은 서명이 찍힌다. 함성, 비명, 울부짖음이 난무한다. 나는 경비원을 쏘아 고꾸라뜨린다. 어깨에 총상을 입은 그가 권총을 바닥에 떨어뜨린다. 세트장과 그 주변은 공황상태에 빠져들어 대혼란이 일어난다. 수십 명의 사람들이 이리 뛰고 저리 뛴다. 나는 너무 강한 빛에 눈이 부셔서 프로젝터들을 조준 사격한다. 첫 번째 것을 끄기 위해 두 발을 쏴야 했지만, 두 번째 것은 단한 발로 충분했다. 나는 탄창을 갈기 위해 잠시 중단한다. 진짜 총으로 사격하는 건 태어나서 처음이다. 온몸이 후들거린다. 붉은 피에서 풍기는 끔찍한 냄새를 맡으니 얼굴이 허예진다. 컴퓨터게임에서 보던 피가 더 나은 것 같다. 나는 더 이상 꾸물대지 않고, 엘리베이터 쪽으로 냅다 뛴다. 아무도 감히 나를 막으려 하지 않는다. 운 좋게도 엘리베이터 문이 금방 열린다. 나는 코드 2335를 친 다음, 지하 2층의 버튼을 누른다. 엘리베이터는 문을 닫고 하강을 시작한다. 감각의 가장 깊은 곳에 배어든 피의 역한 냄새가 아직도 코끝에 남아 있다. 그때서야 나는 토마가 문자메시지로 종종 하던 말의 의미를 깨닫게 된다.

'게임이란 정신의 대기실 같은 거야. 우리가 현실에서 바보 같은 짓을 저지르지 않게 해주지.'

머릿속에선 온통 이 말들만 빙빙 돌 뿐이다. 나는 손바닥으로 내 뺨을 두 대 갈긴다. 찰싹, 찰싹 소리와 함께 비로소 정신이 돌아온다. 엘리베이터 문이 열린다. 나는 올 때 지나왔던 길을 역방향으로 달린다. 각종 육상 신기록들을 경신하며 미친

놈처럼 내달리다보니 어느덧 바깥에 나와 있다. 그렇게 몇 개의 거리를 주파한 후, 숨이 턱까지 차서 멈춰 선다. 온몸이 훅훅 달아오르고, 땀은 줄줄 흘러내린다. 나는 두 손으로 무릎을 짚고 서서 가쁜 숨을 고른다. 숨을 한 번 들이마실 때마다 허파가 타버리는 느낌이다. 나는 호주머니에서 약물 흡입기를 꺼낸 다음, 물 밖으로 나온 물고기처럼 입을 벌린다. 분무된 옥시파민이 몸 안으로 밀려들어가면서 허파꽈리들을 벌려준다. 아, 이제야 좀 살 것 같다! 나는 다시 달리려고 몸을 일으킨다. 그런데 갑자기 떠오른 생각에 몸이 마비된다. 아, 빌어먹을! 녹색 USB키! 그게 저 위에 있잖아! 게다가 프로그램도 구동하지 않았잖아! 현기증이 인다. 내가 그걸 구동했던가, 안 했던가?…… 정신을 집중해본다. 했던 것 같은데?…… 아, 잘 모르겠다. 만일 그들이 그걸 발견하면 어떻게 되는 거지?

65

다시 위로 올라가? *어이, 그건 자살행위라고!……* 그런데 녹색 키는 우리의 안전장치라고 했잖아. 하지만, 그들이 그걸 발견한다고 해서 우리가 꼭 죽으라는 법이 있나?…… *아, 모르겠어! 정말로 전혀 모르겠어!* 알고 있는 사람은 그뿐이야. 그런데 지금 그는 죽었든지, 아니면 죽어가고 있겠지. 대체 어떻게 해야 하지?…… 그런데 내 두 다리가 나 대신 결정을 내리더니, 있는 힘을 다해 달리기 시작한다. 나는 내 다리가 사르코지 가 쪽으로 방향을 잡았다고 믿는다. 거의 확실할 거다. 내가 아는 가게들이 몇 개 보이는 것 같기도 하다. 그런데 이게 웬일인가. 거리 한모퉁이를 돌아섰을 때, 내 앞에 나타난 것은 다시 엑신TV 건물이다. 이 건물이 나를 쫓아 파리의 거리들을 달려오기라도 했단 말인가. 내 다리는 늑대 아가리 속으로 다시 뛰어들 생각이다. 미친 짓이다. 활활 타오르는 화덕 속으로 돌아가다니! 대체 어디서 이런 힘이 나온 건지 모르겠다. 사실은 다 포기해야 한다. 눈 딱 감고 떠나버려야 한다. 그러면 그들은 결코 날 찾아낼 수 없을 것이다. 그런데 내 다리는 날 전자문 앞으로 데려다놓았다. 이번에는 감시카메라가 꽤 신경에 거슬

려서, 운 좋게도 그리 높이 달려 있지 않았던 그것을 펄쩍 뛰어 권총손잡이로 박살내버린다. 눈이 부서져버렸으니 이제는 날 감시할 수 없으리라. 솔직히 이게 뭐가 도움이 될지는 잘 모르겠지만, 어쨌든 불안은 그나마 가신다. 나는 배지를 문지른다. 지하차고 입구가 열린다. 안으로 막 들어서는 순간, 끽하고 타이어 긁히는 소리, 그리고 메르세데스 한 대가 착륙하는 소리가 들린다. 건물 정문 쪽에서 국가경찰 소속의 르노 스파드 두 대와 PPN의 메르세데스 한 대가 눈에 들어온다. 나는 급히 차고를 향해 뛰어간다. 처음 들어왔을 때와 다른 점이 있다면, 내 손에 들린 매그넘 44가 햇빛에 번쩍이고 있다는 사실이다. 매그넘은 지하차고의 어둠 속에 잠기며 광채를 잃는다. 몇 초 후면 35층은 경찰들로 우글댈 거고, 경비원은 지하로 내려가는 엘리베이터가 있다고 알려주리라. 하지만 내겐 선택의 여지가 없다.

나는 한 마리 족제비처럼 어둠 속을 요리조리 빠지며 잘도 달린다. 불도 필요 없다. 아드레날린이 내 눈을 고양이 눈으로 만들었다. 엘리베이터 근처에 이른 뒤, 잠복한 사냥감과 마주친 사냥개처럼 동작을 멈춘다. 바로 뒤에서 뭔가 미세한 소리를 감지한 것이다. 무언가가 뒤에 있다. 숨이 턱 막혀온다.

나는 다시 길을 가는 척한다. 나를 살금살금 따라오는 짐승을 잡기 위해 꾀를 낸 것이다.

나는 오우삼의 영화에 나오는 인물처럼 갑자기 몸을 뒤로 홱 돌리며 총을 든 팔을 쭉 뻗는다. 내 손가락이 방아쇠를 당기기 위해 오므라든다. 나는 기습의 효과를 노리고 있다. 곧 총성이 울리리라. 그런데 검지가 딱 굳어버린다. 그 미세한 움직임을 내 눈이 봉쇄해버린 것이다. 무언가가 총을 쏘려는 손가락을 막는 듯한 느낌이다. 피 냄새는 사라졌고, 대신 낯익은 향수 냄새가 내 안에 밀려든다. 내 바로 앞, 어렴풋한 어둠 속에 무언가가 쫓기는 짐승처럼 웅크리고 앉아 있다. 토마가 가쁜 숨을 고르고 있다.

66

나는 여성용 화장실에서 나온다. 모든 게 이상 없는 것 같으면서도, 나 자신이 왠지 하록 선장*처럼 느껴진다. 눈이 한 쪽만 보이기 때문이다. 그 덕분에 콜럼보의 청결지수도 50퍼센트 상승한 듯한 느낌이다. 나는 콘택트렌즈를 한 쪽만 착용하고, 코잭이 그쪽만 검사하도록 임기응변을 발휘하리라 마음먹었다. 이 불쌍한 두 친구하고만 같이 있을 수 있다면, 나는 거의 안전하다고 할 수 있다. 적어도 이들은 날 빨리 죽이지 못해 안달하는 자들은 아니니까. 나는 콜럼보가 아무것도 눈치 채지 못하도록 내 두 발만 보면서 걸음을 재우친다. 그렇게 다시 방에 들어가보니, 두 보스는 뭔가를 열심히 토론중이다. 나는 상황을 장악하기로 마음먹고는, 그들에게 생각할 겨를도 주지 않고 다짜고짜 홍채인식기를 집어든다. 코잭은 행여 제 기기가 다치지나 않을까 걱정되는지, 달려와서 직접 전원을 켠다. 나는 인식렌즈에 해당되리라 짐작되는 구멍에 눈을 갖다 댄

---

* 일본 만화가 마쓰모토 레이지가 창조한 애꾸눈의 만화 캐릭터. 외계 침략자들과 맞서 싸우는 마지막 전사로, 검은 해골 해적기를 내건 우주전함 아르카디오의 선장이다.

다. 그리고 정확히 맞힌다. 코잭도 작동시킬 수 있는 물건인데, 바보가 아닌 바에야 잘못되겠는가. 그가 홍채인식기에 자신의 트라스크 휴대폰을 연결하고 뭔가를 만지작거리자, 나의 투명한 홍채가 판결을 내린다.

"아무것도 안 나와요. 이 친구 눈은 파일에 등록되지도 않았어요!"

코잭은 이렇게 말하면서 오만상을 찌푸린다. 나는 재빨리 말을 받는다.

"자자, 우리 이제 진지한 얘기로 넘어가볼까요, 아니면 장관에게서 전화가 걸려오기만을 기다릴까요?"

PPN 대장은 이 골치 아픈 사건을 매듭짓고 싶은 기색이 역력하다.

"그럼 당신이 잃어버린 데이터를 찾아내고, 가급적 빨리 상황을 복구시켜주시오. 보아하니, 그게 당신의 업무인 것 같으니까. 눈이 속일 수는 없는 일이지."

그러자 경찰서장도 한 마디 거든다.

"투명인간이 아닌 바에야 속일 수 없겠죠."

·

67

"도대체 여기서 뭘 하고 있는 겁니까? (토마는 제대로 말을
할 수 있는 상태가 아닌 듯, 헐떡거리고만 있다.) 향수 덕분인
줄 알아요. 하마터면 당신을 쏠 뻔했다고요!"

"여기서 빠져나가야 해요!" 그가 대답한다.

"USB키! 키를 위에다 놓고 왔어요!"

"그건 걱정하지 말고, 빨리 갑시다!"

그가 호주머니에서 뭔가를 꺼낸다. 손가락 끝에 USB키가
대롱거리고 있다. 어떻게 된 일인지 하나도 모르겠지만, 지금
은 그런 걸 따지고 있을 때가 아닌 것 같다. 이 순간, 어떤 게
더 기쁜 일일까? 그가 살아 있다는 사실? 아니면 이젠 지옥으
로 돌아갈 필요가 없다는 사실? 그의 얼굴이 창백하다. 몸에선
화약 냄새가 난다. 아마 상처가 다시 벌어진 듯, 복부에서는 벌
건 피가 배어나오고 있다. 내가 급히 입구 쪽으로 향하는데, 그
가 막아 세운다.

"아니, 그쪽이 아니오!"

나는 군말 없이 몸을 돌려 그를 쫓아간다. 그는 어느 메르세
데스 앞에 다다라 차 문에 자기 검지를 문지른다. 순간, 차에

환한 조명이 들어온다. 그는 올라타더니 들고 있던 자동권총을 계기판 위에 올려놓고는 핸들을 잡는다. 나도 조수석에 미끄러져 들어간다. 바닐라 향이 은은히 섞인 가죽냄새가 느껴진다. 오, 기가 막히다! 좌석은 나를 꼭 감싸안는 육감적인 여인의 몸처럼, 내 몸의 굴곡에 착 달라붙는다. 이렇게 짜릿한 호사 속에서라면 웃으면서 죽어갈 수 있으리라! 우리를 쫓아오는 저 악마들만 아니라면, 여기가 바로 낙원이 아니겠는가.

그는 변속기어를 도로주행 모드로 놓는다. 마음 같아서는 그대로 붕 떠서 날아가버렸으면 좋으련만, 여기서는 천장과 키스할 위험이 있다. 입구에 다가가자, 광전지가 문을 열라는 지시를 발한다. 과연 문이 기기깅 열리고, 외부의 빛이 우리를 인도한다. 드디어 바깥으로 나온 메르세데스는 오른쪽으로 급회전한다. 우리 쪽을 향해 쏟아지는 총성이 들린다. 그제야 나는 깨닫는다. 만일 내가 엘리베이터를 탔다면, 다시는 내려올 수 없었으리라.

메르세데스는 질주한다. 빨리, 매우 빨리, 아니 너무 빨리……

68

자동차는 파리의 복잡한 길들을 놀라울 정도로 쉽사리 요리
조리 빠지며 잘도 달린다. 토마는 바짝 긴장한 얼굴로 전방만
주시하고 있다. 그는 고개도 돌리지 않고 불쑥 말한다.

"앵커를 쏜 건 나예요."

"뭐라고요?"

"첫 번째 총격, 그건 경비원이 아니라 나였다고요."

"이제 보니, 날 가지고 놀았잖아!"

"모든 걸 삭제할 수 있으려면 두 사람이 필요했어요. 그들의
주의를 돌리기 위해 당신이 필요했죠. 하지만 총격전이 일어
나리라곤 예상 못 했어요."

나는 분통을 터뜨린다.

"예상 못 했다고요? 당신이 먼저 쐈다면서요?"

"아녜요! 그들이 당신을 죽이려고 했어요. 내가 총을 쏜 것
은 앵커가 권총을 빼드는 걸 봤기 때문이에요. 사실 앵커는 액
신의 거물급 인사예요. 사내 제3인자이고, 날 제거하라고 지시
한 사람도 바로 그자죠."

"아하, 그래서 그를 죽였구먼!"

"좋을 대로 생각해요."

차 안에 무거운 침묵이 내려앉는다. 바깥으로 건물들이 휙휙 지나가는 소리만 들릴 뿐이다. 그는 차분한 어조로 다시 입을 연다.

"당신이 떠나고 나서 약간의 변화가 있었어요. 다른 두 친구가 우리집을 찾아왔죠. 당신 집 주방은 이제 만원이 됐어요."

"날 멋대로 가지고 놀았어." 나는 중얼거린다.

메르세데스가 경주용 자동차 같은 굉음을 발하며 코너를 돈다.

"그런 소동을 치르느라, 여기 달려온 뒤에는 간신히 녹색 키를 회수할 시간밖에 없었어요. 그다음에 곧바로 총격전이 벌어진 거고."

"출혈이 심하네요!"

"걱정 마요!"

이때 한 발의 총성이 울렸고, 메르세데스의 오른쪽이 위태롭게 기울더니, 무수한 불똥을 튀기며 보도 턱을 긁으며 달린다. 날아온 총알에 타이어 하나가 터진 것이다. 경찰들이 한 포인트 올린 셈이다. 토마는 여전히 앞만 주시하며 말한다.

"자, 내 말을 잘 들어요! 아주 중요한 얘기니까! 내 침대 밑에 만약의 경우를 대비해 보관해둔 엑신 휴대폰이 한 대 있어요. 그걸 찾아서 열어봐요. 거기에 내 개인 문서들이 있을 거고, 그중엔 기자들에게 보내려고 준비해둔 메일 한 통과 메일 주소가 있어요. 그 메일을 기자들에게 발송해요. 알겠어요? 지금 그들은 내 소식을 기다리고 있어요."

"어떤 내용이 담겨 있죠?"

"'난 죽었으니, 당신들은 쳐들어가도 된다'고요!"

"뭐라고요?"

"내가 시키는 대로만 해요. 알았어요?"

나는 대답하지 않는다.

"알았어요?"

"네, 알았어요."

"내 개인 문서들을 열려면 코드가 필요해요. 그것은……"

"리셋!"

그는 도로에서 눈을 떼고 잠시 내 얼굴을 뚫어지게 쳐다본다.

"난 늘 알았죠. 당신이 능력이 충분한 사람이란 걸. 자, 마지막으로 아주 중요한 것 하나 더. 만일 어쩌다가 경찰에게 붙잡히게 되면, 당신의 엑신 휴대폰에 이 녹색 USB키를 꽂고 돌려봐요. '리셋'을 친 다음, '엔터'를 누르면 돼요."

"뭘 하려고요?"

"그때 가서 알게 될 거예요! 지금은 설명할 시간이 없어요. 반드시 당신의 엑신 휴대폰만 사용해야 돼요! 알겠어요?"

그는 변속기어를 움켜쥐고 공중부양 모드로 옮긴다. 내가 알기로 원래 이런 조작은 차가 정지한 상태에서 이뤄져야 하는 법이다. 어쨌든 뭔가 긁히는 소리가 엄청나게 요란하더니, 차가 쉬익 하는 금속성과 함께 지상 2미터 높이로 떠오른다. 차체가 몇 초 동안 불꽃을 튀기며 건물 외벽에 쓸린다. 토마는 급히 핸들을 돌린다. 다시 땅으로부터 총성이 들린다. 그는 갑자기 제동을 하더니 위쪽이 전부 투명한 차 천장을 뚫어지게 노려본다. 나도 따라서 시선을 드니, 머리 위 15미터 상공에 PPN 메르세데스의 바닥이 보인다.

토마는 제동한다. 우리가 탄 메르세데스는 급강하하여 우리를 추격해오던 르노 스파드들 중 하나의 위에 내려앉는다. 거센 충격이 느껴지면서 측면 에어백이 작동한다. 우리 차가 아래 차에 완전히 처박힌 것이다. 이제 더 이상 빠져나가기는 불가능하다.

69

PPN의 어떤 빌어먹을 자식이 우리 위에 내려앉으려 한다. 우리 차를 그대로 깔아뭉개 꼼짝 못하게 하려는 수작이다.

"뛰어내려요! 내가 놈들을 쏠 테니!"

그는 계기판 턱의 자동권총, 그리고 차 문의 도어포켓에 들어 있던 또 다른 자동권총을 집어들면서 소리친다. 그러고는 팔을 차 밖으로 빼내 다른 경찰차 두 대에 대고 미친 듯이 갈겨댄다. 차들이 도로를 차단하고, 사내들은 차 뒤에 숨는다. 토마는 고함친다.

"뛰어내리라고, 빌어먹을!"

나는 엑신 휴대폰을 팬티 속에 집어넣는다. 그러고는 차 밖으로 몸을 날려 2미터 아래의 땅에 내려선다. 두 무릎으로 낙하의 충격을 충분히 완화하지 못한 탓에, 어깨를 땅에 부딪히며 뒹굴고 만다. 하지만 곧바로 벌떡 일어나, 착륙장 역할을 대신한 르노 스파드의 차창 속에 총알 두 발을 쏜다. 사내들은 잽싸게 엎드린다. 두 놈이다. 위의 메르세데스는 계속 강하한다. 토마는 필사적으로 차에서 빠져나오며 대단한 리듬으로 총알을 뿜어댄다. 그리고 나처럼 땅으로 뛰어내린다. PPN의 메르세데스가 우리 차를 짓뭉갠다. 차가 족히 50센티미터는 우그러든다. 토마가 고함친다.

"어서 가요! 달려! 달리라고!"

그의 첫 번째 자동권총의 총알이 떨어졌다. 그는 재장전하는 대신, 그걸 던져버리고 등 허리춤에 감춰둔 세 번째 총을 뽑아든다. 정말이지 세상에 다리 두 개 달린 무기고가 있다면, 바로 이 사내다. 그리고 그게 그가 내게 남긴 마지막 모습이다. 바로 그다음, 저쪽에 거리 끝이 보이는데, 순간 시야가 흑백으로 변한다. 이렇게 급박할 때는 뇌가 색깔을 재현할 시간이 없는 모양이다. 그래, 뇌야, 네 생각이 옳아! 색깔 같은 건 아무래도 좋다고! 하지만 제발 부탁하는데, 다리에게 땅을 단단히 딛는 것만은 절대 잊지 말라고 말해줘! 뒤쪽에선 어지러울 정도로 요란한 소리와 함께 총탄이 쓰나미처럼 몰려오고 있다. 오른쪽 장딴지 옆으로 총알 하나가 쌕 스쳐가는 소리가 들린다. 나는 계속 달린다. 무엇보다도 뒤돌아봐서는 안 된다. 뒤돌아보지만 않으면 살아서 저 거리 모퉁이에 도달할 수 있으리라. 미신 같은 생각이긴 하지만…… 그리고 무엇보다도 총알로 벌집이 돼 있을 토마의 몸을 보고 싶지 않다. 그걸 보면 다리에 힘이 풀려버릴 것이므로.

한마디로, 난 내가 해야 할 일을 한 것이다!

총알 두 방이 귀 옆을 스쳐간다.

70

이제는 힘이 없다. 하지만 나는 상처 입은 동물처럼 계속 달린다. 총성은 여전히 계속되지만, 소리는 이제 한결 약해져 멀리서 들려온다. 그 소리가 역설적으로 마음을 가라앉혀준다. 아직은 내가 살아 있다는 증거이니까. 나는 길모퉁이를 돌아 벽에 등을 대고 가쁜 숨을 고르며 새로 나타난 거리를 살핀다. 개미 새끼 한 마리 보이지 않지만, 창마다 커튼 뒤로 꽤 많은 사람들이 숨어 있다는 게 느껴진다. 그들 중 누군가가 날 볼 수도 있는 일, 얼른 오른쪽에 주차된 첫 번째 차 밑으로 몸을 숨긴다. 금속 차체와 아스팔트 노면 사이의 공간은 몸이 간신히 들어갈 정도다. 쫓기는 짐승과도 같은 생존본능으로 찾아낸 유일한 은신처이다. 나는 헐떡거리고 있고, 엎드린 자세는 불편하기 짝이 없다. 하지만 저들은 생각하리라. 내가 이렇게 쓰나미에서 가까운 곳에 남아 있을 정도로 바보는 아닐 거라고.

그런데 총알이 몇 발이나 남았지?

나는 등 뒤로 손을 뻗어 권총을 꺼내본다. 그리고 두 팔을 쭉 뻗는다. 그러다보니, 아스팔트와 끈적한 사랑을 나누는 자세가 돼버린다. 남은 총알은 두 발이다. 거기에 안경케이스에

든 세 발이 더 있다. 그런데 총알 두 개 가지고 대체 뭘 할 수 있단 말인가? 숨을 좀 들이마시려는 순간, 내 머리통에서 불과 몇 센티미터 떨어진 거리에서 두 켤레의 신발이 움직이는 소리가 감지된다.

두 켤레라면 총알 두 발! 이런 형편에 처해도 계산은 빨리 돌아간다. ……천만에, 그건 아니지! 기껏 신발이나 다리를 맞혀 부상을 입히는 걸로 끝낸다면, 내 위치를 드러내는 결과밖에 되지 않는다. 그다음엔? 총알 없는 권총을 가지고 뭘 하겠다는 거지? 난 이 분야에선 초보자가 아니다. 〈좋은 놈, 나쁜 놈, 추한 놈〉*을 무려 열여덟 번이나 본 사람이다. 이제까지는 뼈 빠지게 땅을 파면서 살아왔으니, 이제는 총을 든 쪽에 속하고 싶다. 그들의 말소리가 들린다.

"그놈 보여?"

"아니."

"그놈이 저쪽 길까지 뛰어갈 시간이 있었던 것 같아?"

"모르겠어. 그 개자식, 엄청 뛰던데?"

여기서 '개자식'이라 함은 나를 지칭하는 듯하다. 그런데 그 '개자식'은 지금 숨도 제대로 못 쉬고, 심장은 위험스러울 정도로 급히 뛰고 있다. 이건 사람들이 잘 모르는 사실인데, 인간은 하루에 1만 번 이상 호흡한다고 한다. 이때, 공기는 우리에게 생명을 주지만, 산소는 우리 장기들을 산화시킴으로써 노화를 앞당기고 생명을 앗아가기도 한다. 하지만 이렇게 살아 있는

---

* 1966년에 제작된 세르지오 레오네 감독, 클린트 이스트우드 주연의 마카로니웨스턴으로 우리나라에는 〈석양의 무법자〉라는 제목으로 소개되었다.

오늘 저녁, 숨은 평소보다 천 배는 덜 쉬는데도 역설적으로 십년은 더 늙어버린 기분이다.

"차들 사이에 숨어 있는 거 아냐?"

"설마? 그 개자식, 총알도 떨어졌는데."

자네 계산이 틀렸어, 친구. 그리고 계속 나를 '개자식'이라고 부르는 너한테 선사할 총알 한 발 정도는 있다고.

"차 밑에 숨었을까?"

"그건 가능하지."

눈앞이 캄캄해진다! 호흡이 서른다섯 번쯤 줄어든다.

"차마다 일일이 들여다봐? 너무 많잖아?"

"그보다는 위성인식으로 살펴보지. 이 거리에서 생체 칩이 발견되지 않으면 다음 거리로 넘어가자고."

"오케이. 그런데 여기 이름이 뭐야?"

"내가 찾아볼게."

찾아봐, 친구야, 실컷 찾아보라고! 비록 허접할망정, 내 칩은 해커 일개 사단만큼이나 나를 제대로 보호하고 있으니까.

"그 다른 놈은 어떻게 됐어?"

"처치했어! 몇 분 전에."

아, 토마! 빌어먹을! 영원처럼 느껴지는 20초가 흐르고, 호흡도 같은 수만큼 줄어든다.

"위성에 뭐라고 나와?"

"아무것도 없어. 자네 칩과 내 칩 외에는 아무것도 없어. 여긴 텅 비었어."

"그럼 더 이상 여기서 뭉그적거릴 필요 없지! 위성 만세!"

위성 만세가 아니라 해커 만세다, 이 빌어먹을 놈들아! 신발들이 멀어져간다. 심장이 삶의 의욕을 되찾는다. 나는 다시 천천히 숨을 쉰다. 콧구멍 바로 아래로 먼지가 피어난다. 내 블루마린색 재킷은 시커멓게 바뀌었다. 하늘 색도 마찬가지다. 밤이 온 것이다. 그렇게 거기 꽁꽁 숨은 채로 시간이 얼마나 흘렀는지 모르겠다. 한 가지 아는 건, 그대로 설핏 잠이 들었다는 사실이다. 약간이나마 휴식을 취한 셈이다. 꼭 죽어야 한다면, 이왕이면 좋은 컨디션으로 죽는 게 낫지 않겠는가.

71

이제 아무런 방해 없이 작업의 나머지 과정들을 진행할 수 있게 되었다. 콜럼보조차도 긴장이 풀린 기색이다. 그 역시 분위기에 전염된 것일까. 이제는 내가 점점 더 긴장된다. 토마가 녹색 USB키의 중요성을 그토록 역설한 이유를 이제 드디어 알게 되리라. 나는 그들에게 보안상의 이유가 있으니 화면을 보지 말아달라고 당부하고, 내가 얻은 새로운 지위를 이용하여 모두 내 정면 쪽에 자리 잡으라고 지시한다. 화면 하나와 초조해하는 얼굴들이 한눈에 들어온다. 이렇게 하지 않으면 하나밖에 없는 눈으로 어떻게 이들 모두를 감시하겠는가.

나는 엑신 위니베르셀 휴대폰에 USB키를 꽂는다. '리셋'을 입력한다. 몹시 초조하고 불안하다. 나 역시 이들처럼 무슨 일이 일어날지 전혀 모르는 상태이기 때문이다.

호흡이 빨라진다. 땀방울이 등을 타고 흘러내리는 게 느껴진다. 마침내 엑신 화면에 글이 떠오르고, 내 눈이 그것을 단숨에 훑는다.

'만일 네가 이 글을 읽고 있다면, 그건 지금 네가 제5섹터 경찰서에 있기 때문이야. 난 그렇게 되길 바라. 그곳은 안전하니까. 난 그들을 수년간 관찰해왔는데, 제법 정직한 친구들이야. 반면, PPN 애들이 벌써 그곳에 와 있다면, 그건 우리 일정이 지체되었다는 걸 의미하지. 무엇보다도 그들을 절대로 믿지 않도록 해. 그들하고만 함께 있는 상황은 어떻게 해서든 피하라고. 그들의 목적은 단순해. 필요한 정보를 얻고, 사라진 데이터를 복구한 다음, 널 제거해버리는 거야.

난 네게 부여할 새로운 신원을 마련해놓았어. 이제부터 넌 엑신의 핵심간부 중 하나야. 정보국 프랑스 총책, 즉 회사의 5인자가 된 거야. 진짜 5인자는 불행히도 얼마 전에 살해됐지. 너도 잘 아는 그 카페 테라스에서 말이야. 지금까지 널 본 사람이 아무도 없다면, 그건 네가 지난 5년간 '리셋 프로젝트'를 비밀리에 진행해왔기 때문이야. 내가 만들어준 배지는 네 말의 신뢰도를 높이는 데 도움이 될 거야. 그리고 그걸 사용하기 위해 네게 이름이 하나 있어야겠지. 적당한 이름을 하나 찾아서 빨간색 창에 입력한 다음, '엔터'를 눌러. 그럼 모든 게 들어맞게 되지. 하지만 이 새로운 신원이 널 모든 것으로부터 보호해줄 수 있는 건 아니야. 지금 엑신에서는 대대적인 청소작업이 진행되고 있어. 너의 정체를 밝혀낼 수 있는 사람은 엑신의 1인자, 2인자, 3인자, 이렇게 세 사람뿐인데, 이들은 내가 알아서 처리할 거야. 하지만 나머지는 네가 임기응변으로 해결해나가야 해. 형제, 난 네가 능히 해낼 수 있다는 걸 알고 있어. 자, 너의 두 번째 삶에 행운이 깃들기를!

PS. 설사 내가 죽는다 해도, 그건 아무것도 아냐. 난 존재하지 않거든. 존재하지 않는 자는 불멸이지! 아참! 내가 아파트 문들의 번호를 바꿔놨어. 다 너의 안전을 위해서야.'

땀이 흐른다. 몸이 후끈거린다. 나는 가급적 느긋한 모습을 보이려 애쓰지만, 속은 우르릉 쾅쾅 난리가 났다. 나는 입력한다. '토니 몬태너'. 이것이 나의 마지막 삶이 되든가, 아니면 나의 마지막 도발이 되리라. 나는 잠시 곰곰이 생각해본 후, 마음을 돌린다. '니'를 지우고, 대신 '마'를 쓴다. 그리고 '엔터'를 누른다. '토마 몬태너'.

자, 지금부터는 바로 내가 토마다!

72

나는 좀비처럼 배회한다.

'사르코지 가'라고 쓰인 명판이 어렴풋이 분간된다. 밤이 된 지 벌써 한참 되었다. 약간 멍청한 얘기지만, 어둠 속에 있으면 좀더 안전하다는 느낌이 든다. 몸은 더럽기 이를 데 없고, 아프 지 않은 데가 없다. 지독한 냄새까지 난다. 지금이 몇시지? 시 간을 확인하기 위해 휴대폰을 꺼낼 힘조차 없다.

뇌의 해마 안에 인체시계가 들어 있다는 사실을 아는 사람 은 거의 없다. 그런데 이 시계는 늘 늦어지기 때문에, 하루에 두 번씩—해의 도움을 받아—조정되어야만 한다. 만일 누군 가가 해를 보지 못하면, 그의 인체시계는 매일매일 점점 더 늦 어진다. 내가 노 라이프였을 때는 몇 주 동안이나 해를 보지 못 하는 일도 있었다. 세월이 흐름에 따라 그 간극은 엄청나게 벌 어져갔다. 그렇게 나의 시간은, 나의 시대는, 나의 삶은 뒤처져 갔다.

이 모든 것들을 다시 제 시간에 맞춰야 할 때가 왔다. 지금 난 기진맥진해 있지만, 동시에 이렇게 힘이 넘쳐본 적도 없었 던 것 같다. 아직 아무도 모르지만, 내면 깊은 곳이 완전히 바뀐 것이다. 실로 놀라운 느낌이다.

나는 엘리베이터를 탄다. 그리고 기계적으로 복도를 따라 걸으며 내 아파트로 향한다. 문 앞에 이른 나는 잠시 머뭇거리다가, 갑자기 정신을 차리고 나의 새 아파트로 향한다. 고약한 자동반사적 행동들이 아직 남아 있었던 거다. 시간이 흐르면 사라져버리겠지. 아파트 자물쇠는 부서지지 않았다. 제법 예의 바른 친구들이다. 그들은 죽이기 전에 먼저 초인종을 눌렀다. 그 예절이 그들을 죽인 셈이다. 토마 같은 친구를 상대하려면, 먼저 다짜고짜 들어가고, 그다음에 '두드리는*' 편이 낫다. 그들에겐 안된 일이다. 내게도 안된 일이고. 덕분에 내 주방이 만원이 돼버렸으니까. 토마가 그리워지리라. 아니, 벌써부터 그립다.

샤워가 너무나도 하고 싶지만, 우선은 침대 밑의 휴대폰부터 찾아야 한다. 납작 엎드려 팔을 뻗는다. 손가락으로 검은 가죽 숄더백 하나를 꺼낸다. 나는 푸른 시트로 덮인 매트리스에 앉는다. 실크 시트. 그는 삶을 제대로 살 줄 아는 친구였다.

나는 휴대폰을 켠다. 클릭한다. 연다. 다시 클릭한다. 개인 폴더들. 패스워드, '리셋'. 이메일 주소들이 쭉 뜬다. 이것들을 복사해서 붙여야 한다. 메일서비스. 그룹발송. 나는 메일 내용을 입력한다.

'그는 죽었습니다. 이제 쳐들어가도 됩니다.'

'문서첨부' 난에 파일들과…… '기자들'이라는 제목이 붙은 메일 한 통을 첨부한다. 그리고 그 모든 걸 발송한다! 그러고

---

* 프랑스어 'frapper'에는 '노크하다'라는 뜻과 '공격하다'라는 두 가지 뜻이 있다.

나니 그의 파일들과 메일을 읽을 기력조차 없다. 이 모든 이야기가 이제는 지긋지긋하다.

　오늘 날, 기자들은 일을 제대로 하지 못한다. 정치인과 너무 밀착했기 때문이다. 정치인과 법조인 사이도 마찬가지다. 친분 때문에, 혹은 공동의 이해관계 때문에, 그냥 섹스 같은 지저분한 이야기들 때문에 그런 관계가 유지된다. 이런 직업들 사이에서 정직함이란 깨끗한 공기만큼이나 빠른 속도로 사라져버렸다. 반면, 특혜는 공해만큼이나 빨리 확산되었다. 모든 게 오염되어 있다. 그들 전체가 썩어빠진 것은 아니지만, 다들 서로에게 끈적하게 묶여 있다. 개인적으로는 '아주 좋은' 사람들일지 몰라도, 아주 자연스럽게 결박되어 있는 것이다. 불행히도 그 결과는 우리 같은 보통사람들에겐 치명적이다. 평범한 사람들은 일상생활의 구석구석에서 그들의 예속상태와 연결된 폐해들을 감당해야만 한다.

　토마는 내가 그들에게 메일을 발송해주길 바랐다. 하지만 그들이 대체 뭘 할 수 있단 말인가? 나는 기자들이 강자들에게 아부하고 봉사하는 모습을 평생 동안 보아왔다. 이건 아주 간단한 사실이다. 그들은 손님 시중을 드는 웨이터나 다름없다. 아니, 차라리 종복이라고 해야 할까? 글쎄, 어느 게 더 맞는지는 잘 모르겠다. 대체 왜 이런 자들에게 메일을 보내야 한단 말인가.

　기진맥진한 몸. USB키들. 총격전……

　세상에 대한 환멸과 자신에 대한 실망으로 완전히 진이 빠진 상태지만, 그래도 무언가가 계속하라고 나를 떠밀고 있다. 나는 안경케이스를 열고, 키를 제 칸에 집어넣는다. 나 자신이

제임스 본드처럼 느껴진다. 그보다는 훨씬 초라하고 형편없긴 하지만.

누군가 초인종을 누른다. 나는 유령이 둥둥 떠가듯 응접실을 지나 현관문을 연다. 내 앞에 두 사내가 총을 겨누고 서 있다. 문을 열기 전에 밖을 살피지도 않았다. 문 뒤에서 그 예쁜 금발머리 아가씨가 다시 나타나리라 기대하는 술취한 애송이처럼. 피로해서일까? 체념한 탓일까? 모르겠다. 잘못은 내 쪽에 있다. 초인종이 울리고, 난 그게 TV에서 나는 소리라 생각하며 문을 여는데, 내 삶 가운데로 난폭하게 밀려들어오는 건 현실이다. 문구멍이 결국 날 배신한 것이다.*

그들은 나를 똥덩이처럼 바닥에 납작 엎드리게 한다. 두 손을 등 뒤로 맞잡게 한 채로. 그들은 거칠게 수갑을 채우고, 몸을 더듬어 무기를 압수한다. 뚱뚱한 코쟁은 자신이 좋아하는 TV시리즈의 주인공이라도 된 양, 그럴듯한 어조로 내뱉는다.

"음! 화약 냄새가 지독한데다 총알도 두 개나 남았군!"

"어이, 살살하라고! 지금으로썬 이자의 혐의는 '치아 파손' 밖에 없으니까."

"하지만 분명히 TV에 나온 녀석 맞잖아?"

"말하잖아, 이자를…… 그리고 그놈의 TV는 그만 좀 보라고!"

"피의자로서 나의 권리는 읽어주지도 않는 거요?" 내가 묻는다.

---

* '문구멍'에 해당하는 프랑스어 'judas'에는 예수를 배신한 '유다'라는 뜻도 담겨 있다.

"여기는 프랑스지, 미국이 아니야!" 콜럼보가 대꾸한다.

"결국엔 모든 걸 그들처럼 하게 되잖아요, 안 그래요? 그리고 영화를 보면 항상 그렇더라고요."

"이건 영화가 아니야!"

그가 나를 거칠게 일으켜 세운다. 그러자 뚱보도 내 목덜미를 찰싹 때린다.

떠나기 전에 나는 아파트 문을 돌아본다. 그런데, 어? 지금 내가 피곤해서 헛것이 보이는 건가? 나는 묻는다.

"아니, 이거 문에다 무슨 엿 같은 짓을 해놨어? 지금 여기가 몇 호죠?"

"보면 몰라? 이 친구는 이제 자기가 어디 사는지도 모르겠는 모양이네. 이봐, 그러니까 마약을 끊어야 한다고……" 코잭이 여전히 퉁명스레 대꾸한다.

내가 지금 이성을 잃어가는 모양이다. 더는 아무것도 이해하지 못하겠다. 열이 후끈 오르면서 머리가 어찔하다. 코잭은 마지막으로 아파트 안을 한 번 둘러본 후, 문을 쾅 닫는다.

내 옛 집의 번호판이 내 새 아파트 문 위에 붙어 있었던 것이다. '80호'라는 숫자가 자신의 마술이 만족스러운 양, 자랑스레 반짝이고 있다.

문제는 내가 마술을 믿지 않는다는 점이다.

73

새로운 신분을 얻긴 했지만, 이웃 사내의 판단이 옳았다면 PPN은 어쨌든 날 처형할 것이다. 그런데 그의 생각은 한 번도 틀린 적이 없었으니까⋯⋯

"내 이름은 토마 몬태너, 엑신 정보국의 프랑스 총책임자요. 여러분의 단말기를 통해 확인해볼 수 있을 거요."

나는 PPN 대장에게 고개를 돌리고 말을 잇는다.

"다시 말해, 난 당신네의 가장 중요한 고객 중 하나죠."

그는 나를 쳐다본다.

"음, 그런 것 같군요."

"모든 게 원상회복될 겁니다. 하지만 데이터를 모두 복구하기 위해서는 시간이 조금 더 필요해요."

서장은 안심한 표정이다.

"자, 이제 모두 한식구라는 게 확인됐군!"

그러고는 내게 묻는다.

"그 빌어먹을 파일들을 되찾으려면 시간이 얼마나 걸리죠?"

나는 천연덕스럽게 대답한다.

"두 시간 정도밖에 안 걸립니다."

그는 콜럼보에게 지시한다.

"오케이. 자네는 단말기로 이 양반 신분을 확인하고, 실험실로 데려가게."

그러고는 다시 내게, "그러면 몬태너 씨, 두 시간 후에 다시 봅시다. 그 사이에 난 내무부 장관에게 보고해야겠어요. 이 사건이 벌써 너무 많이 늘어졌기 때문에……"

PPN 대장은 여전히 정중하면서도 싸늘한 목소리로 서장에게 불쑥 내뱉는다.

"이런 말하기 죄송한데, 파일이 최대한 복구되기 전까지는 이 방에서 그 어떤 정보도 새어나가면 안 될 듯싶소."

나는 콜럼보를 뒤쫓는다. 서장과 PPN 대장은 여전히 부드러운 어조를 사용하고 있지만, 그들 사이에는 뭔가 차가운 기류가 감지된다. 각자의 비밀을 꽉 움켜쥔 이들이 벌이는 예절과 외교적 언사의 경연이 여기에 뭔가 중요한 것이 걸려 있음을 짐작케 한다.

"난 서장님을 충분히 존중합니다만, 이번 일을 지휘하는 건 납니다." 대장이 덧붙인다.

"지금 대장님이 계신 곳은 우리 서署이고, 이 사람을 체포한 건 내 부하들입니다. 우리는 PPN을 언제나 환영하고, 또 양측이 오래전부터 협력해온 것은 사실이지만, 지금은 피차 이해관계가 다소 상충되는 것 같소이다."

서장의 대꾸에 PPN 대장은 곧바로 경고한다.

"만일 서장님이 이 일에 대해 나만큼 정보가 있으시다면, 내 분명히 장담하는데, 일단은 내무부장관에게 한 마디도 하지 않는 게 현명할 겁니다."

서장은 물러서지 않고 차분하게 맞받는다.

"아, 그렇군요! 문제는 그쪽은 개인회사 소속인 반면, 난 국가소속이라는 점입니다."

나는 내 엑신 위니베르셀을 들고 콜럼보와 함께 복도로 되돌아간다. 그가 문을 닫는다. 그러면서 두 보스의 대화소리가 작아진다.

콜럼보는 약간 거북한 표정이다. 나는 그에게 묻는다.

"왜요? 무슨 문제라도 있어요?"

"우리 서장님이 저런 식으로 말하기 시작했다는 건, 일에 뭔가 깔끔하지 않은 게 있다는 얘긴데…… 난 그 양반을 잘 알아요. 자, 어쨌든 따라오시오!"

"잠깐요! 내 소지품을 가져오고 싶어요."

"어떤 것 말이오?"

"전부. 재킷, 약물 흡입기, 그리고 내 스미스&웨슨."

그는 잠시 주저한다. 나는 빙글빙글 웃으며 그를 본다. 마치 이렇게 말하는 듯한 눈으로. '뭐야? 당신, 무서워서 사무실에 다시 들어가지도 못하는 거야? 나한테는 그렇게 터프한 척하면서.' 그는 이해했고, 자존심상 가만있지 못한다.

"오케이, 좋아! 하지만 권총은 안 되오!"

"왜요? 내가 그걸로 당신을 죽일까봐 겁나요? 탄창은 비어 있다고요."

"결정은 내가 해요."

"좋아요. 내 재킷이든 다른 소지품이든, 당신이 원하는 대로 해요. 하지만 저 두 양반이 서로의 얼굴에 그걸 집어던지기 전에 빨리 들고 나와야 할 것 같은데?"

그가 문손잡이에 손을 얹는다.

"내가 지켜보고 있으니까, 여기 꼼짝 말고 계시오!"

그러고는 문을 빠끔히 연다. 다시금 말싸움의 조각들이 새어나온다. 콜럼보는 내게서 몇 초 간 눈을 떼고 문틈으로 고개를 들이밀며 안에 남아 있던 코잭에게 소리친다.

"이 사람 소지품 좀 건네줘!"

서장은 말을 멈추고, 그 불쌍한 코잭에게 호통친다.

"지금 서屬가 온통 포위상태인데, 자네는 그렇게 할 일이 없어? 대강 좀 꾸물대라고!"

뚱보는 침실에서 쫓겨나는 정력 약한 사내처럼 주섬주섬 내 소지품을 챙긴다. 서장은 덧붙인다.

"만일 다음번에 피의자를 몸수색하지 않고 취조실로 들여놓으면, 그때는 나한테 잔소리 좀 들을 거야!"

다시 문이 닫혔을 때 내 입가엔 빙그레 미소가 떠오른다. 그 사이에 잽싸게 콘택트렌즈를 빼어 호주머니 속에 집어넣은 것이다. 눈 양쪽이 다 보이니 그렇게 좋을 수가 없다. 권총도 빨리 회수하고 싶다. 그게 없으면 이곳을 살아서 빠져나가기가 몹시 힘들어질 테니까.

74

　우리는 복도를 쭉 따라가서 층계참으로 빠지는 문에 이른
다. 콜럼보는 여전히 수 족 인디언처럼 바짝 긴장하여 주위를
살핀다. 그렇게 실험실로 통하는 계단을 내려간다.

　"이 실험실은 뭐죠?"

　"보안구역이오. 중요한 압수물 일체를 보관하는 곳이지. 무
기, 마약……"

　"엑신 휴대폰!"

　"맞소, 그것도 보관하지. 우리 쪽 과학경찰 전문가들이 작업
하는 곳이기도 하고."

　"실력들이 괜찮나요?"

　"음, 안경잡이는 괜찮소. 성질은 더럽지만 실력만은 확실
하지."

　"안경잡이?"

　콜럼보는 그저 씩 웃기만 하고, 계속 뚜벅뚜벅 걷는다. 코잭
은 한 아름 든 내 재킷이며 나머지 물건들을 어째야 할지 몰라
쩔쩔매는 표정이다.

　"그거 이리 줘요. 좀 지저분하지만 그래도 아르마니고, 내가

아끼는 옷이니까."

내가 사용한 '지저분하다'라는 표현이 주의를 끌었는지, 콜럼보가 끼어든다.

"오케이. 하지만 권총은 내가 보관하겠소."

코잭은 군소리 않고 지시에 따른다. 그는 재킷과 배지를 돌려준다. 나는 그 이탈리아 기성복을 걸친다. 우리는 실험실에 이른다. 콜럼보는 내 매그넘44 손잡이로 문을 똑똑 두드린다. 문이 열린다. 작달막한 사내 하나가 우리를 맞아준다. 코카콜라 병 밑바닥처럼 두꺼운 안경을 쓴 사내는 코맹맹이 소리로 말한다. 만화영화에서나 볼 캐릭터다.

"또 뭐요? 휴대폰 분석결과를 보러 오셨어? 아직 준비 안 됐어요. 아, 그게 어떻게 금방 되냐고? 그러잖아도 일이 너무 많아서 정신이 없구먼!"

목소리를 들으니 누군지 알 것 같다. 아까 전화로 나와 통화했던 실험실 엔지니어이다. 까마득한 옛날부터 공무원들이 가장 처음 배우는 건 늘 똑같다. 즉, '일이 너무 많아서 정신이 없다'고 말하는 것이다. 하지만 누가 그 말을 믿는담. 아무리 둘러봐도 일 같은 건 안 보이는데!

콜럼보가 쏘아붙인다.

"그게 아니라, 우리도 일 좀 하려고 조용한 공간을 찾아 왔소."

"여긴 더 이상 자리가 없어요."

"아, 여보쇼, 우리 그러지 맙시다. 지금 서장이 신경이 몹시 날카롭다고."

"진짜 농담이 아니라, 작업할 만한 공간은 압수품 보관창고

밖에 없다고요."

잠시 침묵이 흐른다.

"오케이, 좋아요. 자, 날 따라와요. 어딜 원해요? 압수무기 있는 데? 아니면 마약 있는 데?"

"마약 있는 데로 갑시다."

"그런데 아무것도 건들지 마요! 절대로 문제 일으키지 말라고요."

"걱정 마쇼. 저 뚱땡이는 못 들어가게 할 테니까."

코잭은 이런 일이 처음이 아닌 듯, 아무 말도 안 한다. 나는 재킷에서 실크 손수건 한 장을 꺼낸다. 뻣뻣한 클리넥스와는 벌써 촉감부터가 다르다. 이 귀중한 직물이 닿자 바짝 굳어 있던 피부가 사르르 풀리는 느낌이다. 이렇게 몇 초만 문지르면 손수건이 약간 더러워지기는 하겠지만, 이 사치스런 애무로 사기를 올릴 수만 있다면 무슨 상관이랴! 우리는 안경잡이 땅 꼬마를 따라간다. 한쪽 벽이 유리로 된 압수품 보관창고 앞에 이른다. 그의 코맹맹이 소리가 또 다시 울려퍼진다.

"이 벽은 방탄유리지만, 때는 못 막아요. 그러니 당신네 그 손가락으로 온통 더럽히지 말라고, 알았어요?"

자신의 당부에 아무도 토를 달지 않자, 조그만 사내는 생체 인식 스탠드에 손바닥을 대고, 문이 스르르 열린다. 콜럼보는 코잭에게 지시한다.

"자넨 여기서 기다려!"

우리는 들어간다. 문이 닫힌다. 유리벽 너머로 코잭이 탁자에 앉는 것이 보인다. 일회용 플라스틱 컵들과 신문 무더기 앞에 놓인 커피포트에서 김이 모락모락 피어오른다. 그는 자신

에게 맡겨진 역할에 오히려 만족한 표정이다. 조그만 사내가
말한다.

"자, 난 가겠소. 공식보고서를 작성해야 하니까. (그가 날 쳐
다본다.) 그런데 당신 아까, 왜 전화해서 그런 이상한 소리를
힌 거요? 그게 무슨 암호 비슷한 거였소? 그런 거요?"

나는 약간 창피하여 이렇게 둘러댄다.

"아, 그걸 내가 왜 알려줘요? 보아하니 똑똑한 분 같은데,
스스로 알아내요!"

그는 나를 물끄러미 쳐다보더니, 내뱉는다.

"그래, 알겠군. 전화는 걸었는데 무슨 말을 해야 할지 모르
겠고, 그래서 아무 소리나 지껄였던 거지. 속이려 해도 소용없
어. 그때 당신은 무지하게 겁내고 있었던 거야. 좋았어, 보고서
에 그렇게 써야겠군. 그래, 바로 그거야. '그는 무지하게 겁을
내고 있었다.'"

나는 달리 할 말이 없어 그냥 바보처럼 씩 웃기만 한다. 이
땅꼬마, 보기보다 꽤 똑똑한데!…… 그는 가버린다. 콜럼보는
유리벽에 너머로 어른거리는 코잭의 바로 맞은편 탁자에 앉는
다. 그리고 나더러 자기처럼 하라고 권한다. 나는 휴대폰을 탁
자에 올려놓는다. 그도 내 권총을 내려놓는다. 나는 앉는다. 압
수품 보관창고 안쪽은 창문 하나 없이 꽉 막혀 있다. 막다른 골
목이다. 다이얼로 여는 금고가 여남은 개 보인다. 나는 말을 건
넨다.

"저게 모두 꽉 차 있다면, 도시 하나를 공급할 수 있는 양이
겠네요."

"맞아요, 양이 그 정도 되지."

"그런데 가장 많이 압수되는 게 어떤 종류입니까?"

"화학으로부터 끌어낼 수 있는 건 실로 무궁무진하죠. 코카인, 대마초, 마리화나 같은 것들을 합법화해봤자 아무 소용 없어요. 금방 다른 걸 발명해내니까. 그리고 그 발명품을 법으로 금지하면, 도리어 날개 돋친 듯 팔리고…… 이건 어떻게 해볼 도리가 없어!"

흠, 꽤나 재미있는 생각이다. 나는 서둘러 엑신을 켜는데, 이젠 정말이지 이 모든 걸 매듭짓고 싶기 때문이다. 만일 이웃 사내가 제대로 준비해 놓았다면, 잠시 후, 이 모든 일은 하나의 기분 나쁜 추억에 불과하게 되리라.

75

콜럼보는 내가 휴대폰에 입력하고 있는 걸 등 너머로 흘끔 흘끔 훔쳐본다. 나는 한마디 쏘아붙인다.

"술집 화장실에서 볼일 보는데 다른 술꾼들이 흘끔거리면, 당신은 기분이 좋겠소?"

그는 휴 하고 한숨을 내쉰다. 그러고는 아무 말 없이 일어나 유리문 쪽으로 향한다. 문 옆의 버튼을 누르자, 압축공기의 쉭 하는 소리가 나면서 문이 열린다. 두 번 다시 찾아오지 않을 절호의 기회다. 나는 바지주머니에 손을 넣어, 살그머니 안경케이스를 꺼낸다. 콜럼보는 코잭 쪽으로 걸어가 커피를 따를 컵 하나를 집어든다. 나는 케이스를 열어 특수고글을 꺼낸 다음, 속판을 회전시켜 연다. 그 속에 숨겨둔 총알 세 개를 집어, 그들이 보지 못하도록 탁자 위, 케이스 바로 뒤에 살며시 숨겨둔다. 코잭이 지나가는 동료의 몸에 가려져 나를 보지 못하게 되는 순간, 나는 벌떡 일어나 그들에게 등을 돌린다. 그렇게 선 채로 권총을 집어 회전탄창을 열고는 총알을 하나하나 밀어넣는다.

15초란 짧은 시간이지만, 숨을 멈추고 있을 땐 아주 긴 시간이기도 하다. 총알 한 개에 5초라는 영원과도 같은 시간이 걸린다. 땡! 끝났다! 나는 잽싸게 다시 앉아, 복권 추첨을 지켜보는 도박꾼처럼 힐끗 상황을 살핀다. 꽝이냐? 당첨이냐?

콜럼보는 컵 속에 각설탕 두 덩이를 던진 다음, 신문 무더기에서 한 장을 뽑아들면서 다시금 한숨을 내쉰다. 그가 몸을 돌려 다시 이쪽으로 다가오면서, 사각에서 벗어나게 된 코잭이 부릅뜬 눈으로 나를 주시하는 게 보인다. 내 눈은 엑신 화면으로 돌아간다. 나 역시 휴 하고 한숨을 내쉰다. 가슴은 쿵쾅거리고, 심장박동이 몸 전체에 동굴처럼 메아리친다. 권총을 이미 정확히 제자리에 돌려놓은 후라, 코잭은 내 이마에 맺힌 땀이 컴퓨터 작업 때문이라고 믿고 있다. 회전탄창에는 총알 세 발이 들어 있고, 실험실에는 세 친구가 있다. 계산이 딱 맞는다.

76

누군가 실험실 문을 두드린다. 안경잡이 땅꼬마가 태평스러운 걸음걸이로 어기적어기적 내 앞을 지나 문으로 향한다. 살면서 스트레스 같은 건 전혀 안 느끼는 부류다. 사실은 이런 태도가 옳은 것이다. 스트레스는 우리의 삶에 재나 뿌릴 뿐, 아무 짝에도 쓸데없다. 그는 열려 있던 압수품 보관창고 유리문을 다시 닫아놓고는, 내게서 눈을 떼지 않는 콜럼보와 코잭 앞을 지나 실험실 문을 연다. 그런데 갑자기 그가 풀썩 고꾸라지면서 안경이 바닥으로 날아가 박살나는 게 보인다. 그의 조그만 몸뚱이 위로, 이가 두 대 나간 PPN의 대형장롱이 뛰어들어온다. 오른손에는 소음기 달린 권총이 들렸고, 눈에서는 차가운 빛이 번득인다. 코잭이 깜짝 놀라 뒤를 돌아보지만, 미처 커피를 내려놓을 틈도 없이 총알 두 발이 동화에 나오는 배불뚝이 소인小人같이 불룩한 그의 배를 꿰뚫는다.

콜럼보는 이 모든 장면을 마치 영화 스크린 보듯 내 눈 속에서 읽는다. 사실 그는 진즉부터 이해하고 있었다. 코잭이 고꾸라지기 훨씬 전부터 알고 있었다. PPN이 청소작업을 위해 찾아오리란 걸 말이다. 믿었던 회사가 결국 자기를 배반했다는 걸. 하지만 그의 영리함과 용기가 언제까지나 그의 더러운 때 아래 숨어 있을 수는 없는 노릇. 콜럼보는 번개 같은 동작으로 오른손으로 권총을 빼어들고 옆으로 몸을 날린다. 그렇게 첫 번째 탄환은 빗나가 압수품 보관창고의 방탄유리에 부서질 듯 박힌다. 탄환이 내 쪽을 향해 날아오다가 어떤 보이지 않는 풀에 붙어버린 듯 공중에서 딱 굳어버리는 이 광경, 나도 머리털 나고 처음 보는 거다. 콜럼보도 응사하여 거한의 어깨에 적중시킨다. 하지만 PPN의 두 번째 경관 녀석이 방 안에 난입하면서 총을 난사한다. 가슴 한복판에 세 발이 적중한다. 콜럼보의 몸이 반으로 꺾이면서, 신문 무더기와 함께 바닥에 나뒹군다.

나는 슬로모션처럼 펼쳐지는 이 모든 장면을 꼼짝도 못하고 지켜본다. 눈가가 축축해진다.

피로 얼룩진 수족관 앞에 선 듯, 나는 그 광경을 무력하게 쳐다보고만 있다! 비극이 최고조에 이르렀을 때, 나는 재빨리 탁자로 다가가 내 스미스&웨슨을 원래 자리인 등 뒤에 꽂고, 그 위를 재킷 자락으로 살짝 가린다.

나는 방 안을 점령한 세 사내를, 마치 대형화면 속 인물들처럼 관찰한다. 이것은 내가 아직 익숙해지지 않은 컴퓨터게임이다. 하지만 한 가지 확실한 건 저들이 지독히도 끈질긴 상대이며, 인류의 쓰레기통 밑바닥에서 기어나온 쓰레기들이라는 사실이다.

그들은 떠다니듯 움직이는 세 흡혈귀처럼 방 안에 흩어져서 있다. 그들의 실루엣이 바닥에 길게 쓰러진 시체들과 대조를 이룬다. 왼쪽에는 이빨 깨진 그 개자식, 오른쪽에는 말 없는 킬러, 그리고 가운데에는 PPN의 우두머리가 버티고 서 있다.

화면 반대편에 있는 나는 겁에 질려 있다. 가진 것이라곤 등 뒤에 꽂은 매그넘44 한 자루뿐이다.

　탄창에는 총알 세 발, 그리고 실험실에는 세 친구. 다시 계산이 딱 맞는다.

77

사방이 정적에 잠겨 있다. 말도 제대로 할 수 없다. 단어들
이 러시아워의 차들처럼 목구멍에 꽉 막힌 채 빠져나오지 못
한다. 이 친구들은 폭력을 정교한 도구처럼 사용한다. 그들은
자기네 두목에게 눈으로 묻는다. 그는 이 깨진 친구에게 압수
품 창고 문을 열라고 눈짓한다. 그는 즉각 달려들지만, 고릴라
처럼 몇 차례 흔들어보고 나서야 문이 굳게 잠겨 있다는 걸 알
게 된다. 나는 여전히 꼼짝도 못하고 있다. 이런 막다른 골목에
갇혀 있는데, 움직여봐야 무슨 소용이랴. 나는 이빨 깨진 친구
가 내 쪽으로 고래고래 소리치는 모습을 본다. 하지만 그 소리
는 먹먹하게 죽어서 도달한다.

"열어! 어서!"

이 상황에서 내가 뭘 할 수 있으랴. 그에게 해줄 수 있는 일
이라곤 굵직한 손가락 하나를 제공하는 것뿐이다. 그의 항문
깊은 곳에 쑤셔넣듯, 가운뎃손가락을 위협적으로 쭉 뻗어 올
린다. 무릎 꿇고 사느니, 손가락을 바짝 세우고 죽는 게 낫다.

그는 권총을 내 쪽으로 겨누고 두 발을 더 쏘지만, 그것들
은 다시금 방탄유리에 틀어박힐 뿐이다. 야, 기똥차다! 난

해리 포터다! 내 주위엔 전자기 보호막 같은 게 쳐져 있는 거다…… 물론 이게 계속 버텨줘야겠지만. 좋아! 나의 순간적인 신바람은 탄력을 받아 다른 손의 중지까지 불끈 치켜든다. 대형장롱은 악착스레 문을 흔들어대며 맹렬히 발길질까지 해댄다. 마침내 총까지 쏘려고 하는데, PPN의 두뇌가 개입한다.

"저 조그만 친구가 있잖아! 저놈 손을 대면 문이 열린다고!"

그의 말이 입에 재갈을 물린 사람의 목소리처럼 들려온다. 이 깨진 친구는 사망한 조그만 사내의 팔을 붙잡아 비참한 짐승의 시체처럼 질질 끌고 온다. 만일 그럴 수만 있었다면 주저없이 그의 팔을 잘라냈을 것이다. 멍청하고도 거친 경찰관이란 오히려 유괴범들보다도 위험한 존재들이라, 납치된 여자아이가 살아날 가능성 따윈 전혀 없었던 것이다. 그리고 지금 저 짐승이 생체인식 스탠드에 도달했다.

이제 시나리오는 아주 명확하다.

총알 세 발. 하나는 저 개자식에게, 다른 하나는 내 엑신에, 그리고 마지막 것은 내 머리에……

78

나는 머리를 굴려본다. 대형장롱이 죽은 사람의 축 늘어진 손을 인식 스탠드 위에 얹는다. *저들이 원하는 건 파일이야. 따라서 날 당장 죽이진 않아……* 나는 의자에 앉는다. 문이 열리자 대형장롱은 뛰어들어오더니, 내가 차분함을 유지하고 있음에도 불구하고 권총손잡이로 얼굴을 정통으로 후려친다. 그대로 뒤로 자빠져버리지 않은 게 차라리 기적이다. 기우뚱한 의자가 잠시 두 다리로 균형을 유지하더니, 간신히 네 다리로 돌아오는 데 성공한다. 데자뷔의 느낌이 엄습한다. 나는 두 손으로 얼굴을 감싸며, 혹시 반쪽이 떨어져나가지 않았는지 확인해본다. 한쪽은 불에 타는 듯 아프고, 다른 한쪽은 충격으로 마비된 듯 아무런 감각이 없다. 그래도 난 꼿꼿이 앉아 있다. 이렇게라도 앉아 있어야 이 위기에서 벗어날 가능성이 높아진다. 지금 이들은 자기들이 날 지배하고 있다고 생각할 것이다. 죽을 각오가 돼 있는 사람은 그 무엇도, 그 누구도 지배할 수 없다는 사실을 모른 채 두 거한은 소음 기 달린 권총으로 나를 겨누고 있다. 대장의 목소리가 울린다.

"난 파일들을 복구하고 싶어!"

"그런데 이 끔찍한 살육극은 대체 뭐요? 이보쇼, 불쌍한 양반, 지금 당신 제정신이오?"

"인간은 모두 조바심을 내지. 그리고 조바심을 물리칠 최고의 무기는 역시 죽음이야."

사악한 지식인이다. 이자에 대해서는 토마가 내게 경고해준바 있다. 무슨 짓이라도 할 수 있는 더러운 변태라고. 이런 종류의 친구가 똑똑하기까지 하면 최악이다. 등골이 오싹해지는 결과가 나오는 것이다. 이제 정신을 바짝 차려야 한다. 정신 줄을 놓는 순간, 목숨도 잃게 될 것이다.

"지금 당신은 우리 계약을 깨는 짓을 하고 있소." 내가 대답한다.

"당신은 엑신 사람이 아니잖아."

PPN 대장은 이렇게 말하면서 자신의 핸드폰을 꺼내 뭔가를 두드린다. 그리고 이어폰을 귀에다 꽂는다. 나는 사기 전략을 계속 밀고 나간다.

"난 5년 동안 지하에 숨어서 리셋 프로젝트를 진행해왔소. 그 보상으로 사내 5인자 자리를 얻었지. 만일 이런 대접을 받을 줄 알았다면……"

"당신이 5인자라고? 하하하! 그게 사실인지 아닌지는 곧 알게 되겠지! 단 2분이면 모든 사실을 밝혀줄 수 있는 친구가 내무부에 있거든. (그는 휴대폰에 대고 말하기 시작한다.) 아, 나야. 급한 일이 하나 있는데…… 몬태너라는 친구에 대해 좀 알아봐줘야겠어. 그래, 토마 몬태너…… 엑신 사 소속이라는데 보호파일에서 한번 찾아봐. 자칭 사내 5인자라는데…… 그래, 자네가 위험을 무릅쓴다는 건 알아. 하지만 나도 자넬 위해 일을 해줬다는 걸 잊지 말라고…… 오케이, 전화 끊지 않고 있을게."

"나쁜 소식을 듣게 될 거요."

"훨씬 더 나쁜 소식이 있어. 지금 이 상황에서는 당신이 정말로 엑신 사람인지 아닌지는 그다지 중요하지 않아. 현재 우리는 지독한 진창에 빠져 있고, 모든 난파 상황이 그렇듯 오직 두 종류의 인간이 있을 뿐이야. 보트를 찾아내는 자들, 그리고 배와 함께 침몰하는 자들. 난 파일을 원해. 당신이 그걸 다시 찾아내 내게 돌려주든지, 아니면 내가 당신을 개처럼 도살해버리든지, 둘 중 하나야."

"어차피 파일을 찾아준다 해도 당신은 날 죽일 거요. 그러니 고민하지 말고 그냥 날 쏴요. 그럼 시간을 절약할 수 있을 테니까."

"자, 현명하게 생각하라고. 무릎에 총알이 박히는 일은 피하는 게 좋지 않겠어?"

"……좋소. 원하는 걸 드리지. 하지만 먼저 치아 상태가 특별하신 저분은 밖에 나가서 커피나 한잔하라고 하시오. 집중하는 데 상당히 방해되니까. 그리고 일이 끝나면 나도 풀어줘야 해요."

대형장롱은 금방이라도 나를 찢어발길 듯 으르렁댄다. 대장은 손짓 하나로 그를 제지한다.

"잠깐, 전화가 왔군. (그는 이어폰을 꽂고 상대의 말을 듣는다.) 음, 고마워. 내가 생각한 대로야. 그럼 잘 있게."

그는 상어 같은 표정으로 날 쳐다보면서 덧붙인다.

"토마 몬태너라는 사람은 존재하지 않아. 이렇게 모든 걸 개판으로 만들어놓은 걸 보면 당신은 아마 굉장한 해커일 거야. 오케이. 아까 얘기했던 대로 하는데, 서둘러!"

그는 이빨 깨진 거한에게 유리벽 저편에 가 있으라고 손짓한다. 거한은 창고 문 앞에 멈춰 선다. 나는 의자에서 일어나, 팔을 뻗어 가리키면서 차분하게 알려준다.

"문을 열려면 버튼을 눌러요…… 거기, 오른쪽!"

문이 열린다. 그가 밖으로 나간다. 유리문이 다시 천천히 닫힌다. 모두의 시선이 그에게 쏠려 있다. 나는 여전히 왼손을 뻗고 있다. 지금이 아니면 기회는 영영 오지 않는다. 나는 오른손잡이다.

79

나의 친구 스미스&웨슨이 눈 깜짝할 사이에 은신처에서 튀어나온다. 나는 과묵한 요원에게 첫 번째 총알을 발사한다. 그는 무기를 바닥에 떨어뜨린 뒤, 배를 움켜쥐고 흐물흐물 쓰러진다. 한 발. PPN 대장이 내게 달려든다. 나로선 다른 선택이 없다. 내 무기가 굉음을 발하는 게 들렸지만, 그를 맞혔는지는 확실치 않다. 아무튼 두 발. 그가 자기 요원의 권총이 떨어져 있는 곳까지 기어간다. 그걸 붙잡아, 바닥에 궁둥이를 대고 일어나 앉아서는 두 팔을 쭉 뻗어 소음 권총을 내게 겨냥한다. 내 스미스&웨슨이 세 번째 총알을 뿜어내 그의 머리에 적중시킨다. 세 발. 결국 그의 몸이 길게 뻗는다. 이제는 총알이 다 떨어졌는데, 유리벽 건너편의 거한이 몸을 돌렸다. 문을 열기 위해서는 조그만 사내의 손이 필요하다는 사실을 그의 대뇌가 기억해낼 때까지 몇 초의 시간이 내게 주어진다. 나는 PPN 보스의 아직 따뜻한 손에서 권총을 빼내려고 후닥닥 달려간다. 그런데 이자가 그걸 놓으려 들질 않는다. 죽어서도 악착스럽기 짝이 없다. 컴퓨터게임에서는 일이 훨씬 간단하다. 마우스만 클릭하면 적의 무기를 주워들 수 있다. 죽은 사람의 바짝 경직

된 손가락이 이런 종류의 작업을 아주 복잡하게 만든다는 사실을 게임에서는 잊게 되는 법이다. 그런데 내가 저 거한을 너무 과소평가한 모양이다. 그가 어느새 조그만 사내의 손을 생체인식 스탠드에 올려놓고 있다. 문이 천천히 열리는데, 권총은 여전히 씨름하는 네 개의 손 사이에 들려 있다. 거한은 실험실 원숭이만큼이나 빨리 배운다. 유리문이 완전히 위로 열릴 때까지 기다리지 않고, 몸을 숙여 들어온다는 똑똑한 생각을 해낸 것이다. 그는 그 거대한 몸뚱이를 바짝 굽히며 내 쪽을 향해 한 방을 쏜다. 총알이 내 옆을 바짝 스쳐가자, 나는 초조해지고 인내심을 잃는다. 그가 올라가고 있는 유리문 아래를 통과하려고 몸을 웅크린다. 나는 PPN 대장 뒤로 다이빙하듯 몸을 숨긴다. 대형장롱은 몸을 일으키면서 다시 한 발을 쏘는데, 그 소리 없는 총알이 보스의 가슴 한복판에 박히며 그를 두 번 죽인다. *부질없는 짓이야. 다들 언젠가는 죽는다고!*

갑자기 귀가 먹먹할 정도로 거센 한 발의 총성이 울린다. 소음기가 입을 다물고 있어야 한다는 사실을 잊어버린 듯, 혹은 내 스미스&웨슨이 네 번째 총알로 그 음험한 메아리를 부숴버리기라도 한 듯.

거한이 바로 내 앞에 쓰러진다. 단 한 번의 벼락에 무너지는 거목처럼 쿵하고 머리부터 쓰러진다. 그의 등짝에는 엄청난 크기의 새빨간 연못이 파였다. 네 발?

내가 누워 있는 곳으로부터 PPN 보스의 어깨와 거한의 등짝이 눈에 들어온다. 그리고 저쪽, 열린 유리문 건너편에서 바닥에 누운 콜럼보의 팔이 힘없이 내려오는 것과, 가느다란 연기가 피어오르는 그의 스미스&웨슨 매그넘이 보인다. 그 순간, 나는 왜 내가 저 사내에 대해 호감을 느끼기 시작했는지 더 깨닫게 된다. 지금 '더티 해리'의 권총을 쥐고 있는 건 아기처럼 순결한 콜럼보이다. 너무 멀어서 분명하지는 않지만, 그가 나를 향해 언뜻 미소 지은 것 같기도 하다.

유리문이 아래로 내려오기 시작한다. 그것이 바닥에 닿았을 때, 콜럼보는 더 이상 견뎌낼 수 없다는 듯 잠에 빠져든다.

80

나는 복도를 따라 걷는다. 구역질이 느껴진다. 힘이 없어 다리가 후들거린다. 내 피는 극도로 강력한 마약에 취해 있다. 바로 현실의 고통이다. 나는 이제 살아 있음을 느낀다. 내 정신은 그 사실을 명확히 인식한다. 노 라이프를 감옥처럼 감싸고 있는 것은 고통에 대한 두려움이다. 만일 고통을 기꺼이 받아들일 수 있다면, 이제 나는 현실을 피해 도망칠 이유가 없다. 머리가 빙빙 돈다. 춥다. 나는 내 재킷으로 콜럼보의 눈을 덮어주었다. 나는 자신에게 뇌까린다.

자, 이젠 다시 숨을 쉬라고!

내 두 손이 벽을 짚는다. 조금 전에 마지막 몇 시간을 보냈던 서장실의 문이 보인다. 빠끔 열려 있다. 나는 살짝 밀고 안을 들여다본다. 서장이 집무용 안락의자에 앉아 있다. 무언가를 읽고 있다.

무슨 일이 있었는지 저 사람에게 알려줘. 아니면…… 이대로 복도 끝까지 가면, 비상계단을 통해 아래로 내려갈 수도 있어. 그다음엔 쓰레기통들을 쌓아두는 뒷골목을 통해 어디론가 사라져버릴 수 있지.

그래, 쓰레기통! 쓰레기통에 대해선 아무도 생각 못 할걸.

나는 사무실에 들어가기로 마음먹는다. 나는 뭔가를 읽고 있는 서장에게 알린다.

"서장님! PPN이 당신 부하들을 무참하게 죽였어요! 완전히 미친놈들이오!"

그는 대꾸가 없다.

나는 그가 날 볼 수 있도록 가까이 다가간다.

"서장님!"

그는 나를 보지 못한다. 오른쪽 눈 아래에 총알 한 방을 맞은 것이다.

81

이틀 전에 만 서른다섯 살이 된 나는 조금 전, 매우 심각한 일을 저질렀다. 적어도 이자들의 말에 따르면 그렇다. 그들은 그 사실을 내게 이해시키려 한다. 특히 요란스러운 제스처를 연발하고 있는 저 뚱보 기자가 그렇다. 막대사탕 하나 들고 선 꼴이 영락없는 형사 코잭이다. 엄청나게 크고, 생긴 건 꼭 마이크 같은 막대사탕을.

내 흰 셔츠에는 아직 피가 조금 묻어 있다. 하지만 재미난 점은, 이게 텔레비전에서 보듯 새빨간 색이 아니라는 거다. 오히려 갈색에 가깝고, 그 위에다 전분을 뿌린 것처럼 살짝 부풀어 있다. 양 겨드랑이에서 상당히 심한 냄새가 올라오는 걸 보면, 내가 땀깨나 흘린 모양이다. 이제 내 권총은 탄창이 비어 있다. 뚱보 대머리는 연신 삿대질을 해가며, 내가 무슨 꼬마라도 되는 듯 고래고래 악을 쓰며 질문한다. 내가 어딜 봐서 꼬마인가. 자기에게 무슨 일이 일어날지 뻔히 알면서 한 나라의 매스컴 전체를 마주하는 꼬마가 어딨나. 하지만 나는 그러기로 마음먹었다. 토마를 위해. 콜럼보를 위해. 그리고 모두의 행복을 위해.

나는 건물 뒷문으로 슬그머니 사라져버려야 했다. 누구도 날 다시 찾아낼 수 없었을 것이다. 영원히. 하지만 난 그러는 대신, 여기저기서 소리를 질러대는 기자들과 카메라들 한복판에서 공개 포토 인터뷰를 선택했다.

무수한 질문들이 나를 향해 날아들고 있다. 독화살 소나기가 따로 없다. 나는 멍하니 아무 말도 못 한다. 그들은 나도 모르는 답변들을 요구하고 있다. 간단한 메일 한 통이 어떻게 이런 난리통을 만들 수 있단 말인가? 이웃 사내는 이 모든 걸 어떻게 예측할 수 있었을까?

그런데 혼잡한 군중 속, 카메라들 근처에 비쩍 마른 그 껑다리 경찰이 보인다. 저 친구가 그 끔찍한 학살에서 살아남을 수 있었던 건 비겁했기 때문이다. 탈영병들은 맨 앞에서 돌격하는 무모한 병사들보다 오래 사는 법이다. 저자가 부하들을 시켜 덮치면 난 끝장이다. 그는 모두를 살해한 혐의를 내게 뒤집어씌우고 자신은 영웅이 될 것이다. 상처 입어 기진맥진한 내 정신은 더 이상 아무 대책도 세우지 못한다. 하고 싶은 대로 하든가. 대신, 마지막으로 한 번만 빠져들 수 있도록 내게 아무 화면이나 하나 주시고…… *그래, 지금이야! 총알 떨어진 매그넘을 꺼내 저들에게 들이대버려! 저들이 응사할 테고, 그럼 모든 게 끝나는 거야! 더 이상 피곤하지 않을 거야! 더 이상 고통도 없을 거고! 픽셀들이 반짝이는 그 어두운 대양에 잠겨 마침내 편히 쉴 수 있을 거라고. 완벽한 자살 아니야? 자, 지금 해!*

기자들은 완전히 신이 났다. 꼭 장날 같다. 그리고 오늘 팔아야 할 물건은 내 모가지다.

"잃어버린 파일들은 어디 있죠? 그것들을 다시 찾을 수 있나요, 몬태너 씨?"

벌써 내 새 이름이 알려졌나?

"스타 앵커는 왜 살해된 거죠? 그때 당신은 현장에서 뭘 하고 있었죠? 그 해커들은 대체 누구죠?"

"그가 엑신의 3인자였던 게 맞나요?"

"무슨 일이 있었던 거죠? 방금 PPN 대장이 죽었다고 하던데요? 대답해주세요!"

"그가 4인자였던 게 맞습니까? 대답하세요, 정보 대장!"

나는 선 채로 녹아웃되어버린다. 하지만 기자들의 질문은 여전하고, '의사 불러!' 하는 경찰들의 고함 소리도 들린다.

헬리콥터 소리, 또 뭔지 알 수 없는 소리들도 들린다. 강렬한 빛에 눈이 먼다. 더 이상 아무것도 느껴지지 않는다. 나는 눈을 감아버린다. 좀 쉬어야겠다.

그래, 잘했어 친구! 지금 아주 잘한 거야. 그렇게 눈을 감아버리라고……

불안하다. 나는 여전히 눈을 감고 있다. 귀로는 기자들과 경찰들의 고함소리를 감지하지만, 내 정신은 더 이상 아무것도 듣지 못한다. 나는 생각을 통해 이곳을 탈출한다. 그러자 본질적인 사실이 떠오른다.

신이 우리에게 선물하는 하루하루, 나는 어제를 잊고, 내 전부를 오늘에 던진다. 살고자 하는 나의 욕구는 그 무엇도 막을 수 없다. 과거의 그 무엇도 나의 길을 막을 수는 없다. 모든 것이 가능하다. 아무 문제 없이 이룰 수 있다. 내 이름은 토마이고, 난 삶에 목말라 있다. 이게 내가 알아야 할 것의 전부다. 그리고 나는 내가 원점에서 다시 시작하는 걸 방해하는 다른 모든 것들을 지워버린다.

휴대폰 벨이 울린다. 나는 상념에서 깨어난다. 눈을 뜬다. 나는 아우성치는 군중들에게 이리저리 떠밀린다. 통화버튼을 누른다. 금속성 음성이 들린다.

"여보세요, 거기 토마요?"

나는 잠시 머뭇거린 후에 대답한다.

"네."

"나 토마야! 자네 바로 앞쪽에 보이는 차에 타라고!"

나는 기자 몇 사람을 밀치고 나아간다. 계단 세 개를 내려간다. 사람들이 내 셔츠를 붙들다가 급기야는 찢어버린다. 군중속의 누군가가 내 쪽을 향해 나아오는데, 가만히 살펴보니 비쩍 마른 껑다리 경찰이다. 그가 다가온다. 나는 몸이 바짝 굳는다. 만일 내가 차에 타는 걸 막는다면, 한바탕 소동이 일어날 것이다. 그의 교활한 얼굴을 권총손잡이로 응징하는 것, 이것이 내가 마지막으로 할 수 있는 전부이다. 군중들이 날 쓰러뜨려 짓밟겠지만, 할 테면 해보라지! 저 밀려드는 인간들의 물결에 싸워보지도 않고 그냥 삼켜지지는 않을 테다. 그런데 놀랍게도, 껑다리 경찰은 내 옷을 붙잡고 늘어지는 기자 몇 명을 거칠게 밀쳐내더니, 메르세데스의 문을 열어준다. 그리고 권총을 뽑아 겨누며 사람들이 다가오지 못하게 한다.

"경찰이다! 물러서! 물러서라고!"

그는 군중에 떠밀려 기우뚱한다. 하지만 땅에 한쪽 무릎을 꿇은 채로, 권총을 쳐들어 공중에 두 발을 발사한다. 곧바로 우리 주위의 사람들이 썰물처럼 빠진다. 그는 내게 차에 타라고 신호한다. 나는 머뭇거린다. 그가 빙그레 웃는다. 그러고 보니

이 사람 표정이 바뀌었다. 권총을 높이 치켜든 그의 팔뚝이 드러난다. 팔뚝의 흰 살갗에 선명히 새겨진 문신, 바로 해골 그림이 박힌 검은 깃발이다! 나는 놀라서 입을 딱 벌린다. 그는 자신의 경찰 배지를 꺼내 보이며, 군중을 멀찌감치 묶어둔다. 나는 차에 올라타고, 차 문이 닫힌다.

거기서 처음 내가 감지한 것, 그것은 나의 모든 감각에 스며들어오는 샤넬 넘버5의 안개이고, 그다음은 누군가의 황금빛 머릿결이다.

작가의 말

　이 『노라이프』의 집필이 진행되어가는 동안, 나는 컴퓨터를 켤 때마다, 야후, 구글, 위키피디어 등의 뉴스에서 내가 쓰고 있던 내용을 완벽하게 예증하는 기사들을 목격할 수 있었다. 기분이 아주 묘했다. 마치 누군가가 나를 몰래 지켜보면서, 이 이야기를 쓰고 있는 나를 격려하기 위해 필요한 요소들을 제공하고 있는 것만 같았다. 나는 각 장의 앞머리에 그것들을 실어보는 것도 재미있겠다고 생각했다. 무엇보다도, 그것들이 허구가 아닌 사실이기 때문이었다.

알 코리아나

옮긴이 **임호경**

전문번역가. 서울대 불어교육과를 졸업하고 파리8대학에서 불문학박사 학위를 취득했다. 옮긴 책으로는 앙투안 갈랑의 『천일야화』, 베르나르 베르베르의 『신3부』, 『카산드라의 거울』, 파울로 코엘료의 『승자는 혼자다』, 스티그 라르손의 『밀레니엄』 시리즈, 조르주 심농의 『갈레씨 홀로 죽다』 『누런 개』 『센 강의 춤집에서』, 베르나르 키리니의 『육식이야기』, 움베르토 에코의 『책의 우주』, 로렌스 베누티의 『번역의 윤리』 등이 있다.

노라이프

초판 1쇄 인쇄 2011년 10월 5일
초판 1쇄 발행 2011년 10월 10일

지은이 알 코리아나
옮긴이 임호경
펴낸이 김선식

2nd Creative Story Dept. 김현정, 박여영, 최선혜, 한보라, 유희성, 백상웅
Creative Design Dept. 최부돈, 황정민, 김태수, 손은숙, 박효영, 이명애
Creative Marketing Dept. 모계영, 이주화, 정태준, 신문수
        Communication Team 서선행, 박혜원, 김선준, 전아름
        Contents Rights Team 이정순, 김미영
Creative Management Team 김성자, 윤이경, 김민아, 류형경, 권송이, 김태옥

펴낸곳 (주)다산북스
주소 서울시 마포구 서교동 395-27
전화 02-702-1724(기획편집) 02-703-1725(마케팅) 02-704-1724(경영지원)
팩스 02-703-2219
이메일 dasanbooks@hanmail.net
홈페이지 www.dasanbooks.com
출판등록 2005년 12월 23일 제313-2005-00277호

필름 출력 스크린 그래픽센타 **종이** (주)월드페이퍼 **인쇄** (주)현문 **제본** 광성문화사

ISBN 978-89-6370-666-5 (03860)